LA VENGEANCE D'UN LORD

JILLIAN HUNTER

LA VENGEANCE D'UN LORD

Traduit de l'américain par Catherine Berthet

J'AI LU
POUR elle

Titre original :
The Love Affair of an English Lord
Published by Ballantine Books

Ce livre est dédié à ma belle-mère,
Phyllis Cotton, avec mon amour
et mon admiration.

1

Angleterre, 1814

Feu Dominic Breckland, vicomte de Stratfield, disparu depuis peu du monde des vivants, revenait lentement à la vie dans un amoncellement de sous-vêtements féminins. Des rubans de dentelle et des bas de soie s'enroulaient sensuellement autour de son visage, ses bras musclés étaient prisonniers de corsets en bougran parfumés à la lavande, et ses jambes puissantes enveloppées dans un adorable pantalon de percale brodée. Telle une bête blessée, il s'était évanoui dans la nuit au nez et à la barbe de ses poursuivants, trouvant refuge dans le dernier lieu où ses ennemis auraient pensé à le chercher.

Poussé par un pur instinct de survie, il avait escaladé le vieux chêne qui s'élevait devant le manoir, et hissé son grand corps meurtri sur l'appui de la fenêtre. Espérant avoir enfin semé l'homme qui l'avait pris en chasse dans le parc, il s'était alors écroulé... dans une malle grande ouverte, pleine à ras bord de lingerie féminine et d'accessoires frivoles.

Il n'était cependant pas assez épuisé pour ne pas apprécier l'ironie de la situation.

S'il ne craignait plus rien, pour l'instant en tout cas, il n'en était pas moins en train d'imprégner de son sang les jupons de mousseline et les bas d'une inconnue. Une douleur sourde irradiait dans la partie supérieure de son corps. Les dents serrées, il souleva ce qui ressemblait à une chemise en batiste brodée et l'examina à la clarté de la lune. Une lueur coquine s'alluma dans ses prunelles.

S'il devait mourir pour la deuxième fois en un mois, autant s'offrir une dernière rêverie sensuelle !

— Eh bien... quelle sorte de femme êtes-vous, ma belle ? Légère, ou juste aguicheuse ? Quitte à choisir, je préfère que vous soyez franchement légère.

Malheureusement pour lui, la chemise ne parvint pas à faire surgir dans son esprit une image érotique suffisamment puissante. Sa propriétaire semblait pourtant posséder des seins d'une taille respectable, quoique Dominic ne fût pas en état de porter un jugement sûr et objectif.

Dieu leur vienne en aide, à lui et à la propriétaire de la chemise. Car la pauvre femme risquait fort d'avoir une attaque en découvrant un corps masculin enfoui sous ses jupons. Si sa mémoire était bonne, ce vieux manoir décrépit avait dû lui appartenir... dans un passé lointain et obscur. Il essaya de se rappeler à qui il l'avait vendu. En vain. Son cerveau refusait de lui obéir, des images imprécises flottaient sous ses paupières, tels des papillons de nuit s'agitant autour d'une flamme.

Un capitaine de marine en retraite, peut-être ? Sir Hickory ou Humpty quelque chose... avec sa femme et sa fille. Leur nom lui échappait. Vu qu'il était sur le point d'expirer, il espéra qu'on lui pardonnerait d'avoir oublié les bonnes manières.

— Humpty Dumpty tomba de haut, marmonna-t-il, se rappelant les paroles d'une comptine. Mais qui diable était sa femme ?

Puisqu'il était vautré dans les sous-vêtements de la dame, il aurait aimé savoir comment elle s'appelait.

Certains feraient remarquer qu'il n'y avait rien d'étonnant à ce qu'il ait été retrouvé mort dans une malle pleine de jupons. C'était le moins qu'on puisse attendre d'un dévoyé qui avait passé sa vie à faire des pieds de nez à la bonne société. Ses amis les plus proches auraient peut-être même songé à lui confectionner un linceul avec des dessous affriolants, en hommage à ses exploits amoureux.

Le problème, c'était que Dominic avait été officiellement « enterré » le mois précédent. Pleuré par quelques-uns, maudit par la plupart. En dépit de certaines rumeurs affirmant que son fantôme avait été aperçu dans des endroits étranges en train de se livrer à des activités fort répréhensibles, personne ne s'attendait à le voir réapparaître en chair et en os.

Certainement pas ses domestiques. Ni les quelques relations qu'il possédait encore de par le monde.

De fait, il n'avait confiance qu'en une seule personne. L'homme qui l'avait aidé à mettre en scène ses propres funérailles.

Le silence qui régnait dans le manoir à cette heure avancée de la soirée fut brisé par un bruit de pas dans la cour, le son métallique d'un baquet renversé sur le sol, et de furieux éclats de voix.

— Que quelqu'un ouvre ce maudit portail ! cria le jardinier dans l'allée. La voiture vient de passer le pont !

— Le maudit portail est ouvert depuis plus d'une heure ! répliqua un valet sur le même ton.

Dominic jeta la chemise par-dessus son épaule et soupira.

— Allons bon. Voilà de la compagnie. Je suppose qu'il faut me rendre présentable... si je suis censé recevoir.

Il était conscient de ressembler à une créature sortie tout droit de l'enfer. Il avait perdu du poids depuis sa mort fictive. Son visage à présent émacié avait quelque chose d'inquiétant. Les points de suture qui ornaient son épaule gauche et son torse avaient sauté au cours de son escalade. Il inspira profondément, et il lui sembla que les serres d'un oiseau de proie lui lacéraient les poumons. De son bras valide il chercha à tâtons l'appui de la fenêtre et se redressa au prix de souffrances indicibles. Il balaya d'un coup d'œil la campagne environnante.

— Eh bien, voilà qui tombe à pic, grommela-t-il, les mâchoires crispées par la douleur. Une chambre avec vue.

Sa propre demeure s'élevait au sommet d'une colline boisée, de l'autre côté de la route baignée par le clair de lune. Une lumière chaude filtrait par la fenêtre de la chambre où il avait été poignardé et « tué » trois semaines auparavant. Son oncle, le colonel Edgar Williams, avait déjà pris possession de la maison. Et si Dominic avait eu une paire de jumelles, il aurait probablement pu identifier la personne qui se tenait en ce moment derrière les rideaux.

Cette gracieuse silhouette était celle d'une femme, songea-t-il avec un détachement cynique. Cela ne faisait pour lui aucun doute. En revanche, il n'aurait pu dire avec certitude s'il s'agissait de la jeune personne qui partageait son lit au moment où on l'avait poignardé. Non que cela ait la moindre importance. Cette liaison amoureuse appartenait à une autre vie. Elle s'était éteinte en même temps qu'il avait changé d'identité. Ses sentiments pour son ancienne maîtresse étaient morts. De même qu'il était mort pour elle.

Le martèlement des sabots des chevaux sur la route, accompagné du grincement métallique des roues de l'attelage, interrompit le fil de ses réflexions. Plût au ciel que la propriétaire de la malle ne décide pas d'explorer le contenu de sa garde-robe ce soir. Car s'il avait la moindre connaissance des femmes – et il se targuait d'être un expert en ce domaine –, la gracieuse personne qui possédait ces ravissants dessous hurlerait à en perdre la tête quand elle découvrirait un fantôme caché sous sa lingerie.

Le lourd équipage avançait en cahotant sur la route de campagne. À l'intérieur, lady Chloé Boscastle étouffait d'ennui et de chaleur. Tout à coup, elle crut apercevoir l'un de ses sous-vêtements flottant à la fenêtre de sa chambre, telle une bannière indécente. Elle pâlit et se pencha en avant, incrédule. L'essentiel de ses bagages était arrivé de Londres le matin même. Aidée de sa femme de chambre, elle avait tout juste commencé à sortir les vêtements des malles, et n'avait certainement rien accroché à la fenêtre.

Elle tira d'un air dégagé les rideaux de la voiture, en espérant que les autres passagers ne remarqueraient rien. Quoique… au point où en était sa réputation, personne ne serait étonné de la voir commettre un faux pas de plus. L'infamante étiquette de provocatrice l'avait suivie depuis Londres, et on s'attendait presque qu'elle agisse en conséquence. De fait, elle n'avait pas l'intention de décevoir ceux qui l'attendaient au tournant.

Ce sous-vêtement scandaleusement suspendu à la fenêtre – doux Jésus, il lui semblait reconnaître sa chemise préférée ! – ne pouvait signifier qu'une chose : Devon, son vaurien de frère, était passé en coup de vent pendant qu'on l'entraînait à ce lugubre bal de campagne, dans le hall sombre d'un manoir vétuste.

Le gredin ! Qu'avait-il bien pu lui chiper, cette fois ? se demanda-t-elle, soudain alarmée. Il avait déjà mis une bonne partie de ses bijoux en gage pour payer ses dettes de jeu. Il ne s'était quand même pas abaissé à lui voler ses dessous…

Une idée nettement plus drôle lui traversa alors l'esprit. Se pouvait-il que Devon parcoure le pays déguisé en femme ? À moins qu'il n'ait trouvé une compagne acceptant de l'abriter sous son toit ? Il était censé faire profil bas chez un vieux parent, dans le village voisin. Chloé était bien consciente de la situation désespérée de son frère qui était devenu du jour au lendemain, à la suite d'une blague stupide, une sorte de hors-la-loi héroïque. Étant une Boscastle, elle avait elle-même les idées très larges. Mais il y avait tout de même des limites à ne pas dépasser. Or, même pour un Boscastle, Devon semblait flirter dangereusement avec ces limites.

L'antique attelage franchit avec peine les grilles rouillées qui ouvraient sur le modeste domaine. Les roues faisaient un bruit infernal sur les pavés inégaux. Un coup d'œil aux visages placides de son oncle et de sa tante, qui lui paraissaient au moins aussi vieux que l'attelage, suffit à la rassurer. De toute évidence, ils n'avaient pas remarqué l'objet incongru suspendu à la fenêtre de leur nièce.

— Comme je le disais, poursuivit oncle Humphrey à l'adresse de son épouse, ce chat s'est tout bonnement conduit comme un chat, Gwennie. Il n'a pas posé la souris morte sur la chaise du pasteur dans l'intention de vous mettre dans l'embarras. Il a simplement apporté le produit de sa chasse en offrande.

Tante Gwendolyn fut saisie d'un léger frémissement qui lui souleva la poitrine.

— J'étais mortifiée. Et il a fallu que cela se passe alors que le pauvre pasteur faisait allusion aux dernières facéties du fantôme de Stratfield.

— Ah non, Gwennie, ne nous parlez plus de ce satané fantôme ! Pas devant Chloé.

Celle-ci n'écoutait que d'une oreille, plus préoccupée par le scandale imminent que par les exploits imaginaires d'un mort. Elle poussa un soupir de soulagement lorsque, après avoir contourné un massif fleuri, l'attelage s'arrêta devant l'entrée du manoir. Personne ne voudrait croire qu'elle avait suspendu sa chemise à la fenêtre pour la faire sécher. Sa conduite inconvenante était une source continuelle d'intérêt malsain et d'inquiétude dans ce trou perdu où tout le monde mourait d'ennui. Comme si son bannissement de la capitale ne suffisait pas, son oncle et sa tante semblaient avoir engagé le village entier pour les aider à la faire rentrer dans le droit chemin. Elle était entourée de moralisateurs zélés, des gens bien intentionnés qui connaissaient tout de son passé de pécheresse.

Surprise en train d'embrasser un jeune baron dans un parc, elle avait été expédiée illico loin de Londres par son frère, le marquis de Sedgecroft, qui l'avait confiée à leur vieil oncle, sir Humphrey Dewhurst. C'était la pire punition imaginable pour une jeune fille aimant la société. Chloé aurait d'ores et déjà considéré que sa vie était finie si elle n'avait rencontré le plus charmant des hommes au bal de Chistlebury, un peu plus tôt dans la soirée. Elle croyait encore sentir la chaleur de ses mains, qui s'étaient attardées sur sa taille un peu plus longtemps qu'il n'était convenable, mais pas assez toutefois pour être considéré comme une avance par ceux qui s'en seraient avisés. Après tout, la vie valait peut-être la peine d'être vécue. Et cet exil pourrait même lui procurer quelques moments agréables. Les marieuses du village l'avaient regardée d'un air approbateur lorsqu'elle avait valsé avec lord Saint-John sur la piste de danse.

Bondissant pratiquement hors de l'attelage, elle fila droit vers la maison et ôta ses souliers de danse brodés sur les marches de pierre couvertes de lichen. La demeure de son oncle n'était pas un manoir à proprement parler. De fait, elle évoquait plus une vieille ferme, avec ses solides murs de pierre et sa vaste mare où les canards nasillaient bruyamment. Londres lui manquait, avec son agitation, ses dangers, ses commérages, ses réceptions. Sans compter ses amis qui l'avaient probablement déjà oubliée, emportés dans un tourbillon de bals et de fêtes plus brillants les uns que les autres.

— Chloé !

Sa tante se lança à sa poursuite avec une détermination digne d'Attila, roi des Huns, et déclara, hors d'haleine, sa maigre main veinée de bleu crispée sur la poitrine :

— Chloé, j'ai remarqué avant notre départ que la fenêtre de ta chambre était restée ouverte.

Chloé se retourna et croisa le regard de la jeune fille aux cheveux roux et frisés qui se tenait dans le hall. Sa cousine Pamela, qui n'avait pu les accompagner au bal en raison d'une entorse à la cheville, lui adressait des signes étranges de la main dans le dos de tante Gwendolyn.

— Ce n'était pas la fenêtre, répondit lentement Chloé en tentant d'interpréter les gesticulations de Pamela. C'était la porte de la penderie et...

— C'est moi qui l'ai ouverte afin d'aérer le placard, coupa Pamela en intimant d'un geste le silence à sa cousine. L'odeur de poudre mêlée au parfum était suffocante.

Tante Gwendolyn était trop occupée à s'extraire de l'énorme pelisse de renard qui enveloppait sa frêle silhouette pour remarquer le manège des deux cousines.

— Eh bien, assurez-vous toutes les deux que vous avez bien refermé les portes avant d'aller vous coucher. Ce soir, tout le monde ne parlait que des exploits du fantôme de Stratfield.

Pamela arrondit les yeux, oubliant sur-le-champ l'affaire qui l'avait occupée jusqu'à présent.

— Oh, et qu'a-t-il encore fait, ce vilain fantôme ?

Sa tante marqua une pause, dans l'intention évidente de ménager son effet. Ses doigts triturèrent l'un des boutons en onyx de son corsage. Il n'y avait pas une seule femme dans la paroisse, à l'exception de Chloé qui venait d'arriver, qui n'ait avidement suivi les péripéties de la vie et de la mort de l'enfant terrible du pays, le vicomte de Stratfield.

Qu'il s'agisse de ses exploits guerriers ou du meurtre dont il avait été victime le mois dernier, tout ce qui le concernait titillait irrésistiblement la curiosité des villageois. Son meurtrier n'avait pas été retrouvé, mais au pub du coin, les paris étaient toujours ouverts, et nul ne doutait que le vicomte était tombé sous les coups d'un mari jaloux.

Naturellement, il était en compagnie d'une femme au moment de sa mort. Et à en croire la rumeur, elle était même complètement nue sous le vicomte lorsque celui-ci avait été poignardé. C'était elle qui avait raconté, folle de terreur, comment un inconnu masqué s'était introduit dans la chambre et avait sauvagement frappé le vicomte, avant de s'enfuir. Le petit village ordinairement paisible avait été bouleversé par cette affaire.

Tante Gwendolyn baissa la voix en entendant le pas de son mari dans le hall, et chuchota d'une voix vibrante :

— Ce démon a séduit Mlle Beryl Waterbridge hier soir, alors qu'elle disait ses prières.

Oncle Humphrey se figea et une lueur amusée brilla dans ses yeux bruns.

— C'est faux, je n'ai rien fait. J'ai passé toute la soirée d'hier ici, à jouer aux cartes avec ma chère nièce. N'est-ce pas, Chloé ? Je compte sur toi pour confirmer mon alibi.

Chloé ôta son léger manteau de laine rose en se demandant distraitement quand elle reverrait le beau Justin Linton, lord Saint-John. Quand ils s'étaient quittés, il avait juré qu'il ne pourrait plus vivre sans elle. Elle avait ri de son romantisme insensé.

— Je me porte garante de vous, oncle Humphrey, répondit-elle en gratifiant le vieil homme d'un sourire par-dessus son épaule. Je suis certaine de ne pas vous avoir vu séduire une seule femme de toute la soirée.

Elle aperçut son propre reflet dans le miroir en pied, et essaya de se voir avec les yeux de Justin. Certes, il avait dansé deux fois avec elle, mais elle ne pouvait s'empêcher de penser que son attention aurait dû être attirée par une jeune fille aux cheveux plus clairs, à la voix plus douce, à l'allure plus modeste.

Elle fronça les sourcils. Était-ce là son défaut fatal ? Son incapacité à être aussi... *modeste* que les autres jeunes filles ? Aussi soumise aux convenances ? Hélas, cela semblait être un trait de famille, et elle n'était pas sûre de vouloir en changer, le pourrait-elle. De fait, elle aurait dû s'efforcer d'avoir l'air plus réservé, comme le lui avait conseillé sa sœur Emma. Mais à vrai dire, au fond d'elle-même, elle souhaitait se montrer sous son jour véritable, et être aimée en dépit de ses défauts.

— Ses cris ont alerté son pauvre père, qui s'est fait une entorse en courant la secourir, précisa tante Gwendolyn.

Elle marqua une pause avant d'ajouter, le souffle court :

— Beryl s'est évanouie sept fois avant de trouver le courage d'avouer ce que le fantôme lui avait fait.

Cette dernière remarque retint l'attention de Chloé qui pivota sur ses talons.

— Comment pouvez-vous être sûre qu'elle n'a pas rêvé ? Est-ce que son père a *vu* le fantôme de ses propres yeux ?

Sa tante la fixa avec un dédain mêlé d'indulgence.

— Ses lèvres étaient gonflées par les baisers du spectre, Chloé. Et, non, le père de Beryl n'a pas vu ce dernier.

J'imagine que sa cheville le faisait trop souffrir pour qu'il y prête attention.

— Bien. Et que lui a-t-il donc fait, ce fantôme ?

— Une dame convenable ne saurait le répéter, ma chère.

Chloé sourit en tendant ses gants parfumés à la femme de chambre.

— C'est le problème avec ce village. Vos vies sont tellement dépourvues de vrais drames que vous inventez des histoires de fantômes séduisant les femmes dans leur sommeil. Si une seule d'entre vous avait le moindre courage, une once d'audace, elle aurait une véritable aventure et...

Le visage doux de sa tante s'empourpra.

— Restons-en là, Chloé. Il me semble que c'est justement ta nature audacieuse qui t'a attiré des ennuis, et a poussé tes frères à t'envoyer ici pour...

— ... me faire périr d'ennui, acheva Chloé avec un soupir. Et réduire mes facultés mentales à néant. Apparemment, tout marche selon leurs plans. Hier, je me suis surprise à converser avec les canards. Mon seul espoir serait qu'on me retrouve morte dans mon lit, ravie par le fantôme de Stratfield.

Sa tante émit un gémissement désolé. Par réflexe, son mari lui tapota distraitement la main tout en feignant de réprimander Chloé du regard. La vérité, comme il l'avait avoué en secret à celle-ci, c'était qu'il adorait sa liberté et sa franchise de ton, et que cela faisait des lustres qu'il n'avait autant apprécié la compagnie de quelqu'un. Il clamait haut et fort que Chloé avait eu une influence miraculeuse sur sa fille Pamela, en l'aidant à sortir de sa coquille. Il appréciait aussi, prétendait-il, le vent de fraîcheur et de nouveauté que la jeune fille faisait souffler sur la maison. En outre, elle riait de ses plaisanteries, ce qui le rendait fort aise. Le cher oncle était donc un allié sur lequel elle pouvait compter.

— Tu devrais aller te coucher, Chloé, conseilla Gwendolyn d'une voix chevrotante. Delia te montera une tasse de chocolat.

Chloé se tourna vers l'escalier, affichant l'expression stoïque d'une héroïne de tragédie grecque.

— Je suppose qu'il est inutile que je demande de remplacer le chocolat par du xérès ?

Pamela lui emboîta le pas en chuchotant d'un ton surexcité :

— Il me tarde de jeter un coup d'œil dans les deux autres malles qui sont arrivées aujourd'hui. Je n'avais jamais vu autant de soie et de dentelle de toute ma vie !

— Oh, fit Chloé en s'immobilisant un instant, je ne pense pas que toute cette dentelle me sera d'un grand usage à Chistlebury. Néanmoins, je suis contente que mes dessous t'apportent un peu de distraction. Entre mes pantalons de batiste et votre fantôme, l'année s'annonce riche en scandales.

Les deux jeunes filles gravirent l'escalier de chêne en silence, jusqu'à ce que, tout à coup, visiblement influencée par l'espièglerie de sa cousine, Pamela déclare :

— Je parie que la plupart des femmes prient pour que la prochaine visite du fantôme leur soit destinée, et qu'il ait avec elles cette conduite détachée des contingences.

— Une conduite *détachée des contingences* ? répéta Chloé en éclatant de rire. Seigneur, quelle idée !

Pour sa part, elle ne croyait pas aux fantômes. Du moins, elle n'y avait jamais cru jusqu'à la semaine passée. Une nuit, alors qu'elle était à la fenêtre de sa chambre, elle avait remarqué une silhouette masculine immobile à l'orée du domaine de Stratfield.

Était-ce le fantôme du vicomte cherchant en vain le repos, ou bien son oncle qui, lui, était bien vivant, et avait hérité de la propriété ? Curieusement, loin de l'effrayer, l'apparition l'avait plutôt attristée. Ce spectre, si c'en était un, avait l'air fort mélancolique. La mort de Stratfield remontait à quelques semaines à peine. Chloé n'avait rencontré l'homme qu'une seule fois depuis son arrivée dans le Sussex, et ce dans des circonstances très étranges.

Un jour, alors qu'elle revenait à pied du village où sa tante l'avait envoyée faire une course chez l'apothicaire, elle avait été surprise par la pluie. Le valet qui l'accompagnait s'était précipité à la maison pour chercher un parapluie.

Surgi de nulle part sur son étalon, Stratfield avait alors traversé un champ au galop, tel sire Galaad se ruant à la bataille. Élevée parmi des frères très sportifs, elle-même cavalière accomplie, Chloé avait été néanmoins si impressionnée par cette apparition qu'elle avait fait un pas de côté pour mieux l'admirer, s'enfonçant malencontreusement jusqu'aux chevilles dans une flaque de boue. Malheureusement, elle n'avait pas semblé produire sur lui une impression similaire.

Avant même qu'elle ait pu secouer la pluie de son manteau, il avait fait virevolter son cheval autour d'elle tout en la fixant d'un regard perçant. Chloé s'était trouvée à court de mots, ce qui était inhabituel chez elle.

La pluie qui tombait dru formait comme une sorte de voile entre eux, créant l'illusion que l'homme n'appartenait pas tout à fait au monde réel.

Un sourire narquois étira ses lèvres tandis qu'il l'étudiait. Il n'était pas beau au sens classique du terme, mais il était indubitablement attirant. Chloé songea que c'était le visage le plus inoubliable qu'il lui eût été donné de voir, avec ce menton creusé d'une fossette et ces yeux gris qui l'examinaient sans aménité.

— Montez, ordonna-t-il en lui tendant une main gantée de cuir.

Le ton n'était pas irrespectueux, mais l'homme n'avait rien du chevalier s'élançant au secours d'une gente dame. Chloé avait l'impression qu'elle venait de l'interrompre au beau milieu d'une mission capitale et qu'il n'appréciait guère de la trouver sur son chemin.

Elle jeta un regard penaud à ses bottines crottées, songeant avec un pincement de regret aux soirées mondaines qu'elle avait laissées derrière elle, à Londres.

— Dépêchez-vous, ajouta-t-il en essuyant du revers de la main ses joues où ruisselait la pluie.

— Mais je ne sais si...

— Montez, jeune fille, avant que nous ne soyons tous deux trempés jusqu'aux os. Nous sommes à la campagne, pas à la cour.

Chloé se hérissa. Toutefois, l'amusement qu'elle surprit dans le regard de l'inconnu désamorça sa colère. Élevées au milieu de cinq frères turbulents, Emma, sa sœur aînée, et elle avaient appris à encaisser les plaisanteries grossières, et les jeux brutaux...

Cependant, elle était fille de marquis. Et bien que sa propre réputation laissât à désirer, elle se devait de maintenir un certain décorum, pluie ou pas. D'autre part, ce Galaad semblait si imbu de lui-même qu'il ne lui paraissait pas inutile de lui rappeler les bonnes manières.

— Ayez au moins l'obligeance de vous présenter, monsieur, dit-elle en s'empourprant inexplicablement.

Il se pencha sur le pommeau de la selle, la gratifia d'un sourire crispé.

— Je suis le propriétaire du domaine dans lequel vous êtes en train de vous noyer. Sous l'orage, vêtue d'une ravissante robe de soie, et sans ma permission. Maintenant que cette question est réglée, allez-vous monter, oui ou non ?

— Comment pourrais-je refuser ? marmonna-t-elle.

Cela dit, elle hésitait encore, et examina plus attentivement le visage de l'homme à travers le rideau de pluie. Il semblait préoccupé, mais parfaitement maître de lui. La pluie plaquait ses courts cheveux noirs sur son crâne et il la considérait d'un air moqueur, quoique de plus en plus impatient. Elle lança un coup d'œil au muret de pierre qui bordait le champ. Le valet n'avait toujours pas réapparu.

— Oui ou non ? demanda-t-il d'un ton sec.

— Oui, mais laissez-moi le temps...

Le temps de secouer la boue qui collait à ses bottines. De toute évidence il s'en moquait, car il la hissa d'une main derrière lui, la prenant en croupe sur sa monture. Étourdie, Chloé respira le parfum boisé qui émanait de la veste en laine de Galaad et sentit la chaleur de son coude sous ses seins. Elle nota aussi la façon dont il se raidit, puis se laissa aller en arrière, contre elle, avec une arrogance à couper le souffle. Entre son allure guerrière, son insolence et la rudesse de ses manières, il offrait un bel exemple de virilité. Elle résista tant bien que mal à l'envie de se lover contre son corps dur et musclé.

Le cœur battant la chamade, elle fixa sa nuque. Venait-elle de commettre une nouvelle erreur ? Après tout, c'était à ses fameuses impulsions qu'elle devait de se retrouver exilée au fin fond de la campagne. Mais Galaad était un de leurs voisins. Noble de surcroît, si ses souvenirs étaient bons.

Au fait, à quel propos sa tante avait-elle prononcé son nom ? Était-ce un avertissement ? Chloé se souvint d'avoir entendu parler de cet homme avant même de venir dans le Sussex. Samuel, le jeune frère de Dominic, était mort l'année passée en même temps que Brandon, son propre frère. En quête d'aventures et de récompenses, tous deux s'étaient engagés au service de la Compagnie des Indes orientales.

Mais au lieu du sort glorieux auquel ils s'attendaient, ils avaient été tués par des rebelles gurkhas lors d'une mission périlleuse au Népal. Elle se rappela avoir entendu ses deux frères aînés évoquer le vicomte de Stratfield avec une admiration qu'ils manifestaient rarement envers les représentants masculins de leur propre classe sociale. Apparemment, le vicomte avait lui-même arrangé le service funèbre des deux jeunes gens.

Quoi qu'il en soit, Chloé ne voyait aucun inconvénient à être enlevée sur son destrier, ni même à être réduite en esclavage par son beau ravisseur… jusqu'à ce qu'il reparte au galop vers des contrées inconnues.

— Il me semble… commença-t-elle.

Mais elle ne put aller plus loin, car la vitesse lui coupa la respiration. Les bois se fondirent en un tourbillon de couleurs brunes. D'épaisses mottes d'herbe et de terre s'envolaient sous les sabots de leur monture. Ils traversèrent une prairie boueuse, puis un tunnel de feuillages humides qui leur cinglèrent le visage au passage. Chloé ne savait plus où elle était, mais elle était sûre de ne jamais avoir emprunté ce chemin pour rejoindre la maison de son oncle.

Elle resserra les bras autour de la taille de Galaad et cria pour attirer son attention. Elle sentit les muscles puissants de son torse se tendre sous ses mains. Était-ce son imagination qui lui jouait des tours, ou aimait-il la sentir se cramponner désespérément à lui ?

— Excusez-moi, mais... je crois que vous vous trompez de chemin !

Il poussa un grognement, une sorte de bruit de gorge méprisant. De toute évidence, il la tenait pour une écervelée. Oser mettre en doute son sens de l'orientation ? Il fallait être folle. Chloé eut l'impression que la tête lui tournait. Elle imagina l'inconnu au visage sombre la retenant prisonnière dans les entrailles d'un château dissimulé au plus profond de la forêt, et la soumettant à ses exigences perverses...

L'abandonnerait-il nue, et évanouie, sur son lit recouvert de riches fourrures orientales ? La ramènerait-il à elle avec des sucreries et du cognac ?

Ou bien, étant donné le rythme d'enfer auquel ils galopaient, seraient-ils jetés à bas du cheval et se rompraient-ils les os avant même qu'il ait pu tenter le moindre geste inconvenant ? Cette dernière hypothèse lui semblait, hélas, la plus vraisemblable !

Elle en était encore à considérer cette déplaisante éventualité lorsque, après avoir traversé un bosquet de noisetiers à la vitesse du vent, ils émergèrent comme par miracle dans une vaste clairière.

Le cœur au bord des lèvres, elle scruta le paysage qui les entourait.

— La maison de mon oncle ! s'exclama-t-elle, éberluée.

— Quelle surprise !

Il tourna la tête et baissa les yeux sur elle d'une façon telle qu'elle devina qu'il n'était pas à ce point préoccupé pour ne pas avoir remarqué la façon dont elle s'agrippait à lui.

La robuste maison à colombages, pompeusement appelée Dewhurst Manor, résistait vaillamment aux assauts de la pluie crépitante, comme c'était le cas depuis plus de deux cents ans. Chloé imaginait sa tante guettant son retour à travers les rideaux de dentelle en se demandant ce qui avait bien pu arriver à sa turbulente nièce. Elle la réprimanderait certainement pour avoir accepté l'aide du vicomte plutôt que de patauger dans la boue sous la pluie. Quant au pauvre valet qui l'avait abandonnée, il se ferait tirer l'oreille.

— Vous auriez pu me dire que vous aviez pris un raccourci, marmonna-t-elle en lâchant le vicomte.

Cette fois, il ne prit pas la peine de se tourner vers elle, mais elle devina son sourire moqueur lorsqu'il répondit :

— Je ne vois aucune raison d'expliquer ce qui va de soi.

— Bien sûr.

Une explication aurait supposé une conversation polie. Quel homme détestable ! Que la possibilité qu'il veuille l'enlever lui ait traversé l'esprit l'embarrassa au plus haut point. De toute façon, il n'avait sûrement pas de château. Du moins pas à Chistlebury. Peut-être vivait-il dans une grotte, car il tenait plus du dragon que du chevalier. Inutile d'espérer qu'il l'escorte jusqu'à la porte. Ce qui était aussi bien, au fond, car en la voyant apparaître sur le seuil en compagnie de Galaad, sa tante risquait de tomber en pâmoison.

— Eh bien, fit-elle, dissimulant son irritation sous un sourire de pure forme, c'est très aimable à vous de vous être détourné de...

De *quoi* s'était-il détourné ? Passait-il son temps à battre la campagne, tel un seigneur féodal, à la recherche de demoiselles égarées sous l'orage ?

— ... de vous être détourné de votre route pour me secourir.

Il mit pied à terre en silence et la souleva sans effort pour la déposer sur le sol. Quoique transie, Chloé sentit une onde de chaleur lui parcourir le corps tandis qu'elle effleurait son torse puissant. En dépit de son physique athlétique, et de l'impatience qu'elle décelait chez lui, ses gestes étaient étonnamment doux.

Bien qu'il eût visiblement l'esprit ailleurs, il était suffisamment homme pour ne pas oublier la différence entre les sexes.

— À l'avenir, je vous conseille de ne plus vous aventurer sur mes terres, répliqua-t-il d'un ton tranchant.

— Je ne l'ai pas fait à dessein. J'arrive tout juste de Londres et...

— C'est ce qu'on m'a dit, coupa-t-il en se retournant vers son cheval.

— On vous a parlé de moi ?

En temps ordinaire, Chloé aurait sans doute été flattée qu'un homme qu'elle n'avait jamais rencontré ait pris la peine de se renseigner sur elle.

Il se retourna lentement, la contempla de la tête aux pieds, comme s'il avait résisté à la tentation de le faire depuis le début. Il affichait une expression ombrageuse, et la tension qui émanait de lui était presque palpable. Elle demeura sans voix, troublée par l'intensité de son regard et l'intérêt évident que celui-ci trahissait. De sa vie elle ne s'était sentie aussi désirable, ni aussi séduite par le regard d'un homme. Puis les yeux gris croisèrent les siens et une infime lueur d'amusement dansa dans ses prunelles.

— Oui, avoua-t-il. En fait, j'ai entendu pas mal de choses à votre sujet.

— En quoi cela pourrait-il vous intéresser ? dit-elle à mi-voix.

Il hésita. Ils se tenaient sous les saules qui entouraient le manoir. Chloé entendait le crépitement de la pluie sur les feuilles argentées et les branches retombant autour d'eux les enveloppaient dans une semi-pénombre. Elle devina qu'il était sur le point de dire quelque chose, de lui révéler un secret... peut-être la raison pour laquelle il était si préoccupé et si impoli. Ses yeux gris et son expression douloureuse l'attendrirent. Pourquoi était-il si triste ? Souffrait-il d'une terrible maladie ? Se savait-il sur le point de mourir ?

Elle se rapprocha légèrement de lui, dans l'espoir de susciter ses confidences. Elle avait toujours été attirée par les êtres égarés. Mais il y avait autre chose qui la poussait vers cet homme. Une curiosité dangereuse, une force irrésistible... S'il s'était montré froid jusqu'ici, il semblait maintenant en proie à un tourbillon d'émotions tumultueuses.

— En quoi ? répéta-t-elle.

Elle aurait dû être surprise quand il l'attira dans ses bras pour l'embrasser. Mais la seule chose qui l'étonna, ce fut de ne pas se dissoudre sous la pluie. Enivrée par son souffle chaud, elle sentit ses jambes se dérober sous elle. Il prit possession de ses lèvres avec une fougue et une arrogance presque désespérées, et elle sut instantanément qu'elle n'oublierait jamais ce baiser, ni le trouble qu'elle éprouva tandis qu'il explorait sa bouche avec ardeur.

— En quoi ? chuchota-t-il en l'étreignant comme si elle était le seul lien qui le retînt encore à la raison.

Chloé se demanda si elle n'avait pas elle-même perdu l'esprit lorsqu'elle sentit les mains puissantes glisser au creux de ses reins, caresser ses rondeurs. Dans ce genre de situation, elle avait jusqu'à présent toujours tout contrôlé, consciente qu'elle était maîtresse de son destin. Mais pas aujourd'hui. Ce corps dangereusement viril pressé contre le sien la soutenait et l'affaiblissait à la fois.

Elle l'entendit pousser un grognement sourd contre sa gorge. Jamais encore on ne l'avait embrassée ainsi. Ni touchée ainsi. Les mains de cet homme savaient où s'attarder, comment la faire frissonner. Une goutte de pluie s'écrasa sur sa joue et roula dans son cou. Il la cueillit du bout de la langue, et elle en frémit de la tête aux pieds.

— Vous ne devriez pas sortir seule, murmura-t-il d'une voix rauque.

Et il l'embrassa de nouveau tout en resserrant son étreinte. Chloé crut défaillir, le sang lui battait follement aux tempes.

— Et pourquoi cela ? souffla-t-elle d'un air de défi.

Elle ne voulait pas qu'il devine la lutte qu'elle menait contre elle-même pour ne pas s'abandonner davantage.

Il s'écarta en souriant.

— Le village est petit, répondit-il d'un ton si détaché que Chloé faillit se dire qu'elle avait imaginé ce bref et brûlant intermède.

Avant qu'elle ait pu esquisser un geste, il était remonté en selle, et faisait volter son cheval.

— Cependant, même ici, il y a des dangers à éviter pour une jeune fille qui a le don de se fourrer dans les ennuis. Tenez-vous à l'écart de ma propriété, désormais.

Le don de se fourrer dans les ennuis ? Des dangers ? Qu'est-ce que cela signifiait ? Chloé, fille de marquis, sœur de l'actuel marquis de Boscastle, fut si stupéfaite par cette brusque rebuffade qu'elle ne songea pas à poser la question. Offensée, partagée entre le trouble et l'indignation, elle regarda le vicomte disparaître dans la forêt.

Que savait-il d'elle ? Comment interpréter cet étrange avertissement ? Les seuls dangers qu'elle avait eu à affronter jusqu'ici dans ce sinistre village, c'étaient un pasteur qui se plaisait à répandre des ragots et une tante perpétuellement inquiète.

Dominic Breckland était sans aucun doute l'homme le plus mal élevé et le plus séduisant qu'elle eût jamais rencontré. De toute évidence, il se moquait comme d'une guigne de ce qu'elle pensait. L'idée qu'elle pourrait se plaindre de son comportement auprès de ses frères ne l'avait même pas effleuré. Du reste, ces derniers prendraient probablement sa défense à lui, estimant une fois de plus que c'était leur sœur qui était en tort.

La jeune femme s'attarda sous la pluie, ne sentant plus les gouttes ni le froid. Tout ce qu'elle ressentait, à vrai dire, c'était un trouble extraordinaire mêlé d'agacement. Et tout à coup, elle se rendit compte qu'elle n'aurait jamais rêvé qu'il pût exister un homme tel que lord Stratfield. Une découverte qu'elle regrettait d'avoir faite…

Elle était si fâchée qu'elle décida que le mieux était d'oublier sur-le-champ son arrogant sauveur. Sa tante, affolée, lui donna exactement le même conseil quelques minutes plus tard.

— Je n'en croyais pas mes yeux, Chloé Boscastle ! Toi, à cheval avec lord Stratfield ! Et tu le tenais par la taille !

Chloé s'approcha de la fenêtre et jeta un coup d'œil dehors.

— J'ai pénétré dans son domaine par mégarde, et il m'a ramenée à la maison.

— Eh bien, c'est un miracle. Cet homme séduit toutes les femmes qui croisent son chemin.

— Vous a-t-il séduite, tante Gwendolyn ?

— Ne sois pas impertinente. Stratfield est notre voisin, il est noble et, en tant que tel, je le respecte. Mais cela ne signifie pas que j'approuve le fait qu'il entretienne une maîtresse chez lui.

— Vous la connaissez ? s'enquit Chloé en se détournant de la fenêtre, déçue de ne pas avoir aperçu le beau cavalier.

— Bien sûr que non !

Tante Gwendolyn referma le rideau, l'air offusqué.

— Mais le pasteur Grimsby l'a vue à plusieurs reprises. Derrière la fenêtre de la chambre du vicomte.

Chloé se mordit les lèvres pour réprimer un rire.

— Le vicomte a peut-être une sœur ou une tante qui réside chez lui ?

Le visage de tante Gwendolyn s'empourpra sous sa poudre de riz.

— Je doute qu'il se conduise avec une parente de la façon que nous a décrite le pasteur.

— Quoi ? Se livrerait-il à des orgies pendant la nuit ? s'écria Chloé, incapable de résister à la tentation de taquiner sa tante.

— Je n'en ai aucune idée. Et je ne tiens pas à le savoir. Il vaut mieux que tu ne penses plus à cet homme. Mon instinct me souffle que quelque chose ne va pas à Stratfield Hall, Chloé. Le vicomte doit avoir de graves soucis. Retiens bien ce que je te dis.

Chloé aurait sans doute dû se fier à l'intuition de sa tante, au lieu de rire avec insouciance, car trois semaines plus tard, le vicomte était poignardé.

2

Le petit village de Chistlebury avait été terriblement ébranlé par l'événement. Chloé, à qui le climat de la campagne ne semblait pas vraiment convenir, avait attrapé un méchant rhume qui l'empêcha d'assister aux funérailles du vicomte. La vérité, c'était qu'avant même de mourir, Dominic hantait ses pensées à toute heure du jour et de la nuit, tel un fantôme. Elle avait rêvé d'innombrables fois de ce baiser échangé sous la pluie, s'était juré d'ignorer le vicomte lorsqu'elle le reverrait, puis avait imaginé leur prochain baiser. Et, pour finir, elle s'était promis de retrouver son meurtrier avec l'aide de ses frères.

Elle avait passé deux jours entiers dans son lit après l'enterrement, pleurant en secret son beau Galaad. Ses frères aînés, Grayson, Heath et Drake, s'étaient déplacés pour rendre un dernier hommage au vicomte. Personne ne semblait avoir la moindre idée de l'identité de son assassin. Son oncle Edgar était venu tout exprès du pays de Galles pour mener l'enquête et régler les détails matériels de sa succession.

Le pasteur avait insinué que Stratfield s'était livré à l'espionnage pendant la guerre contre les Français ; un vieil adversaire avait fort bien pu retrouver sa trace. D'autre part, ses liaisons avec quelques femmes mariées lui avaient attiré des ennemis. Stratfield était un homme qui vivait comme il l'entendait et ne se souciait que de son propre plaisir. Rien d'étonnant donc à ce qu'il ait été peu regretté.

Il était mort, et Chloé n'avait d'autre choix que de l'oublier. De toute façon, il n'aurait pas été raisonnable d'encourager ses attentions. Cet homme avait une face sombre. Il était probable qu'il avait fait quelque chose de terrible pour mériter une mort aussi brutale. Probable aussi qu'il aurait causé sa perte si elle s'était abandonnée à l'attrait qu'il lui inspirait. Et pourtant, elle espérait malgré tout que son assassin serait puni.

La voix aiguë de Pamela la tira de sa rêverie.

— Il est venu ici juste après ton départ, chuchota sa cousine alors qu'elles pénétraient dans la chambre de Chloé.

— Qui est venu ? répliqua Chloé, agacée d'être ramenée à une réalité peu passionnante.

— Ton frère, bien sûr.

L'espace d'une folle seconde, Chloé avait cru que Pamela faisait allusion au fantôme de Stratfield. Cependant, elle ne pouvait s'offrir le luxe de s'inquiéter pour les morts. C'étaient les vivants qui la tourmentaient. Et tout particulièrement son frère Devon, qui était devenu un hors-la-loi recherché par la police à la suite d'une farce stupide.

En revenant d'une maison de jeu de Chelsea, Devon et deux de ses amis avaient arrêté un équipage transportant, croyaient-ils, une jeune courtisane qui avait passé la soirée à les détrousser les uns après les autres.

En fait, l'équipage s'était révélé appartenir à un vieux banquier. Des coups de feu avaient été échangés, et un valet fut blessé au cours de l'échauffourée. Devon avait dû disparaître momentanément de la scène londonienne pendant que son frère, le marquis de Boscastle, tirait des ficelles pour réparer les dégâts et étouffer le scandale.

Chloé déboutonna sa robe de mousseline bleue et se laissa tomber sur le lit en frissonnant. Son regard s'arrêta un instant sur l'une des malles qui étaient arrivées dans la journée. L'autre avait été traînée dans le cabinet de toilette attenant afin de laisser de la place dans la chambre. Sa sœur Emma lui avait envoyé des tenues pour toutes les occasions, ne se doutant guère que sa vie sociale frôlait le néant.

— Je suppose que Devon voulait encore de l'argent, soupira-t-elle en parcourant la pièce des yeux.

Était-ce toutes ces histoires de fantômes qui la rendaient aussi nerveuse ? À moins que son inquiétude ne fût causée par les événements qui secouaient sa famille ? À l'exception de Grayson, marié depuis peu à l'adorable Jane, les Boscastle semblaient tous terriblement instables. Peut-être ferait-elle mieux de se concentrer sur son nouvel admirateur, lord Saint-John. Il avait de superbes yeux bruns et un sourire taquin. Toutefois, il lui avait semblé un peu superficiel. Pourquoi ne pouvait-elle se satisfaire d'un jeune homme dans son genre ?

— Ton frère est encore entré par la fenêtre pendant que je triais tes vêtements, dit Pamela à voix basse. Ce démon n'a absolument aucun sens des convenances, Chloé.

Celle-ci poussa un petit cri inarticulé en portant la main à sa bouche.

— En parlant de convenances, j'avais complètement oublié la chemise que Devon a laissée sur la fenêtre.

— Quelle chemise ? demanda Pamela, interloquée. Je ne l'ai pas vu prendre de chemise.

— Mais moi, je l'ai aperçue de la route. Mon frère doit se croire drôle ! Rappelle-moi de l'enlever avant d'aller me coucher. Il faudra que je mette aussi cette malle dans le cabinet de toilette.

— Tu ne vas même pas regarder ce qu'elle contient ? fit Pamela d'une voix où perçait la déception.

— Non, je…

Chloé se leva lentement, les yeux tournés vers la porte donnant sur la petite pièce. Son corsage retomba sur sa taille et elle frissonna. Le début d'un nouveau rhume ? Il lui sembla avoir la chair de poule.

— Qu'est-ce que c'est que ce bruit ?

— Quel bruit ? répondit Pamela en regardant par-dessus son épaule.

— On aurait dit un homme qui gémissait, dit Chloé.

— Oh… ça ? C'est sans doute le vieux portail du jardin qui a grincé. Depuis que lord Stratfield a été poignardé, maman le fait fermer à clé chaque soir. Je ne sais pas qui elle redoute le plus : le fantôme, ou son meurtrier. Mais un fantôme ne se laisserait pas arrêter par un portail, n'est-ce pas ? Oh, regarde !

Pamela s'était agenouillée devant la malle, et fouillait joyeusement dans l'amoncellement d'éventails, de souliers et de châles parfumés. Les yeux brillants, elle brandit un corset en soie ivoire muni de baleines destinées à affiner la taille tout en mettant la poitrine en valeur.

Chloé ne put réprimer un rire en voyant le choc mêlé de ravissement qui s'était peint sur le visage de sa cousine. La naïveté et la fraîcheur de Pamela lui faisaient du bien.

— Cet article vient de Paris.

— Pas étonnant qu'il y ait eu une révolution chez eux.

— Tu ne veux pas l'essayer ? suggéra Chloé. Je ne pense pas avoir l'occasion de le porter dans un proche avenir.

— Moi ?

Pamela alla se camper devant le miroir en tenant le corset plaqué sur son corps aux formes modestes.

— Tu m'imagines avec ça ?

Chloé se débarrassa de sa robe, puis s'étira sur le lit, vêtue de sa chemise, d'un petit corset et de ses bas de soie.

— Peut-être que si je l'avais porté ce soir, lord Saint-John m'aurait demandée en mariage sur-le-champ.

Curieusement, cette pensée ne la réjouissait pas autant qu'elle l'aurait cru.

— Je crois qu'il t'aurait plutôt enlevée, rétorqua Pamela d'un air sombre. Mais je suppose que tu devrais te sentir très honorée d'avoir attiré son attention. Justin se trouve beaucoup trop bien pour les jeunes filles de Chistlebury.

— Pourquoi ne porterais-tu pas ce corset sous ta robe du dimanche ? suggéra Chloé en se soulevant sur un coude.

Seigneur, fallait-il qu'elle s'ennuie ! Elle en était réduite à initier sa cousine à la mode décadente de Londres pour se distraire un peu.

— Dieu du ciel, il faut descendre un peu, Pamela ! Ce n'est pas ton menton que tu es censée mettre en valeur.

— Plus bas ? Mais où place-t-on sa... euh... sa poitrine ?

— Cela a l'air compliqué, mais c'est vraiment très flatteur pour la silhouette, tu verras.

Chloé se redressa, frissonnant de nouveau sans raison apparente. Allons, bon ! Elle allait être malade alors que Justin avait évoqué une promenade en barque à la fin de la semaine...

— La première fois que je l'ai essayé, ma femme de chambre l'a lacé en ne laissant dépasser que le haut de la poitrine, si bien que je ressemblais à l'une de ces Amazones qui se coupaient un sein pour pouvoir tirer à l'arc.

Pamela s'empourpra jusqu'à la racine des cheveux.

— Je ne sais absolument pas de quoi tu parles, Chloé Boscastle, mais je te soupçonne de te moquer de moi.

— Je t'assure que non.

Les deux jeunes femmes échangèrent un regard, et soupirèrent de concert en entendant tante Gwendolyn appeler sa fille dans l'escalier.

— Eh bien, pour moi la soirée est terminée, déclara Pamela en jetant le corset sur le lit. Je n'avais jamais entendu parler des Amazones, mais il vaut mieux que je n'en sache pas davantage à leur sujet.

Elle sortit de la chambre en gloussant. Un courant d'air fit vaciller la flamme des bougies qui s'éteignirent en répandant une odeur de cire.

Chloé se leva et contempla les ombres de la chambre auréolées de volutes de fumée laissées par les chandelles. Parcourue de frissons, elle se sentit soudain affreusement seule et abandonnée.

Un autre gémissement brisa le silence. Cette fois, impossible de se tromper : le bruit provenait du cabinet de toilette.

Chloé était une fille de la ville. Elle ne prétendait pas connaître quoi que ce soit à la vie de la campagne, du reste, cela ne l'intéressait pas. Mais même pour l'ignorante qu'elle était, une chose était claire. Le grognement de bête blessée qui venait de s'échapper de la pièce adjacente n'avait rien à voir avec le grincement d'une grille rouillée.

Dominic revint à lui en gémissant de douleur. Au plus profond de son délire fiévreux, il avait perçu une voix féminine, douce et séduisante, qui lui avait rappelé le temps où il appréciait les plaisirs simples. Un temps où il croyait aux caresses des femmes. Il se demanda où il avait entendu cette voix, puis, aussitôt après, où diable il se trouvait. Dieu du ciel, oui ! Il était enfoui jusqu'au cou dans un amas de lingerie féminine.

Il se débattit pour se redresser. Sa position était très semblable à celle qui était la sienne quelques semaines auparavant dans un cercueil, alors qu'il feignait d'être mort. Pour l'heure, toutefois, une chose était certaine : il avait la fièvre, et ses pensées étaient incohérentes. À preuve, ces mots incompréhensibles qui résonnaient dans sa tête :

« Je ressemblais à l'une de ces Amazones qui se coupaient un sein pour pouvoir tirer à l'arc. »

Les sourcils froncés, il essaya vainement de retrouver à qui appartenait cette voix. Puis il se leva dans un froissement de dentelle parfumée. L'espace d'un instant, tremblant et désorienté, il contempla fixement la porte. Les blessures infligées le mois dernier par son ennemi allaient peut-être finir par causer sa mort.

C'est alors que tout lui revint en mémoire. Il avait été poursuivi un peu plus tôt dans la soirée par le garde-chasse de son propre domaine. Ce serviteur loyal n'avait voulu que protéger la propriété de son nouveau maître, sans se rendre compte qu'il menaçait le véritable propriétaire des lieux. Certes, Dominic s'était montré trop téméraire en s'approchant si près de la maison. Il ne souhaitait pas encore être reconnu. Le monde le croyait mort et, pour l'instant, c'était mieux ainsi.

Il avait trouvé la force d'escalader un arbre pour se réfugier dans cette chambre. Ce qui ne semblait pas avoir été un choix très judicieux, car de toute évidence il n'était pas en état d'avoir une confrontation physique, quelle qu'elle soit. Mais le jour viendrait où ce serait possible. Lorsqu'il aurait recouvré ses forces, il se vengerait de celui qui avait comploté pour l'éliminer.

Pour le moment, il lui fallait guérir. Réfléchir. Et s'occuper de la femme qui l'avait éveillé en prononçant ces paroles étranges. Sa voix faisait remonter à la surface de sa mémoire un chapelet de souvenirs insaisissables. Le parfum qui s'échappait des vêtements évoquait un gracieux corps féminin et des courbes… Curieux. Comment pouvait-il connaître le parfum et la silhouette de sa mystérieuse hôtesse ?

Elle s'était adressée à quelqu'un d'autre. À combien de personnes allait-il devoir jouer la comédie du revenant ? Au cas où l'apparition d'un fantôme ne suffirait pas à lui donner le champ libre, il faudrait envisager une lutte physique. Cette perspective ne l'enchantait guère.

Vérifiant que son pistolet incrusté d'ébène était bien accroché à sa ceinture, il avança vers la porte, se préparant à faire une entrée théâtrale.

Les réactions hystériques que provoquait l'apparition d'un revenant ne cessaient de l'amuser.

Ce gémissement sourd était l'expression d'une douleur intense. C'était un appel à l'aide qu'elle ne pouvait ignorer. Un homme souffrait, sans doute sur le point de succomber à ses blessures. Un homme égaré, qui avait cherché refuge dans sa chambre. Elle ne songea pas un instant qu'en se portant à son secours, elle se mettait en danger.

Sans la moindre hésitation, elle enfila sa robe de chambre en soie et se dirigea vers la porte du cabinet de toilette, persuadée qu'il s'agissait de Devon, le plus turbulent de ses frères.

3

La porte s'ouvrit avant que Dominic ait eu le temps de tourner la poignée de cuivre ternie. Pendant plusieurs secondes, il observa en silence le visage de la jeune femme. Joli, en forme de cœur, des traits fins… et une expression totalement incrédule. Le plus curieux, c'était qu'elle avait prononcé un mot à voix basse en ouvrant la porte. Elle avait chuchoté le nom d'un homme. Mais l'inquiétude qu'il avait d'abord lue dans ses yeux s'était vite transformée en panique.

S'attendait-elle à trouver son amant dans le réduit, à la place du fantôme de Stratfield ? Tout à coup, les broderies de son peignoir de soie devinrent floues.

Impossible de dire qui, de lui ou de la belle inconnue, avait subi le plus grand choc.

Mais ce n'était pas une inconnue, il la connaissait, n'est-ce pas ? Il s'en rendit compte juste avant que l'instinct de survie ne reprenne le dessus. Car le premier moment de surprise passé, elle réagit comme l'aurait fait n'importe quelle femme à sa place.

Elle pivota sur ses talons pour s'enfuir.

Il sut qu'elle se mettrait à hurler avant même d'avoir atteint la porte de la chambre. Le seul fait de bouger lui parut une torture. Il avait du mal à respirer. Mais même mort, il devait être capable de maîtriser une femme de cette stature.

Il l'attrapa par la taille et fut surpris de la force avec laquelle elle résista. Une douleur fulgurante lui transperça l'épaule, mais il n'avait pas approché de femme depuis un mois, et sa nature le poussait à donner du plaisir, non à infliger de la souffrance. En règle générale, quand Dominic renversait une femme sur le sol, elle était sur le point de vivre une expérience inoubliable.

Non pas qu'une activité de ce genre soit envisageable pour l'heure…

Elle devait peser la moitié de son poids, mais elle était aussi déterminée que lui. Ses cheveux noirs s'emmêlèrent autour de ses doigts lorsqu'il lui plaqua la main sur la bouche. Qu'elle soit légèrement vêtue ne les aidait ni l'un ni l'autre. Il perçut sa chaleur quand ses fesses rondes se pressèrent contre lui, et fut à deux doigts d'oublier ce qu'il avait à faire. Il savait ce qu'elle devait croire. Et, de fait, il éprouva une vive bouffée de désir lorsque son peignoir de soie s'entrouvrit. Il aurait pu la posséder sans peine. En dépit de sa farouche résistance, elle était extrêmement vulnérable.

Et soudain, il sut qui elle était. La jeune fille aux yeux bleus rencontrée sous la pluie. Il se souvint du jour où il était tombé sur elle. Il était furieux, car elle avait bouleversé ses plans. Ce même jour, il avait découvert que quelqu'un voulait le tuer. On lui avait tiré dessus tandis qu'il se promenait dans la forêt. Il s'était lancé à la poursuite de son agresseur, et c'est alors que la jeune femme était apparue. Il se rappela que, durant quelques instants, il avait été tenté d'oublier le tour sinistre que sa vie avait pris.

On l'espionnait depuis des semaines, suspectait-il. Pour quelle raison ? Vraisemblablement parce qu'il était sur le point de révéler que Samuel Breckland et Brandon Boscastle n'étaient pas morts dans une embuscade tendue par des rebelles gurkhas. Et aussi parce qu'il avait rassemblé des preuves attestant que le meurtre des deux jeunes soldats avait été arrangé par leur propre commandant. Dominic avait senti qu'il tenait là quelque chose d'important. L'homme qui avait tué Samuel et Brandon s'en était rendu compte.

Est-ce qu'une jeune personne aussi belle et aussi frivole que Chloé Boscastle aurait accepté de l'embrasser sous la pluie si elle avait su que sa vie était menacée ?

Non. Sûrement pas. Et il aurait lui-même préféré qu'elle ne le fasse pas. Certes, il la trouvait très désirable, mais il ne voulait pas la mettre en danger. Sa maîtresse elle-même avait laissé entendre qu'elle avait l'intention de le quitter pour chercher un autre protecteur.

Tout ce qu'il avait été capable de faire à l'époque, c'était de ramener la jeune fille chez elle, et de lui voler un baiser.

Il retint un rire à cette pensée. Il s'était montré plus que grossier et distrait, manquant à la politesse la plus élémentaire qu'une fille de marquis était en droit d'attendre. Sans parler des attentions ! En temps normal, il aurait flirté avec elle, puis l'aurait raccompagnée au manoir d'une façon plus formelle. Sans doute même aurait-il déployé tout son charme, histoire de voir si ce baiser enivrant avait une chance d'aboutir à quelque chose de plus intéressant.

Eh bien, il allait faire amende honorable. En fait, songea-t-il en l'entraînant vers le lit tandis qu'elle se débattait, il allait passer plus de temps avec elle qu'il n'en avait jamais passé avec une femme. Que cela lui plaise ou non.

Affolée, Chloé aperçut leurs silhouettes sombres dans le miroir en pied de la chambre. Elle fut presque heureuse que l'obscurité les enveloppe, lui dérobant les détails de la scène. Elle s'attendait tellement à trouver son frère dans le cabinet de toilette qu'elle n'avait su comment réagir. À présent, elle n'avait plus le choix : elle était à la merci de cet homme. Et ne pouvait compter que sur son instinct pour se sortir de cette situation.

Il lui enserrait la taille si fermement qu'elle suffoqua. L'homme la retenait prisonnière d'un bras de fer, tandis que sa main libre était plaquée sur ses lèvres pour étouffer ses cris.

Elle était terrifiée par sa force, sous le choc, et bien décidée à ne pas céder sans lutter. Elle se rendit cependant compte qu'il s'efforçait de ne pas lui faire de mal.

Pourtant, il aurait pu la casser en deux sans effort. Elle s'était assez souvent battue avec ses frères pour savoir combien il était facile pour un homme d'avoir le dessus avec une femme. Elle ignorait encore ce qu'il lui voulait, mais aucune des possibilités qui se présentaient à son esprit n'était agréable.

Le pistolet qu'il portait à la ceinture s'enfonçait dans ses reins. Comme il cherchait à l'entraîner vers le lit, elle se débattit de plus belle, en proie à une folle panique.

— Arrêtez, lui grommela-t-il à l'oreille. Vous me faites mal.

Elle *lui* faisait mal ? Indignée, elle lui flanqua un grand coup de tête contre l'épaule. Et le regretta aussitôt. Il resserra son étreinte si brutalement qu'elle fut incapable d'esquisser un autre mouvement. L'homme la déposa sur le lit et se pencha au-dessus d'elle. Son regard était si intense, si impitoyable, qu'elle baissa les yeux et se prépara au pire. Les secondes s'égrenèrent, mais rien ne se passa. Elle trouva alors le courage de relever la tête.

Leurs regards se croisèrent, et se reconnurent. Une lueur ironique passa dans celui de Stratfield. Elle demeura bouche bée.

Le fantôme de Stratfield ! songea-t-elle, à la fois soulagée et épouvantée. La terreur du village. Le séducteur des dames solitaires de Chistlebury. L'homme dont le baiser hantait ses rêves. Celui qu'elle avait pleuré en secret, comme la moitié de la population féminine de Chistlebury. Son Galaad aux yeux gris si tristes. Mais comme il avait changé !

Il n'était pas plus mort qu'elle-même. Son corps était brûlant contre le sien, sa respiration saccadée. L'arrogant personnage qui tenait sous son charme les femmes du village était d'une pâleur mortelle… spectrale, même. Il avait considérablement maigri depuis leur dernière rencontre, et sa peau était cireuse. Un chaume de barbe conférait à son visage anguleux un aspect redoutable.

Son expression était dure. Chloé avait beau le connaître, savoir qu'il était de noble extraction, et leur voisin, de surcroît, elle n'était pas pour autant rassurée.

Ce Dominic Breckland-là était un homme au bord du désespoir. Un homme capable de tout.

— Vous vous souvenez de moi ? chuchota-t-il d'une voix rauque.

Elle hocha la tête, et s'aperçut qu'elle tremblait de tous ses membres. Son ton rude n'était pas pour apaiser ses craintes.

— Vous… vous m'avez ramenée chez moi. Oui, je m'en souviens.

— Je vous ai trouvée sous l'orage. Et je vous ai aidée.

Il marqua une pause et, plissant les yeux, jeta un regard circulaire dans la chambre. Il pesait si lourdement sur elle qu'elle eut l'impression que sa respiration se réglait sur la sienne.

— C'est votre tour, à présent, reprit-il.

— Mon tour ? balbutia-t-elle.

— De m'aider.

— De…

Mais elle n'eut pas le temps d'en dire davantage. Il perdit connaissance, et s'effondra en avant, son visage pressé contre l'épaule de Chloé tel celui d'un amant. La jeune femme demeura figée d'horreur. Qu'adviendrait-il de sa réputation, se demanda-t-elle avec anxiété, si on la surprenait au lit avec le fantôme de Stratfield ?

Pendant de longues minutes, elle demeura dans cette position inconfortable, partagée entre l'espoir et la peur. Était-il mort ? Quand elle parvint enfin à se ressaisir et à penser de façon rationnelle, elle découvrit qu'il était vivant. Du moins sentait-elle son souffle inégal dans ses cheveux. Elle essaya de retirer sa main, prisonnière sous la hanche du vicomte. Il laissa échapper un grognement sourd fort menaçant.

Son cœur battait faiblement contre la poitrine de Chloé. Ses doigts étaient encore crispés sur sa chevelure de jais. Il la maintenait solidement sur le lit. Bien qu'il fût à moitié mort, elle percevait encore la force de son torse et de ses cuisses qui l'emprisonnaient.

— Je vous en prie, laissez-moi, murmura-t-elle, la gorge nouée.

Elle lui poussa l'épaule, et il se souleva un peu avec un rugissement de douleur. Chloé sentit la pitié prendre le pas sur la peur. Breckland roula sur le côté en tentant de protéger son bras gauche.

Incrédule, elle contempla sa main, puis la chemise de lin blanc du vicomte, avant de poser de nouveau les yeux sur la tache de sang qui imprégnait les draps à l'endroit où il était tombé.

— Ô mon Dieu ! s'exclama-t-elle, oubliant d'un seul coup sa frayeur. Vous êtes blessé. Je vais chercher de l'aide…

Oui, de l'aide. C'était un bon prétexte pour s'échapper et réfléchir à la situation. En l'aidant, elle pourrait sans doute se sauver elle-même. Avec un peu de chance, il aurait sauté par la fenêtre avant son retour.

— N'y songez même pas.

Il l'attrapa par la manche et la ramena brusquement contre lui en marmonnant :

— Ne dites à personne que je suis là. Ni que vous m'avez vu.

La menace contenue dans sa voix la fit frémir. Son souffle lui brûlait le cou, et elle était prisonnière de son corps puissant. Était-ce bien le même homme qui l'avait embrassée sous la pluie ? Qui l'avait taquinée, tourmentée, puis l'avait fait rêver ?

— Mais… pourquoi tant de secrets ?

— Parce que je suis mort, ma chère. Et que je n'ai aucune envie de retrouver le monde des vivants.

Elle réprima une exclamation. Sa voix était froide, calme et rationnelle, en complète contradiction avec son comportement.

— Eh bien, vivant ou mort, je n'ai aucune envie de vous garder ici ! s'écria-t-elle dans un élan de révolte. Du reste, que faites-vous dans ma chambre ?

Il hésita, puis expliqua d'une voix morne :

— J'étais pourchassé.

— Pourchassé ?

Cela n'avait aucun sens. Il était censé être mort. Il avait laissé entendre que personne ne savait qu'il avait survécu à ses blessures. Elle comprit brusquement qu'un terrible secret entourait les circonstances de sa disparition. Et maintenant, elle était partie prenante de ce mystère.

Dominic vit la stupeur s'inscrire sur le visage de la jeune fille. Dans quoi s'était-il fourré ? Pourquoi diable avait-il fallu qu'il tombe justement sur elle ?

Songeur, il la repoussa contre le montant sculpté du lit. Dieu, que tout cela était compliqué ! Maintenant qu'elle savait qu'il était vivant, il allait être obligé de lui faire confiance, ce qui risquait fort de ruiner ses plans. Si elle avait été un homme, il aurait réglé la question d'une façon radicale et sans le moindre scrupule.

Mais lady Chloé Boscastle... la sœur cadette de Heath... Une femme un peu trop belle et trop brillante pour son propre bien. Et qui semblait avoir hérité du penchant familial pour la passion et le scandale. S'il lui faisait le moindre mal, Heath le lui ferait payer cher : il le réduirait tranquillement en charpie.

Les deux hommes avaient entamé une correspondance lorsque leurs jeunes frères respectifs, Brandon et Samuel, avaient été tués au Népal. Ils s'étaient fait mutuellement part de leurs doutes et de leurs suspicions au sujet de cette fatale embuscade. Heath était le genre d'homme qu'il valait mieux avoir comme ami que comme ennemi.

Mais pouvait-il avoir confiance en sa sœur ? Cette jolie jeune personne était-elle capable de garder un secret ? Était-il possible qu'elle devienne son alliée ? Il l'étudiait en silence lorsque, soudain, il remarqua le corset à la française jeté sur le lit.

Un drôle de truc, destiné à mettre en valeur un corps qui, à en juger par ce qu'il en avait vu, était assez pulpeux pour se passer de ce genre d'accessoire. Pourquoi diable une jeune fille aussi convenable portait-elle ce genre de chose ? se demanda-t-il, un instant distrait de ses sombres pensées.

— C'est à vous ? s'enquit-il doucement.

— Que... Oh... oh, on me l'a envoyé de Londres ce matin.

— Et vous l'avez déjà porté ?

— Peut-être une fois. Je... je ne m'en souviens pas.

Il leva les yeux et la scruta. Qu'avait-il entendu quand il était caché dans le cabinet de toilette ? La petite sœur de Heath avait-elle un amoureux ? Il s'en moquait, à vrai dire. Mais à une époque pas si lointaine, il se serait peut-être mis sur les rangs pour obtenir ses faveurs.

Ses propres affaires de cœur semblaient appartenir à une autre vie. Ces derniers temps, il n'avait eu en tête que sa vengeance. L'amour et la chair avaient été relégués au second plan.

Le souvenir de ces plaisirs sensuels se rappela soudain à sa mémoire. Oh oui, il était bien vivant, et peut-être même content d'être libre et de ne pas connaître, pour l'heure, les affres d'une liaison amoureuse. En d'autres circonstances, il aurait probablement tenté de mettre cette jeune femme dans son lit.

Mais pas maintenant. Elle était livide, probablement terrifiée à l'idée de ce qu'il avait l'intention de lui infliger, ce qui était fort compréhensible. Il ne trouva rien à dire pour la rassurer. Récemment, il s'était rendu compte qu'il était capable de commettre des actes qui autrefois lui auraient répugné. Il espéra qu'il ne lui ferait aucun tort, fût-ce involontairement. Mais il ne l'aurait pas juré, car le gentleman qu'il était naguère n'existait plus.

En attendant, il n'avait pas la moindre idée de ce qu'il allait faire. Le monde le croyait mort et enterré. Sa conscience avait peut-être disparu dans la tombe, avec son « cadavre ».

— Où êtes-vous allée ce soir ? s'enquit-il dans un élan de curiosité. À moins que ce ne soit un secret ?

Chloé battit des paupières, convaincue qu'elle se trouvait à la merci d'un dément. Elle maudit intérieurement sa cousine, qui avait eu la sotte idée de sortir ce corset de la malle, faisant ainsi naître toutes sortes d'idées sordides dans l'esprit de cet homme.

Il prétendait avoir été pourchassé. Mais pourquoi avoir cherché refuge *ici* ? Dans *sa* chambre ? S'attendait-il vraiment qu'elle le croie ? Ses blessures ne lui avaient rien ôté de sa vivacité et de sa force. Il était bien plus fort qu'elle. Parviendrait-elle à atteindre la porte et à dévaler l'escalier avant lui ? Si elle bondissait sur ses pieds, lui lançait un oreiller au visage et poussait la malle devant lui... pourquoi pas ? Cela avait marché avec Heath, la fois où il l'avait poursuivie parce qu'elle lui avait dérobé un de ses messages codés pour le punir de l'avoir taquinée.

Oui, mais les gonds de la porte étaient si rouillés qu'il fallait s'y reprendre à trois fois avant de réussir à ouvrir le battant. Dominic l'aurait rattrapée avant qu'elle ait pu s'échapper, et il serait furieux de surcroît. Ce n'était donc pas une bonne idée.

Sa voix la fit sursauter.

— Je vous ai posé une question.

— Quoi ? murmura-t-elle pour gagner du temps.

Si seulement quelqu'un dans la maison pouvait deviner qu'elle était en danger. « Mon Dieu, faites que Pamela revienne m'aider à vider mes malles... » pria-t-elle en silence.

— Je vous ai demandé où vous étiez ce soir.

Elle fut submergée par une nouvelle vague de frayeur. Pourquoi diable s'intéressait-il à sa vie privée ? Cet homme était sûrement déséquilibré, et dangereux sans aucun doute.

— J'étais...

Qu'avait-il envie d'entendre ? Une mauvaise réponse risquait de susciter sa colère. Devait-elle avouer qu'elle avait assisté à un bal ? Si lugubre qu'ait été ce bal de campagne, l'idée évoquait quelque chose de frivole, des rencontres, l'amour. Pas question d'orienter la conversation sur ce terrain glissant. Mieux valait lui faire croire qu'elle était timide et ennuyeuse à mourir, plutôt que le trublion qui causait tant de tracas à sa famille.

— J'étais invitée à une soirée musicale avec mon oncle et ma tante.

Voilà. Il n'aurait qu'à se contenter de cette semi-vérité. Et il n'avait pas besoin de savoir qu'elle avait flirté avec lord Saint-John.

Il eut un ricanement moqueur. Malgré son expression insultante, elle remarqua combien sa bouche était bien dessinée.

— Comme c'est excitant ! Un concert à Chistlebury. Et vous avez survécu à cette épreuve ?

Mortifiée, Chloé le vit ramasser le corset pour l'agiter sous ses yeux.

— Et quel était l'intérêt de porter cette chose ?

Elle se détourna, refusant de le suivre dans cette direction.

— Vous disiez qu'on vous avait pourchassé jusqu'ici ?

— C'est bien cela.

Il continuait d'examiner le corset, un sourire pensif aux lèvres, comme s'il l'imaginait serrée dans le vêtement. Elle s'humecta les lèvres. Allait-il l'obliger à le revêtir devant lui ?

— Les gens qui étaient à vos trousses savent-ils que vous vous êtes réfugié dans ma chambre ?

— Non.

Il leva brusquement la tête et, plongeant son regard dans le sien, ajouta à mi-voix :

— Et vous ne le direz à personne, n'est-ce pas ?

Chloé se raidit. S'il lui demandait d'accomplir un acte épouvantable, elle sauterait par la fenêtre, décida-t-elle. Une enfance passée au milieu de cinq frères l'avait endurcie.

— Pourquoi le répéterais-je à qui que ce soit ? répliqua-t-elle. Pourquoi serais-je perturbée de voir un inconnu surgir dans ma chambre et me brutaliser ?

Le ton était à la fois indigné et insolent. Se soumettre sans broncher n'était pas dans sa nature – un autre trait de caractère qui lui avait attiré bien des ennuis !

L'homme haussa les sourcils, visiblement pris de court par sa réaction, puis se racla la gorge.

— Ça vous ennuierait de baisser la voix ? Je n'ai fait que ce qui était nécessaire. Et j'ai l'intention de continuer, je vous préviens.

— Mais… qu'attendez-vous de moi, à la fin ?

— Cette maison et les terres qui l'entourent m'appartenaient autrefois. Votre oncle me les a achetées. Vous le savez ?

— Il a dû me le dire. Je ne m'en souviens pas.

— Mais vous savez qui je suis, n'est-ce pas ?

Ce n'était pas vraiment une question. Chloé le regarda retirer le pistolet de sa ceinture et le poser sur le lit.

— Le fantôme de Stratfield, répondit-elle sans réfléchir. Enfin… je veux dire lord Stratfield.

Les yeux de l'homme pétillèrent.

— Ah, fit-il d'un ton narquois, la légende se répand. Mais les commérages ne m'atteignent pas toujours dans ma tombe. Dites-moi, est-ce que je continue mes espiègleries nocturnes ?

Chloé s'empourpra en songeant aux péchés de chair que les habitants du village l'accusaient de commettre. N'avait-elle pas elle-même souhaité, une heure auparavant, que son « fantôme » apporte un peu de fantaisie à sa vie qui en était si dépourvue ?

— Disons que l'on vous prête une vie après la mort très active.

— Si seulement c'était vrai.

Il y eut un silence. Chloé risqua un coup d'œil en direction du pistolet qu'il avait posé entre eux. Des bruits leur parvinrent de l'extérieur. Un portail qui s'ouvrait en grinçant, le claquement des sabots d'un cheval. Puis il y eut une voix d'homme dans l'allée, et quelqu'un frappa rudement à la porte.

Stratfield darda sur Chloé un regard ouvertement hostile, et soupçonneux.

— Un peu tard pour une visite, non ?

Elle acquiesça, priant pour qu'on vienne à son secours. En effet, il était tard, mais si un domestique avait vu

Stratfield s'introduire dans la chambre par la fenêtre, son oncle allait faire irruption dans la pièce d'une minute à l'autre, et elle serait…

— Perdue, dit-elle tout haut. Oh, que vous êtes stupide! Avez-vous pensé à ce que deviendra ma réputation si on vous découvre ici? Vous savez ce que nous feront mes frères? Je suis censée me conduire de manière exemplaire à Chistlebury!

Il saisit son arme et s'assit au bord du lit en grimaçant de douleur.

— En ce moment, votre réputation est le dernier de mes soucis.

— Eh bien, merci beau…

Elle étouffa une exclamation en le voyant vaciller, et tendit instinctivement les bras pour le soutenir. Sans doute aurait-elle mieux fait de le laisser s'écrouler. Le contact avec son corps musclé l'emplit de confusion, et la plongea dans le désarroi. Au nom du ciel, que devait-elle faire de cet homme?

— Vous avez besoin d'un médecin, lord Stratfield.

Elle chancela sous son poids, et ils basculèrent contre la tête du lit.

— Vu les circonstances, vous devriez m'appeler simplement Dominic, marmonna-t-il d'une voix sourde.

— Je devrais vous appeler Satan, monsieur.

Il lança un coup d'œil à la porte, et son regard s'assombrit. De toute évidence, lutter pour sa vie avait aiguisé ses sens.

— Quelqu'un vient. Cachez-moi.

— Pas question.

Il pressa le canon de son pistolet contre l'épaule de Chloé.

— Je détesterais être contraint de tuer la personne qui va interrompre notre « conversation ».

— Vous ne feriez pas cela? chuchota-t-elle, affolée.

— J'en suis capable, croyez-moi, rétorqua-t-il froidement. Si je ne suis pas physiquement mort, mes sentiments, eux, le sont certainement.

La gorge sèche, elle dégagea son bras. Elle le croyait volontiers. Son visage hâve et ombré de barbe n'offrait plus la moindre ressemblance avec celui de l'élégant aristocrate qu'elle avait surnommé Galaad. Le raffinement distant qui caractérisait Dominic Breckland avait disparu, remplacé par une aura de danger. Cette soudaine transformation laissait Chloé perplexe.

Savait-il, le jour où ils s'étaient rencontrés, que sa vie était menacée ? Elle se rappela ses remarques étranges, ses manières grossières. Oui, tout s'expliquait.

Quelqu'un avait voulu le tuer, et elle ne pouvait le blâmer de vouloir se venger. Mais pas ici. Elle ne servirait pas d'instrument à sa vengeance. Et le pire, c'était que ses frères ne voudraient jamais croire qu'elle n'était pour rien dans cette histoire !

Un coup frappé à la porte mit fin à ses réflexions. Elle ne sut si elle devait être soulagée ou effrayée lorsqu'elle entendit la voix basse et hésitante de son oncle derrière le panneau. Elle ne voulait à aucun prix qu'il arrive quoi que ce soit au cher vieil homme. Pas question de donner à Dominic l'occasion de lui montrer qu'il était prêt à tout.

— C'est mon oncle, dit-elle à mi-voix.

— Débarrassez-vous de lui.

— Comment ?

— Ça m'est égal.

— Retournez vous cacher dans le cabinet de toilette, suggéra-t-elle à contrecœur. Il n'entrera pas dans ma chambre.

Visiblement peu enclin à lui faire confiance, Dominic jeta un coup d'œil circulaire.

— J'écouterai ce que vous direz, et je ne vous quitterai pas des yeux.

— Je m'en doute, répliqua-t-elle d'un ton mordant.

— Rien ne m'arrêtera, précisa-t-il.

Chloé sentit son sang se glacer dans ses veines en rencontrant son regard froid et déterminé. C'était le regard d'un homme qui n'avait plus rien à perdre.

4

Tandis qu'elle se dirigeait vers la porte, Chloé vit du coin de l'œil Dominic se plaquer contre le mur pour se fondre dans l'ombre. Il avait beau n'être plus visible, elle sentait sa présence sombre et menaçante. Ses paroles résonnèrent dans son esprit. Oserait-il s'attaquer à son oncle, ou à elle-même ? Il valait mieux ne pas le mettre à l'épreuve.

Comme elle entrouvrait le battant, son oncle la gratifia d'un regard anxieux. Avec un peu de chance, il sentirait que quelque chose clochait. Il percevrait sa peur et irait chercher de l'aide.

— Chloé, dit-il sans préambule, je suis désolé de te déranger, mais j'ai un problème qui ne peut attendre jusqu'à demain matin.

Elle pressa une paume moite contre le bois, espérant que le vieil homme allait remarquer l'expression de panique dans ses yeux. Elle espérait que le fantôme de Stratfield avait été aperçu dans les parages. Sa tante organiserait peut-être une évacuation de la demeure afin de préserver la bienséance. Seigneur, elle sauterait au plafond si elle apprenait que le coquin était caché dans la chambre de sa nièce ! Chloé réprima un sourire en se représentant tante Gwendolyn aux prises avec le revenant.

Son oncle hésita, la tête inclinée, et demanda :

— Puis-je entrer ?

L'ombre contre le mur vacilla, sinistre. Chloé s'imagina de nouveau prisonnière de ces bras aux muscles d'acier, étouffant sous leur pression. Cet homme s'était-il toujours conduit de manière aussi barbare ?

— Non, répondit-elle d'une voix étranglée.

Dieu que c'était tentant de révéler la vérité au vieil homme ! Mais c'eût été trop dangereux, pour l'un comme pour l'autre.

— Je… je ne suis pas décente, mon oncle.

— Oh, ciel ! fit-il, manifestement embarrassé. Je n'aurais pas dû te déranger à une heure pareille. Mais c'est la faute de ce magistrat qui est venu tambouriner à la porte. Un attelage a été attaqué à Cooper Bridge, il y a moins d'une heure. Cette fois, le brigand n'a pris que les gants de la dame et ses jarretières.

Oubliant un instant l'horrible situation dans laquelle elle se trouvait, Chloé s'écria :

— Vous ne croyez tout de même pas que c'était Devon…

— Si, justement.

Il se mit à arpenter le couloir, tout en lançant des coups d'œil furtifs du côté de l'escalier obscur.

— Le magistrat m'a montré un portrait, Chloé. C'était bien ton frère. Le gredin a recommencé. Ce pauvre Grayson vient à peine de désamorcer un premier scandale, et voilà qu'il en provoque un second !

Chloé retint un soupir. Elle savait exactement à quel moment Grayson, son frère aîné, avait quitté le clan des fauteurs de troubles pour intégrer celui des victimes. Il avait suffi qu'il rencontre Jane, son adorable jeune épouse. Eh bien, si vraiment Devon était coupable de ce dernier méfait, elle trouverait peut-être plus tard le temps de surmonter sa déception et sa colère, et même d'essayer de comprendre ce qui poussait son frère à commettre des actes aussi extravagants. Mais pour l'instant elle avait d'autres chats à fouetter, avec cette canaille de Stratfield qui avait eu la mauvaise idée de se réfugier dans sa chambre. Pour une fois, Devon devrait se tirer d'affaire sans elle.

— Tante Gwendolyn est-elle au courant ? s'enquit-elle tout à coup.

— Bonté divine, non ! J'ai peur de le lui annoncer, mais…

Humphrey s'immobilisa, pivota lentement sur lui-même et risqua un coup d'œil par-dessus l'épaule de sa nièce.

— J'ai pensé que Devon était peut-être venu se cacher chez toi ? Vois-tu, Chloé, je sais qu'il te rend visite de temps à autre. Oh, mais ne prends pas cet air affligé ! Je n'en dirai pas un mot à ta tante ni aux autorités. Cela restera notre petit secret.

Elle avait bien besoin de se charger la conscience d'un nouveau secret qui ne ferait que lui compliquer la vie...

L'ombre de Stratfield s'agita de nouveau contre le mur. Pas assez pour le trahir. Juste assez pour rappeler à Chloé que rien de ce qu'elle dirait ne lui échapperait.

— Quel secret, oncle Humphrey ?

— Eh bien, au sujet de Devon, répondit son oncle, interloqué. Je ne t'en veux pas, Chloé. Il est normal que tu essaies de protéger ton frère. Mais préviens-le que la maison risque d'être surveillée. Chistlebury n'est pas Londres...

— Inutile de me le rappeler.

Son oncle fronça les sourcils.

— Ici, les autorités n'ont guère autre chose à faire que de le traquer. Ce garçon risque fort de se faire tirer dessus avant qu'ils aient compris qu'ils ont affaire à un jeune noble désœuvré et espiègle. Des gants et des jarretières, Chloé. Enfin, au moins, personne n'a été blessé, cette fois.

Chloé appuya le front contre le battant de chêne. Le fait de savoir que Stratfield l'attendait dans la chambre l'empêchait de se concentrer sur la conversation. Il n'avait tout de même pas l'intention de passer la nuit chez elle ?

— Devon n'est pas ici.

— Tu ne te sens pas bien, Chloé ? s'enquit le vieil homme. Tu me parais bien pâle. Tu n'es pas de nouveau malade, j'espère ?

La porte du cabinet de toilette grinça. Pourquoi son oncle ne l'avait-il pas entendue ? Pourquoi ne devinait-il pas qu'un homme la menaçait de son pistolet ?

— Ce doit être à cause de la conversation que nous avons eue dans la voiture, répondit-elle à mi-voix.

— Dans la voiture ? Tu veux parler du chat qui a ramené une souris sur la chaise du pasteur ? Je ne me doutais pas que tu étais aussi délicate.

Chloé eut une furieuse envie d'attraper son oncle par les revers de sa veste et de le secouer comme un prunier.

— Non, pas le chat, répliqua-t-elle en détachant chaque syllabe.

— Alors… Ah, je vois ! s'exclama son oncle d'un ton désapprobateur. Encore cette ridicule histoire de fantôme. Pauvre Stratfield. Les femmes n'ont donc aucun respect pour les morts.

— Du respect ?

Chloé sentit le sang lui battre aux tempes. Son oncle éprouvait de la compassion pour un homme qui la menaçait de mort sous son nez ?

— Tu es blême, mon enfant. Aurais-tu peur des fantômes ? Si c'est le cas, je peux t'affirmer que le spectre de Stratfield ne séduira personne dans cette maison, assura-t-il avec un petit rire. Pourquoi chercherait-il, maintenant qu'il est mort, à obtenir ce qu'il aurait pu avoir de son vivant ? D'un simple claquement de doigts, il aurait pu séduire n'importe quelle femme de Chistlebury. À l'exception de Pamela et de toi, naturellement.

Chloé eut une sorte d'éblouissement, et la tête lui tourna. Ce n'était pas une éventuelle tentative de séduction qui l'inquiétait. Mais Stratfield irait-il jusqu'à les tuer ? Si elle franchissait la porte en courant, aurait-elle le temps de se cacher dans l'escalier avant qu'il ne lui tire dessus ?

Mais dans ce cas, son oncle, inconscient du danger, demeurerait dans le hall. Il risquait même de vouloir tenir tête à Stratfield !

— Nous ne devons nous soucier que de Devon, ajouta-t-il d'un air soucieux. Va te coucher, mon enfant. Demain matin, nous tâcherons d'établir un plan pour remettre ce jeune vaurien dans le droit chemin.

— Oui, demain matin, répéta-t-elle, hébétée.

Elle suivit des yeux la silhouette du vieil homme qui s'enfonçait dans l'escalier obscur. Serait-elle encore vivante le lendemain matin ? Aurait-elle été déshonorée par le fantôme de Galaad ?

L'espace d'un instant, l'instinct de survie faillit prendre le dessus sur la peur. C'était sa dernière chance. Personne ne s'aventurerait plus jusqu'à sa chambre cette nuit.

« Dis-lui que le fantôme de Stratfield te retient prisonnière, s'exhorta-t-elle. Dis-le-lui avant qu'il ne soit trop tard... »

— Oncle Humphrey. Je vous en prie, revenez...

Son oncle ne l'entendit pas, et elle se rendit compte que les paroles s'étaient éteintes d'elles-mêmes sur ses lèvres.

Elle ne vit pas Dominic bondir en avant. Elle capta juste un mouvement dans le miroir en pied. La seconde d'après, il était sur elle, et la plaquait sans bruit contre la porte.

Coincée entre son corps puissant et le battant, Chloé ne put esquisser le moindre mouvement. Elle perçut la tension qui émanait de lui, et craignit un instant qu'il ne perde le contrôle. Quant à elle, elle n'avait d'autre choix que de rester parfaitement immobile et d'essayer de maîtriser le tremblement qui la secouait. Il ne lui faisait pas mal, mais l'espèce de faiblesse qui s'était emparée d'elle au contact de son corps brûlant était aussi déstabilisante qu'une agression. Elle était terriblement consciente de sa virilité, et en éprouvait de la gêne.

S'il n'y avait pas eu la foudroyante douceur de ce baiser échangé sous la pluie, elle n'aurait pas réagi de même. Elle aurait eu davantage peur de lui. Avait-elle seulement imaginé ce fugace instant de tendresse ? Ce seul souvenir suffisait à l'étourdir. La sensualité de cet homme n'était que trop réelle.

— Est-il nécessaire de m'immobiliser d'une façon aussi spectaculaire ? lança-t-elle, furieuse.

Il la considéra avec plus de sang-froid qu'auparavant.

— Tant que vous refuserez de m'obéir, je crains que ça ne le soit, oui.

Elle se crispa en sentant un objet s'enfoncer dans son abdomen, et baissa les yeux. Il lui fallut quelques secondes pour se rendre compte que ce qu'il pointait sur elle n'était pas un pistolet, mais un crayon. Son crayon *favori* ! Excédée, elle le lui arracha de la main.

— Vous avez fouillé dans mon bureau ? articula-t-elle, offusquée.

Il lui prit les avant-bras et l'écarta de la porte. Puis, sans la lâcher du regard, il tira calmement le verrou.

— Je cherchais de quoi écrire.

Elle le considéra avec incrédulité. Quelque part dans ses affaires de toilette, il avait dû dénicher un peigne pour discipliner ses cheveux en bataille, ainsi qu'un linge propre pour panser sa...

— Vous vous êtes servi de mon jupon de dentelle rose pour éponger le sang de votre blessure ? s'exclama-t-elle, scandalisée.

Il eut un sourire désabusé.

— Désolé, mais je n'avais pas le choix. C'était cela, ou l'un de vos étonnants corsets. J'ai pensé que cela ne m'irait pas, ajouta-t-il tandis que son regard s'attardait sur les formes de la jeune femme.

Quelle audace ! Elle en eut le souffle coupé.

Le pistolet avait disparu, nota-t-elle. Du moins, il ne le portait pas sur lui, ce qui était quelque peu réconfortant. Mais penser qu'il avait osé se servir de son crayon et de son jupon ! Qu'exigerait-il ensuite ?

Il tourna autour d'elle sans cesser de la regarder. Feindre d'être mort n'avait en rien diminué son magnétisme. N'eût été le jupon de dentelle rose qui dépassait de sa chemise ensanglantée, il aurait pu passer pour un gentleman.

— De quoi écrire, murmura-t-elle.

Son esprit se remettait à fonctionner, et elle en était arrivée à une conclusion désagréable.

— Pour une demande de rançon ? risqua-t-elle.

— Une quoi ? fit-il, comme s'il n'en croyait pas ses oreilles.

Elle s'éclaircit la voix et répéta posément :

— Une demande de rançon.

Il s'immobilisa derrière elle. Elle tourna la tête, et le vit passer distraitement la main sous la dentelle rose fourrée sous sa chemise. Elle se rappela que ce tissu grattait affreusement, et elle espéra que Stratfield souffrait autant qu'il le méritait.

— Et pourquoi demanderais-je une rançon, s'il vous plaît ? murmura-t-il en se penchant vers elle.

L'obscurité, ajoutée au fait qu'elle était en partie dévêtue, conférait à la scène un côté intime qu'il était difficile d'ignorer. Elle sentit le souffle du « fantôme » sur son épaule. Il jouait avec elle, tel un chat avec une souris.

Se redressant, elle déclara :

— Vous savez fort bien que mon frère est le marquis de Sedgecroft, et que sa fortune est immense. Il est logique que vous le croyiez prêt à payer une belle somme pour faire libérer sa sœur.

Stratfield la contourna, tira du pied la chaise qui se trouvait devant la table de toilette et s'y laissa tomber. Il la contempla à travers ses longs cils noirs.

— Logique ? répéta-t-il, semblant se retenir d'éclater de rire.

— En dépit de vos mauvaises intentions, je dois vous avertir que mon frère risque fort de vous ordonner de me garder prisonnière.

— De vous garder prisonnière ? Et pourquoi diable le marquis ferait-il une chose pareille ? Pourquoi un frère ne voudrait-il pas d'une sœur qui s'attire les pires ennuis chaque fois qu'il tourne le dos ?

Chloé se rembrunit. Si jamais elle survivait à cette épreuve, elle ferait amèrement regretter à Grayson de l'avoir exilée à Chistlebury !

— Il est vrai que mon frère a été mécontent de moi ces derniers temps, admit-elle à contrecœur.

Les yeux gris de Stratfield étincelèrent dans la semi-pénombre.

— Je vois.

Elle le foudroya du regard. Assis à califourchon sur la chaise, on aurait dit un prince médiéval prenant plaisir à torturer ses sujets. Dire que le jour où il l'avait embrassée sous la pluie, elle avait souhaité qu'il l'enlève ! Quelle rêverie idiote !

— Vous voyez *quoi* ?

— Pourquoi vos frères vous ont expédiée dans ce village perdu, ma chère.

Il savait ? Impossible. Grayson et Heath avaient gardé le secret, comme s'il s'agissait d'une affaire d'État. Ce qui, de fait, était ridicule, puisque la moitié de Londres était au courant de ses frasques. Cet homme ne semblait pas du genre à lire les journaux à scandale, mais il se *pouvait* qu'il ait eu vent de l'histoire.

— On m'a envoyée à la campagne pour des questions de santé, affirma-t-elle avec aplomb. J'ai... la poitrine fragile.

Il haussa les sourcils, et la parcourut de la tête aux pieds avec une insistance qui la fit rougir.

— Je ne détecte aucune faiblesse dans cette partie de votre anatomie. Ni ailleurs, du reste. Vous paraissez en excellente santé.

— Vraiment ?

— Vraiment.

Puis, comme saisi d'un doute, il ajouta :

— Naturellement, il fait très sombre. Et ce peignoir dissimule plus qu'il ne révèle. Je pourrais allumer une bougie et vous examiner plus attentivement. Je ne suis pas homme à me forger une opinion hâtive.

— Inutile d'aller si loin, répliqua-t-elle, effarée.

— Non ? Dommage. Quoi qu'il en soit, je vous trouve très bien. Dans l'obscurité, en tout cas. Et sous la pluie, si j'ai bonne mémoire.

C'était le compliment le plus ambigu qu'elle ait jamais entendu. Elle en fut désarçonnée. Elle n'avait jamais rencontré un homme capable de s'amuser autant des conventions... hormis ses frères, bien entendu.

— Je suis sujette à des quintes de toux, insista-t-elle.

Se perdant dans la contemplation d'une éraflure sur son poignet, il murmura :

— D'après ce que je sais, on vous a vue aussi embrasser un jeune homme. Derrière un attelage. Franchement, lady Chloé...

— Comment...

Stupéfaite, elle ne parvint pas à achever sa phrase. Dominic lui laissa quelques secondes pour se ressaisir, avant de lever les yeux sur elle.

— Allons bon. Vous voilà prise en défaut, pas vrai ? Ainsi, la jeune femme que voici aime les baisers volés. Il faudra que je m'en souvienne. Mais pour l'instant aucune femme, si ravissante ou si effrontée que vous soit-elle, ne parviendra à me détourner de mon objectif.

— Vraiment ?

— Je me suis laissé dire que vous aviez été exilée à Chistlebury à cause de votre conduite indécente dans un parc, dit-il d'un ton sévère. Pendant une cérémonie de mariage, au beau milieu de l'après-midi. Où aviez-vous donc la tête ?

Chloé ne songeait même plus à s'offusquer. En fait, elle était très impressionnée. D'abord, par la façon retorse dont il avait rassemblé des informations. Ensuite, de découvrir qu'elle avait suffisamment d'importance pour mériter qu'il s'informe à son sujet. À moins, bien sûr, qu'il ne soit qu'un fou criminel dont le seul but était de la tuer. Cette pensée raviva son anxiété.

— Comment... mais *comment* pouvez-vous être au courant ? Je veux dire... je vous connais à peine. Pourquoi vous intéresseriez-vous à ce que je fais ?

Il passa le doigt sur la fine cicatrice qui lui barrait le menton.

— Je me suis intéressé à toutes les activités des personnes de ce village, y compris vous, quand j'ai mené l'enquête pour démasquer mon meurtrier et le faire arrêter.

— Vous ne pensez tout de même pas que j'aie quelque chose à voir dans cette histoire ?

— Bien sûr que non, concéda-t-il avec un froncement de sourcils. Mais vous êtes arrivée à peu près à la même époque.

— C'était une coïncidence !

— Oui. Une coïncidence malheureuse pour vous.

Il n'avait pas besoin de lui rappeler qu'elle était potentiellement en danger... Elle jeta un coup d'œil du côté du cabinet de toilette, puis revint à lui. Comment pouvait-elle rester tranquillement là à faire la conversation à... à un revenant ? Seule sa sœur Emma, obsédée par l'étiquette et les convenances, serait capable de trouver une échappatoire élégante à une telle situation. Elle-même était si impétueuse qu'elle risquait d'empirer les choses.

— Votre meurtrier, fit-elle en scrutant le visage sombre de Stratfield. Est-ce lui qui vous a poursuivi jusqu'ici ?

— Ah, je vois que vous êtes aussi curieuse que votre frère Heath. Cela ne me surprend pas.

Elle croisa nerveusement les mains derrière son dos.

— Vous... vous n'allez pas rester ici ?

— Je resterai aussi longtemps que ce sera nécessaire. Un jour, peut-être deux.

— Et vous n'allez pas...

Il arqua les sourcils, comme s'il venait tout juste de comprendre ce qu'elle redoutait.

— Profiter de la situation ? suggéra-t-il. Attacher vos poignets délicats aux montants du lit et vous séduire en secret pendant que le reste de la maisonnée dort tranquillement ?

Il marqua une pause, comme s'il considérait la délicieuse absurdité d'une telle situation.

— Mmm... cela ne faisait pas partie de mon plan, mais il faut savoir s'adapter. Vous croyez que nous devrions essayer ?

Chloé demeura muette de stupéfaction.

— Vous n'auriez pas cette audace ! bredouilla-t-elle.

— Non. À moins que vous n'ayez un faible pour les aristocrates morts. Il paraît que je suis devenu d'une nature très lascive depuis que je suis passé dans l'autre monde, ajouta-t-il en secouant la tête d'un air narquois.

— Vous n'étiez pas un saint de votre vivant, me semble-t-il.

Il haussa les épaules avec nonchalance.

— Ni un saint ni un pécheur. Je suppose que j'étais... humain, tout simplement.

— Pourquoi ne partez-vous pas ? demanda-t-elle doucement.

— Parce que je ne suis pas certain que l'homme qui était à mes trousses ait perdu ma trace.

Ce qui était la stricte vérité. Finley, l'astucieux garde-chasse de Stratfield Hall, avait poursuivi Dominic jusqu'au vieux portail de Dewhurst Manor. L'ironie étant que ce loyal serviteur croyait pourchasser le meurtrier de son maître. Or, pour l'instant, Dominic n'était pas encore libre de lui révéler qu'il était vivant, ou de lui demander son aide.

— Ce n'est pas mon problème.

— J'ai bien peur que si, rétorqua-t-il avec un sourire sans joie. Du reste, je ne vous dérangerai pas beaucoup. J'ai décidé d'élire temporairement domicile dans votre cabinet de toilette. Vous ne vous apercevrez même pas de ma présence.

— J'en doute fort ! Vous êtes sérieux ? Vous pensez que je vais dormir dans cette chambre, avec vous ? Pas question ! Je vais de ce pas chercher mon oncle. Tirez-moi dans le dos si ça vous chante.

Il se leva d'un mouvement fluide et vint se camper devant elle, lui barrant le chemin.

— Si vous faites cela, je serai dans l'obligation d'alerter les autorités, répliqua-t-il.

Elle le regarda droit dans les yeux, un peu plus sûre d'elle, à présent.

— Pour leur dire quoi ? Que vous vous êtes introduit dans ma chambre, que vous avez fouillé dans mes malles, et que vous m'avez agressée ?

Il la contempla avec attention, s'attardant sur les pommettes saillantes, les traits fins et bien dessinés.

Étaient-ce ces yeux d'un bleu profond qui lui avaient attiré tant d'ennuis ? Ce regard intense et passionné auquel peu d'hommes pouvaient résister ? Son innocence mêlée de défi était dangereuse. Pourquoi ne s'était-il pas retrouvé dans la chambre d'une de ces ternes demoiselles de Chistlebury qui se sauvaient telles des petites souris effrayées dès qu'il posait les yeux sur elles ?

Il décida de bluffer.

— Je pense que les autorités seraient moins intéressées par le récit hystérique d'une jeune fille qui prétend avoir reçu la visite d'un fantôme, que par des renseignements concernant un certain bandit de grand chemin.

Chloé eut l'impression qu'un étau lui serrait les tempes. Cet homme ne pouvait savoir ce qu'avait fait son crétin de frère ! Il n'avait quand même pas été si loin dans son enquête.

— Quel bandit ? demanda-t-elle d'une voix neutre. Je ne vois pas de quoi vous voulez parler.

— Bien joué, admit-il en s'appuyant à la coiffeuse. Je serais presque tenté de vous croire. Mais je sais tout, voyez-vous. Depuis l'affaire de Chelsea jusqu'à l'attaque plus récente de Chistlebury.

— Vous avez écouté la conversation que j'ai eue avec mon oncle !

— Naturellement. Écouter aux portes est une habitude très utile. Je suppose que vous tenez à tout prix à protéger votre frère ?

— Je ne sais pas à quoi vous faites allusion.

— Votre loyauté est touchante. Vraiment. J'espère que vous en êtes justement récompensée. Vous avez prononcé le nom d'un homme en ouvrant la porte du cabinet de toilette. Devon, il me semble. Je ne crois pas avoir déjà eu le plaisir de rencontrer ce jeune gredin.

— J'exige que vous sortiez sur-le-champ.

Ignorant son ordre, il ramassa le cahier relié de maroquin qu'il venait d'apercevoir sur la coiffeuse.

— Même dans la tombe, je dispose d'une fortune confortable. J'imagine que je pourrais rembourser aisément les dettes de cette jeune fripouille, et sans même m'en apercevoir.

Elle bondit en avant pour lui arracher le cahier des mains, qu'elle glissa sous le lit. Il faisait heureusement trop sombre pour qu'il puisse lire, mais la simple idée que ce vaurien jette un œil sur son journal intime lui était intolérable.

Il l'observa avec amusement.

— On ne devrait jamais coucher sur le papier des réflexions d'ordre intime, observa-t-il.

— À priori, un journal intime se trouvant dans la chambre d'une jeune fille n'est pas censé échouer sous les yeux d'un étranger.

Stratfield croisa les bras.

— Si vous acceptez de m'aider, je pourrais sortir Devon du pétrin dans lequel il s'est lui-même fourré. Car en admettant que les autorités acceptent de fermer les yeux sur son comportement, il n'est pas exclu qu'une de ses victimes se mette en tête de le tuer pour se venger.

La même crainte avait traversé l'esprit de l'oncle Humphrey. Devon était un provocateur qui aimait courtiser le danger, sinon la mort.

— Vous me proposez de conclure un marché ? demanda-t-elle avec froideur.

— Un marché, oui, si vous voulez, répliqua-t-il tout aussi froidement.

5

— C'est du chantage. Voilà ce que je pense de votre proposition.

La voix de Chloé résonna dans la pénombre. Dominic ouvrait la bouche pour répondre lorsqu'il fut interrompu par un léger tintement derrière la porte du cabinet de toilette. De toute évidence, quelqu'un était en train de lancer des graviers contre la fenêtre à laquelle Chloé avait vu sa chemise accrochée de manière si provocante, une heure auparavant.

L'espace de quelques secondes, la jeune femme demeura figée, en proie à une terrible indécision. Impossible de prétendre qu'elle n'avait rien entendu. Dominic haussa les sourcils, perplexe. Cela ne pouvait être que son irresponsable de frère qui essayait une fois de plus, et sans trop de subtilité, d'attirer son attention.

Si elle ignorait son signal, Devon, avec sa désinvolture habituelle, finirait par réveiller toute la maisonnée. À moins qu'il ne décide de grimper à la muraille pour entrer par la fenêtre… Une autre poignée de graviers heurta la vitre.

Il se retrouverait alors nez à nez avec Stratfield. Avec tous les risques que cela comportait.

Dominic siffla entre ses dents.

— Je suggère que vous répondiez à votre visiteur avant que cet imbécile ne réveille le reste de la famille.

Chloé resserra à tout hasard les pans de son peignoir, ignorant ce qu'il pouvait distinguer dans l'obscurité.

— Et que *suggérez-vous* que je lui dise ? chuchota-t-elle en plissant les yeux.

Il lui agrippa le bras et, ignorant son cri de protestation, l'entraîna vers le cabinet de toilette en murmurant :

— Dites-lui que l'armée britannique entière surveille la maison. Dites-lui de cesser de s'en prendre aux équipages ! Dites-lui n'importe quoi, mais qu'il débarrasse le plancher.

— Excellent conseil, rétorqua-t-elle en le repoussant. Peut-être devriez-vous l'appliquer à vous-même !

La fenêtre du cabinet de toilette était restée ouverte. Chloé se pencha, si transie de peur qu'elle ne sentit même pas l'air frais sur son visage en feu. Elle tressaillit lorsque ses doigts rencontrèrent la chemise accrochée au rebord de pierre.

Elle n'arrivait pas à croire qu'elle vivait une chose pareille. Dire qu'elle avait désespérément souhaité avoir une vie plus excitante. Et ce jour-là, sous la pluie, n'avait-elle pas espéré que Stratfield l'arracherait à la monotonie quotidienne et… et ferait d'elle ce qu'il voulait ?

Une silhouette enveloppée d'une cape se baissa dans l'ombre pour ramasser une nouvelle poignée de graviers. Comme l'homme se redressait, Chloé sursauta.

— Oh, non ! souffla-t-elle, consternée.

Un nouveau personnage venait s'ajouter au chaos ambiant. Elle se mordit la lèvre, les yeux rivés sur l'homme avec qui elle avait dansé et flirté outrageusement toute la soirée. Certes, il avait affirmé qu'il ne fermerait pas l'œil avant de l'avoir revue, mais elle n'en avait pas cru un mot. Quel début désastreux, pour une histoire d'amour !

Dominic, qui faisait les cent pas derrière elle en prenant garde de ne pas se montrer, s'arrêta brusquement et pivota sur lui-même, heurtant Chloé.

— Eh bien, que se passe-t-il ? lança-t-il d'un ton sec.

Elle se raidit, offensée par son ton dédaigneux. Toutefois, la sensation de son corps ferme tout près du sien la troubla plus qu'elle ne l'aurait voulu.

— Voyez vous-même.

Il écarta très légèrement le rideau, afin de lancer un coup d'œil dans le jardin. Puis il laissa échapper un flot de jurons entre ses dents. Chloé haussa les sourcils, l'air ouvertement désapprobateur. Ayant été élevée chez les Boscastle, elle avait déjà entendu bien pi, naturellement. De fait, elle avait *dit* bien pi elle-même ! Mais Stratfield l'ignorait.

— Ce n'est pas votre frère, grommela-t-il.

Chloé sourit, enchantée de le voir aussi exaspéré.

— Non. C'est lord Saint-John.

— Que diable fait-il sous votre fenêtre ?

— Comment voulez-vous que je le sache ? répliqua-t-elle en feignant l'innocence. Je n'ai fait sa connaissance que ce soir.

— Ce soir, vraiment ? questionna Stratfield d'un ton glacial.

— Puisque je vous le dis.

— Vous et votre corset avez dû lui faire grande impression.

— Vous avez quelque chose contre les histoires d'amour, lord Stratfield ?

— Pour être franc, oui.

— Dommage pour vous. Mais certaines personnes croient encore à l'amour, voyez-vous ?

— Et d'autres, qui ont eu le malheur d'être poignardées dans leur lit, doivent être pardonnées si elles sont devenues un tantinet cyniques.

— Vous ne pouvez en vouloir au monde entier, fit-elle remarquer doucement.

Il darda sur elle un regard féroce.

— Et pourquoi pas ?

— Eh bien, parce que...

— Épargnez-moi votre idéalisme naïf et débarrassez-vous plutôt de votre visiteur indésirable.

— Lequel ?

— Ne me provoquez pas, marmonna-t-il, menaçant.

Chloé se tourna vers la fenêtre avec un sourire énigmatique qui dut déplaire à Stratfield, car ce dernier lâcha encore une série de jurons.

— Faites-le partir, ordonna-t-il, les mâchoires serrées.

— Mais comment ?

— Pour commencer, cessez d'afficher ce sourire de sirène.

Il considéra sa silhouette qui se découpait dans la clarté de la lune, les papillons de soie brodés sur ses hanches rondes, et ajouta d'un ton acerbe :

— Je suppose que, lui aussi, vous l'avez embrassé.

Elle ne prit pas la peine de répondre à une remarque aussi insultante, bien qu'elle dût admettre que la situation avait de quoi surprendre. Un jeune dandy élégant jetant des graviers contre sa fenêtre à une heure aussi avancée de la nuit... Dominic ne voudrait jamais croire qu'elle ne lui avait pas donné rendez-vous. D'ailleurs, ses frères ne la croiraient pas davantage s'ils étaient là.

— Ce n'est pourtant pas ma faute, déclara-t-elle comme pour elle-même.

Dominic émit un grognement incrédule.

— Je vous assure ! se défendit-elle en lui jetant un bref coup d'œil par-dessus son épaule. Je ne l'ai pas plus invité que vous.

— Vous devriez sans doute penser à fermer votre fenêtre avant de sortir, fit-il d'un ton agacé. Vous attendez encore quelqu'un, ce soir ? Faut-il que je prépare le thé ?

— Pourquoi pas ? À condition que vous alliez le chercher en Chine.

Dominic s'attarda encore un instant sur la jolie silhouette drapée de soie, avant de se remettre à arpenter nerveusement le réduit. C'était bien sa chance ! Il avait fallu que ce soit une femme comme celle-ci, une espèce d'Hélène de Troie à la langue trop bien pendue, qui découvre qu'il n'était pas mort ! Cette femme avait le don d'attirer les ennuis, ce qui semblait être un trait distinctif des Boscastle. Vraiment, il n'avait pas besoin de cela. Et pourtant, il était là, pris au piège entre une sirène, l'idiot du village... et son meurtrier qui courait toujours.

— Vous auriez mieux fait de vous évanouir à mes pieds quand vous avez ouvert la porte du cabinet de toilette. Cela nous aurait épargné bien des problèmes, grommela-t-il, furieux.

Elle lui fit signe de se taire.

— Chut !

— Pardon ?

— Avec vos grommellements, je n'entends pas un mot de ce que raconte Justin. Je pense qu'il est sur le point de demander ma main.

La surprise le cloua sur place. Quel aplomb ! De toute évidence, elle ne prenait pas ses menaces très au sérieux. Il soupçonna le baiser qu'ils avaient échangé sous la pluie d'y être pour quelque chose. Son regard demeura fixé sur son attrayante silhouette, et il sentit une bouffée de désir malvenue l'envahir.

Chloé se pencha sur l'appui de la fenêtre et chuchota avec un petit rire de gorge :

— Une récompense ? Mmm. Qu'avez-vous en tête ? Non, bien sûr, je ne vous ai pas oublié. Que faites-vous ici en pleine nuit ?

— Ça paraît évident, marmonna Dominic, exaspéré. Tentative de séduction. Quel balourd ! Comme s'il suffisait de lancer des graviers à la fenêtre d'une jeune fille pour gagner son cœur. Et pourquoi pas des œufs ? Ou des billes de billard ?

Chloé lui décocha un coup d'œil furibond.

— Allez-vous vous taire, à la fin ?

— Moi ? s'exclama Dominic, la main sur le cœur. Pourquoi ne demandez-vous pas à votre Roméo d'en faire autant ? C'est lui, le responsable de tout ce raffut.

La voix de Justin s'éleva sous la fenêtre.

— Que dites-vous, Chloé ? Je ne comprends pas. Pourquoi ne descendez-vous pas dans le jardin, que nous puissions bavarder à notre aise ? Je vous ai écrit un poème.

— Un poème ! s'exclama Dominic en levant les bras au ciel.

La tête lui tournait. Sa blessure s'était remise à saigner. Et, en plus, il était obligé de rester là, à écouter le crétin du village débiter ses niaiseries.

— J'aime beaucoup la poésie, déclara Chloé dans un souffle.

— Eh bien, pas moi.

— Dans ce cas, personne ne vous retient, murmura-t-elle en posant les coudes sur l'appui de la fenêtre.

Puis, se tournant de nouveau vers le jardin :

— Revenez demain matin, Justin.

— Demain ? répéta ce dernier, visiblement déçu. Ne me dites pas que je dois attendre si longtemps pour vous revoir ? Je ne pense pas pouvoir supporter cette épreuve, Chloé.

— Eh bien, nous sommes deux, murmura Dominic sombrement.

Chloé tapota du bout des doigts sur l'appui de la fenêtre.

— Non, trois, rectifia-t-elle d'un ton sec avant d'ajouter plus doucement : Justin, apportez-moi votre poème demain, après le petit-déjeuner. J'aurai l'esprit plus tranquille.

Derrière elle, Dominic croisa les bras en fronçant les sourcils d'un air réprobateur. La nuance rêveuse dans la voix de Chloé ne lui avait pas échappé. Et même le « mort » qu'il était ne pouvait ignorer la façon dont le peignoir de soie se tendait sur ses hanches tandis qu'elle se penchait à la fenêtre pour chuchoter avec son admirateur.

Il repensa au corset abandonné sur le lit. Pas étonnant que ses frères l'aient exilée à la campagne. Cela dit, même cloîtrée dans un château fort isolé sur un piton rocheux, elle trouverait le moyen de faire des sottises. Cette jeune personne était décidément trop fougueuse et passionnée pour son bien.

À preuve, le simple fait qu'elle ait réussi à attirer l'attention de Justin, lord Saint-John, le meilleur parti de Chistlebury maintenant que lui-même avait quitté la scène. Mais Justin n'était-il pas déjà fiancé à l'héritière des Seymour, une jeune fille insipide qui avait du mal à aligner deux idées cohérentes ? Ce garçon n'avait rien à faire sous la fenêtre de Chloé, et il n'était pas question qu'il l'attire dehors. La voix suppliante de Justin s'éleva dans la brume :

— J'ai fait tout ce chemin pour vous voir, Chloé. Ne pouvez-vous au moins sortir un moment pour me parler ?

— Je vous défends d'accepter, siffla Dominic, derrière elle.

Elle parut s'offusquer de son intervention.

— Et pourquoi ? J'ai bien fait ce que vous vouliez, *vous.*

Le jeune homme recula de quelques pas dans le jardin, alarmé.

— Y a-t-il un autre homme dans votre chambre, Chloé ?

— Répondez que oui, souffla Dominic. Dites-lui que votre amant est un étranger extrêmement jaloux, qui vit l'épée à la main.

— Allez-vous me laisser tranquille ? chuchota-t-elle, furieuse.

Justin fouilla l'obscurité du regard, soupçonneux.

— Qu'avez-vous dit ? J'ai cru entendre une voix d'homme.

Chloé vit tous ses espoirs d'entamer une idylle s'effondrer. Par le passé, elle avait souvent été attirée par des hommes qui ne lui convenaient pas. Jane, sa belle-sœur, lui avait fait gentiment remarquer qu'il suffisait d'un peu de bon sens pour remédier à ce défaut. Mais Chloé se sentait en proie à une sorte de mélancolie depuis la disparition de son père et de son frère Brandon. C'était tout juste si elle avait envie de vivre, parfois. Elle ne comprenait pas pourquoi elle ne parvenait pas à se satisfaire aussi aisément que ses amies.

Elle ne voulait pas faire de tort à sa famille, ni ruiner sa propre réputation. Mais, par moments, elle se moquait de tout. Brandon avait été tué l'année dernière, et leur père était mort d'une crise cardiaque à peine cinq mois plus tard, lorsque la nouvelle du décès de son fils lui était parvenue, dans leur résidence de campagne où il se trouvait avec Chloé. Seul membre de la famille présent, elle avait appris le meurtre de Brandon et assisté, impuissante, à la mort de son père. Le choc avait été terrible.

Elle ne s'en était pas encore remise. Et elle ne s'en remettrait sans doute jamais. Son père et elle n'étaient certes pas très proches. À dire vrai, le marquis de Boscastle était un homme dur et distant, qui s'était éloigné de ses enfants à la mort de sa femme, huit ans auparavant, alors que Chloé n'avait que douze ans.

Peu à peu, l'univers de la jeune fille était devenu gris. Les seuls moments où elle se sentait vivante, c'était lorsqu'elle s'attirait des ennuis. À sa façon, elle était un fantôme. Comme l'homme dont elle était maintenant captive.

Dominic Breckland et elle étaient peut-être vivants au sens physique du terme, mais l'un comme l'autre avaient la sensation qu'une partie vitale de leur être avait été abîmée, sinon irrémédiablement détruite. Chloé n'arrivait pas à expliquer pourquoi elle éprouvait de la sympathie pour un homme qui pouvait ruiner sa réputation, et donc sa vie, en un clin d'œil. Toute autre jeune fille à sa place aurait été en proie à une panique folle. Mais il est vrai que la famille de Chloé avait toujours défié les conventions, et que ses frères se plaisaient à choquer leurs pairs.

C'est pourquoi elle était si fière d'avoir attiré l'attention de Justin, à ce bal de campagne. Ce n'était pas du tout son genre d'homme. Il était issu d'une excellente famille, ne buvait pas, ne jouait pas, et paraissait tout à fait inoffensif. On pouvait juste lui reprocher le manque de jugeote dont il avait fait preuve en venant ici ce soir. Mais la passion, dès lors qu'on la maîtrisait, n'était pas répréhensible, n'est-ce pas ?

Ses frères avaient juré qu'ils la verraient mariée avec un parti acceptable avant la fin de l'année. Ce Justin pouvait se révéler un candidat sérieux si les apparences ne se démentaient pas.

Et si le démon sarcastique qui se penchait en ce moment sur son épaule, telle une gargouille, ne venait pas tout gâcher !

— Ce n'est pas un homme, Justin, répondit-elle d'une voix douce. Ce n'est que mon oncle Humphrey.

Le nom du vigoureux baronnet suffit à anéantir tous les espoirs de Justin. Renonçant à séduire sa belle, il lui envoya quelques baisers du bout des doigts et s'évanouit dans le brouillard. Dominic le regarda détaler avec satisfaction.

— Quel imbécile ! Il est grotesque.

Chloé fit volte-face et le défia du regard.

— J'aurais dû lui donner l'occasion de venir à mon secours. Je...

Elle s'interrompit en s'apercevant qu'il ne l'écoutait plus. Le regard fixé sur la fenêtre, il contemplait son domaine avec une intensité qui emplit Chloé d'une sourde appréhension. Il semblait déterminé et... dangereux.

— Que se passe-t-il ? chuchota-t-elle. Avez-vous aperçu l'homme qui vous a pourchassé ?

— Ne vous inquiétez pas, je l'ai semé dans la forêt.

— Qui était-ce ?

Dominic lui glissa un coup d'œil en coin, distrait de ses réflexions par la sensualité de sa voix. Rien d'étonnant à ce que les hommes aient envie de l'embrasser et viennent rôder sous ses fenêtres. Elle avait vraiment des yeux à damner un saint ! Il était hautement probable que, sans lui, elle se fût enfuie dans le brouillard avec son amoureux.

— Mon garde-chasse. Il m'a pris pour un braconnier et s'est lancé à ma poursuite.

— Pourquoi ne lui avez-vous pas révélé votre identité ?

Lord Stratfield sourit.

— Parce que je suis un braconnier, en quelque sorte. Je viens rôder dans le domaine pour tendre un piège à mon meurtrier. Tout malin qu'il est, Finley ne m'a pas reconnu.

— Étant donné votre apparence, cela ne m'étonne guère, rétorqua Chloé avec une grimace.

— Oui, eh bien, tout le monde ne peut pas porter des corsets décadents et honorer les soirées musicales de sa présence, n'est-ce pas ?

Chloé reporta le regard sur l'imposante demeure élisabéthaine dont les contours se détachaient dans l'obscurité, au-delà de la forêt. Stratfield se prétendait bien informé. Avait-il eu vent des rumeurs racontant que sa maîtresse s'était rendue plusieurs fois chez lui, au cours des jours qui avaient suivi ses obsèques ? Dans les salons, on disait qu'elle avait souhaité conseiller sir Edgar, l'oncle de Dominic, au sujet des affaires personnelles de ce dernier. Mais, en privé, on imaginait le pire, naturellement.

D'autant que les visites de la dame en question avaient eu lieu très tard le soir…

— Lady Turleigh sait-elle que vous êtes vivant ? hasarda-t-elle sans le regarder.

— Non, répondit-il d'un ton bref, destiné à décourager toute autre question.

— Ne trouvez-vous pas cruel de laisser croire à la femme qui vous aime que vous êtes mort ? insista-t-elle pourtant.

Il se tourna vers elle, et son expression la laissa sans voix. Elle avait espéré une réaction de sa part qui lui fasse entrevoir ses sentiments. Mais elle ne s'attendait pas à tant d'angoisse et de vulnérabilité.

— L'amour, répondit-il d'un ton faussement léger, est une horrible émotion, largement surestimée par les poètes, et par quelques imbéciles qui vivent la tête dans les nuages.

— Par chance, tout le monde ne partage pas ce point de vue cynique, observa Chloé après un moment d'hésitation.

— La plupart des gens n'ont pas été assassinés dans leur lit.

— Certes, concéda-t-elle. Mais votre amie n'y est pour rien, n'est-ce pas ?

Il ne dit mot, mais son silence était plus éloquent que toutes les paroles. La belle lady Turleigh était-elle impliquée dans la tentative de meurtre dont il avait été victime ? S'était-elle glissée dans son lit en sachant qu'il allait être poignardé ? Non. L'idée était si effroyable que

Chloé préféra croire que la réaction de Stratfield n'était que le reflet de sa nature trop cynique.

— Votre frère a combattu aux côtés du mien, reprit-elle, changeant délibérément de sujet. Heath prétend que vous avez enquêté sur l'attaque dont ils ont été victimes au Népal.

Le visage de Dominic s'assombrit.

— En effet, répondit-il sèchement.

— Et qu'avez-vous appris ?

— Sans doute à peine plus que ce que vous savez déjà, dit-il, évasif.

Chloé le dévisagea avec curiosité. Elle s'était toujours demandé si Brandon était bien mort lors de l'attaque de rebelles gurkhas, comme on le leur avait annoncé officiellement, ou si la vérité était plus complexe. Elle soupçonnait ses frères de lui avoir dissimulé la vérité. Cependant, étant une jeune femme dans une famille composée d'hommes qui restreignaient chacun de ses mouvements, elle pouvait difficilement s'embarquer pour le Népal afin d'enquêter sur place.

— Vous savez quelque chose, dit-elle doucement.

Ce n'était qu'une vague intuition. Le visage fermé de Dominic ne livrait rien.

— Ce que je sais, déclara-t-il en s'écartant de la fenêtre pour s'agenouiller sur le sol, c'est que je vous en ai dit bien assez pour une seule soirée.

— Dites-m'en davantage, et je vous aiderai de grand cœur.

— Il n'y a rien à dire, s'entêta-t-il.

Il mentait, elle le sentit d'instinct. Elle était prête à coopérer avec lui pour obtenir les renseignements qu'il détenait. Brandon avait été plus qu'un frère pour elle. C'était aussi son confident et son meilleur ami.

Mais il était clair que cet homme n'était pas disposé à accorder sa confiance à quiconque. Chloé aurait presque éprouvé de la pitié pour lui, s'il n'avait persisté à se comporter avec elle d'une manière aussi autoritaire. En ce moment même, d'ailleurs, il fouillait dans sa malle, piochant dans ses sous-vêtements sans la moindre pudeur.

— Mais que faites-vous, à la fin ?

— Je vous cherche un peignoir un peu plus épais. Je ne me sens pas assez fort en ce moment pour ignorer votre semi-nudité.

Chloé tressaillit. En y réfléchissant, le sous-entendu contenu dans cette déclaration était très intéressant. Il la trouvait donc attirante. Toutefois, il était évident qu'il ne laisserait pas ce sentiment interférer avec ses projets.

— Que reprochez-vous à mon peignoir ? Il n'y a pas un mois que je l'ai acheté.

Il lui décocha un regard exaspéré.

— Vous avez de la chance qu'il y ait du brouillard ce soir. Si votre crétin d'amoureux avait pu vous voir distinctement, il aurait grimpé jusqu'ici en moins de deux. J'aurais été obligé de m'occuper de lui et, croyez-moi, je n'aurais pas été aussi gentil qu'avec vous.

— *Gentil ?* s'écria-t-elle. Eh bien, je préfère ne pas savoir à quoi vous ressemblez lorsque vous êtes de mauvaise humeur !

S'agenouillant à côté de lui, elle lui ôta des mains l'un de ses éventails préférés.

— Et si vous n'aviez pas été en train de lorgner par-dessus mon épaule, j'aurais peut-être eu la présence d'esprit de m'habiller plus convenablement.

— Seriez-vous descendue le rejoindre si je n'avais pas été là ? Non, ne répondez pas, c'est inutile. Vos frères ont eu mille fois raison de vous expédier à la campagne.

Elle serra l'éventail de toutes ses forces.

— On m'a envoyée à la campagne parce que j'ai les poumons fragiles, déclara-t-elle, têtue. L'air de la ville me faisait tousser.

— On vous a surprise en train d'embrasser… un baron, si je ne m'abuse, lui rappela-t-il, tout aussi têtu.

Chloé se sentit soudain sans défense, face à cet homme qui ne s'en laissait pas conter.

— Je me demande bien d'où vous tenez cette information.

— Quelle importance ? Je le sais, c'est tout.

6

Dominic rabattit le couvercle de la malle. Un frisson fiévreux le secoua, et il craignit que ses blessures ne se soient infectées. Pendant quelque temps, il aurait besoin de la coopération de Chloé. Désormais, le succès de son plan dépendait de la discrétion de cette dernière, mais il devait admettre que, s'il avait eu le choix, il ne se serait certainement pas tourné vers cette jeune personne ombrageuse.

D'ailleurs, était-elle seulement capable de discrétion ?

Pouvait-il lui accorder la moindre confiance ?

Il avait commis une erreur en faisant allusion à son frère. Elle avait deviné ses soupçons trop vite pour qu'il puisse dissimuler quoi que ce soit. Oui, il avait la preuve que Brandon et son propre frère, Samuel, avaient été victimes d'un complot. Et il n'acceptait pas la version de la Compagnie des Indes orientales selon laquelle leur troupe avait été attaquée par des rebelles. Pouvait-il faire éclater la vérité ? Il était encore un peu tôt pour cela.

Bon sang, qu'allait-il faire d'elle ?

Il se releva lentement, conscient qu'elle le surveillait comme on le ferait avec un animal blessé dont on redoute la réaction. Difficile de lui en vouloir. Depuis un mois, il n'agissait plus que par instinct, telle une bête sauvage. Il lui prit les mains et sentit son regard se poser sur lui. Ses doigts étaient si fins comparés aux siens, et cependant si forts tandis qu'elle lui résistait. À un autre moment de sa vie, il aurait eu envie de la protéger, il aurait fondu de tendresse devant son innocence. Mais le démon qu'il était devenu ne songeait qu'à attiser sa flamme jusqu'à ce qu'elle s'embrase comme une torche.

— Regardez-moi, ordonna-t-il en accentuant la pression de ses doigts. Puis-je vous faire confiance ?

— Je ne sais pas.

Certes, c'était une réponse honnête, mais elle l'emplit de tristesse. S'il ne pouvait compter sur elle, tous ses espoirs risquaient d'être réduits à néant. Il fallait qu'il trouve le moyen de s'assurer de sa coopération jusqu'à ce que vienne l'heure de démasquer son meurtrier. Peut-être serait-il obligé de se cacher avec elle jusqu'à ce que l'affaire soit réglée. Cette perspective n'était réjouissante ni pour elle ni pour lui.

— N'ai-je aucune chance de gagner votre amitié ? demanda-t-il avec un peu de solennité.

Elle le dévisagea avec froideur.

— Vous vous introduisez dans ma chambre, vous me jetez sur le lit, vous prétendez me faire chanter... Curieux début pour une amitié.

— Considérez que je suis un de vos voisins, et que nous pouvons nous aider mutuellement.

— Dans ce cas, je veux que vous me disiez ce que vous avez appris sur la mort de Brandon.

Il hésita. Lui dévoiler ce qu'il savait risquait de faire échouer son plan. Sans parler du fait que cela pouvait la mettre en danger.

— Pas encore. Ne m'obligez pas à révéler des faits qui doivent rester secrets si je veux avoir une chance de venger Brandon et mon frère.

Elle hocha la tête. Apparemment, elle le comprenait au-delà de toute espérance.

— Vous en avez dit assez pour que j'accepte de vous aider.

— Alors, il faut faire ce que je vous demande.

— Et comment puis-je être certaine que *vous* êtes digne de confiance ?

— Je ne suis pas certain de l'être, avoua-t-il.

Il se pencha vers elle, scruta son visage dans la pénombre, et ajouta :

— Je comprends mieux.

— Vous comprenez quoi ? souffla-t-elle, comme si elle devinait où ses pensées l'entraînaient.

— Que ce baron ait pris tant de risques pour vous embrasser dans le parc. Je n'ai pas oublié notre première rencontre.

Il vit l'étincelle s'allumer dans son regard, et n'hésita pas davantage.

Il lui effleura l'oreille de ses lèvres tandis qu'il refermait les bras autour de sa taille. Il attendit qu'elle réagisse. Mais au lieu de le repousser, elle se figea. Alors, son odeur de femme le submergea, venant à bout de toutes ses défenses. Un mois auparavant, son existence avait pris un tour hideux. Une personne proche de lui l'avait trahi, avait détruit sa capacité à offrir sa confiance. Et maintenant, il se retrouvait empêtré dans une histoire avec la sœur d'un homme qu'il respectait. Une jeune fille qui cherchait délibérément les ennuis.

Il ne voulait en aucun cas contribuer à causer sa perte. Mais comment faire autrement ? Chloé ravivait en lui des espérances qu'il avait crues mortes. Sa vitalité et son idéalisme étaient des traits de caractère qui avaient été les siens autrefois. Ses lèvres avaient le goût poignant de la vie. Croyait-elle aux histoires d'amour qui duraient toujours ? Combien faudrait-il de baisers volés, de mensonges murmurés dans l'obscurité, de rencontres furtives, pour détruire ses illusions ?

Ce n'était pas à lui de réduire à néant les rêves que la société encourageait. D'ailleurs, il n'en avait pas le désir. Chloé serait peut-être plus heureuse qu'il ne l'avait été. Le charme légendaire de sa famille la protégerait…

— Vous m'embrassez encore, remarqua-t-elle à mi-voix.

— Oui, je ne peux pas m'en empêcher.

Il la sentit frissonner contre lui, et elle murmura :

— Je pensais que vous alliez me tuer.

— Ça n'en prend pas le chemin, répondit-il contre ses lèvres.

— Je savais que vous ne pouviez pas… me faire du mal.

— J'aimerais avoir une aussi haute opinion de moi-même.

Elle pressa les mains sur son torse, sans chercher à lui échapper, mais sans pour autant céder. Une flèche de plaisir le transperça auquel se mêlant à la douleur causée par sa blessure. Mais le sentiment qui dominait, c'était le désir qu'elle lui inspirait. Il s'enivra de sa chaleur, inhala la subtile fragrance qui émanait de sa peau. Elle était comme un baume, un refuge. Si douce et réconfortante dans un univers de noirceur et de trahison. Elle lui rappelait ce qu'était sa vie autrefois, ce qu'il voulait qu'elle redevienne.

Il captura sa bouche, ne lui laissant aucune chance de résister, ni même de respirer. De toute évidence, elle avait connu d'autres expériences amoureuses, mais ce n'était pas une courtisane non plus. Et il se serait fait des illusions en pensant qu'un avenir commun était possible. Cependant, son corps était si chaud et si attirant, si pulpeux, que Dominic aurait tout donné pour prolonger cette étreinte. Il voulait lui ôter ses quelques vêtements et presser sa chair tendre contre la sienne. Il voulait la supplier d'être à lui, de soulager ses ardeurs.

La sensation était trop intense. Ses sens affamés étaient incapables de résister. Depuis un mois, il s'était interdit tout sentiment, en dehors de la haine farouche qu'il vouait à ses adversaires. Le peignoir de soie que portait la jeune fille soulignait ses formes de façon si provocante que cela seul aurait suffi à le ressusciter d'entre les morts.

Du coin de l'œil, il perçut un mouvement à l'extérieur. Ce pouvait être n'importe quoi. Un oiseau, un chat aux aguets sur une branche du chêne. Mais il ne pouvait se permettre de prendre aucun risque. Agrippant la jeune femme par les poignets, il l'entraîna avec lui sur le sol et l'emprisonna entre ses jambes puissantes.

Chloé leva la tête, affolée.

— Que faites-vous ?

— La fenêtre. Je ne voudrais pas que qui que ce soit nous voie.

Elle s'agita, ramenant devant elle les pans de son peignoir qui s'était entrouvert, laissant entrevoir la peau laiteuse de ses cuisses. Il sentit ses reins s'embraser. Elle se nichait si parfaitement entre ses jambes qu'il dut inspirer profondément à plusieurs reprises afin de contenir son désir. Cela faisait des semaines qu'il n'avait pas approché une femme, et celle-ci éveillait en lui une ardeur qu'il n'était pas sûr de pouvoir maîtriser.

Il avait honte de l'admettre, mais le simple fait de l'embrasser avait suffi à l'affoler, tel un adolescent affamé de sexe. Et pourtant, il était faible, malade. Ces derniers jours, il avait repoussé ses limites, passant des nuits entières sans dormir, pour surveiller sa demeure.

Si Chloé Boscastle était aussi intelligente qu'elle était séduisante, alors, il n'avait échappé à un péril que pour se retrouver dans une situation plus fâcheuse encore.

Chloé n'osait pas bouger, ne sachant trop ce qui s'était passé ni comment réagir. S'il l'avait embrassée pour lui prouver à quel point elle était inexpérimentée en ce domaine, c'était réussi ! Ses lèvres étaient brûlantes, et elle n'aurait su dire pour quelle raison elle avait moins peur de lui qu'auparavant. Il y avait entre cet homme et elle une intimité tout à fait inexplicable. Elle décida que cela n'avait rien à voir avec le baiser qu'ils venaient d'échanger, et tout avec le fait qu'elle était devenue, sans le vouloir, complice de ses projets de vengeance. Comment aurait-elle pu être l'ennemie d'un homme qui voulait venger la mort de Brandon ?

Ils se trouvaient tous deux enfermés dans un réduit jonché de sous-vêtements. Il fallait être une Boscastle pour se retrouver dans une situation pareille ! Et dire qu'elle l'avait laissé l'embrasser de nouveau ! Si consternant que ce soit, elle devait reconnaître que, tout au fond d'elle-même, il demeurait l'homme qui lui avait porté secours sous l'orage.

Il aurait été dangereux de le sous-estimer ou de ne pas évaluer à sa juste valeur l'effet qu'il produisait sur elle.

Sire Galaad, ou fantôme empli de rancœur, quelle importance ? Il représentait une menace pour elle.

La farouche détermination qui se lisait sur ses traits n'était pas faite pour apaiser ses craintes. Il posa sur elle un regard de braise et la repoussa sur le sol, au milieu d'un amas de jupons.

Des jupons ! Il leur fallut quelques secondes pour reprendre leurs esprits, et feindre qu'être assis sur le parquet était on ne peut plus normal. Chloé resserra son peignoir autour d'elle en frissonnant et s'éclaircit la voix.

— Qu'allons-nous faire, maintenant ?

Il s'adossa à la malle et leva les yeux vers la fenêtre.

— Je ne sais pas encore.

Il tressaillit lorsqu'elle s'agenouilla à côté de lui et posa la main sur sa poitrine.

— Hé là, que faites-vous ?

— Comment osez-vous me poser une telle question, vu la façon dont vous vous êtes vous-même conduit ?

Il grommela un juron, tandis qu'elle déboutonnait tranquillement sa chemise. Elle appuya légèrement sur les bords de la plaie.

— C'est douloureux, au cas où vous ne l'auriez pas deviné, lâcha-t-il rudement. En outre, je ne me souviens pas de vous avoir autorisée à me déshabiller.

— Je ne vous avais pas non plus autorisé à pénétrer dans ma chambre ni à m'embrasser, mais cela ne vous a pas arrêté.

Elle grimaça et se mordit la lèvre tout en enlevant délicatement son pansement. Le jupon tomba sur le sol. Les estafilades qui lui barraient le haut du torse et l'épaule gauche étaient profondes ; c'était un miracle qu'il n'ait pas succombé. De toute évidence, son agresseur avait visé le cœur.

Qu'avait-il fait pour provoquer tant de haine et de violence ? Elle ne s'étonnait plus qu'il ait juré de retrouver la personne qui lui avait infligé cela.

— Ce n'est pas très joli, n'est-ce pas ? dit-il sourdement.

— Le chirurgien qui vous a recousu a fait du beau travail, répondit-elle, dissimulant son inquiétude. Mais je doute qu'il approuve votre attitude. Vous êtes en train de réduire ses efforts à néant.

— Cela lui a pris des heures.

— Je continue à penser que vous avez besoin d'un médecin. La blessure est en train de s'infecter.

— Non. Pas de médecin.

— Et que suis-je censée faire si vous mourez dans ma chambre ? s'exclama-t-elle, agacée.

— Vous n'aurez qu'à me jeter par la fenêtre. Si je suis mort, cela n'aura plus aucune importance.

— Avez-vous seulement songé à ce que je deviendrai si on découvre que je cache un cadavre dans ma chambre ?

— Ou que vous avez embrassé le cadavre en question ? Mais ceci est un secret que j'emporterai dans la tombe.

— Ne vous moquez pas de moi, Stratfield. Encore un scandale, et on me mariera illico à un vieux noble campagnard chauve et édenté.

— Un sort pire que la mort. Lady Chloé Boscastle condamnée à mener une existence bucolique. Songez à toutes ces vaches et à ces corbeaux que vous pourrez charmer !

— Je commence à comprendre pourquoi on a voulu vous tuer.

— Sérieusement, ma chère, n'est-il pas un peu tard pour vous soucier de votre réputation ? Après tout, je ne suis pas responsable de votre exil.

Chloé respira à fond pour tenter de réprimer sa colère.

— Si on vous trouve dans ma chambre, c'est en Tasmanie que mes frères m'enverront.

— Au milieu de tous ces vilains bagnards ? Bonté divine, je ne peux pas laisser faire une telle chose.

— Vous croyez qu'un bagnard est pire qu'un cadavre ?

— Cela dépend du cadavre, je suppose.

Il marqua une pause, luttant visiblement contre la douleur, puis reprit avec une légèreté affectée :

— Vous souhaitez réellement vous amender ?

— Oui, dit-elle en soutenant son regard. Et je suis en bonne voie, à condition que vous ne gâchiez pas tout.

Il glissa le bras derrière sa nuque. Le mouvement provoqua une vive douleur dans son épaule, lui arrachant un juron.

— Je suis curieux de savoir comment vous trouvez mon baiser, comparé à celui que le baron vous a donné dans le parc.

Son ton crispé trahissait sa souffrance. Que cela lui plaise ou non, il avait grand besoin d'un médecin. Et Chloé ne voyait vraiment pas comment elle aurait pu en faire venir un en secret.

— Je ne sais pas comment comparer, dit-elle, évasive. Et quand bien même, cela ne vous regarde pas.

Il parvint à grimacer un sourire taquin.

— J'en déduis que cela n'a pas dû être inoubliable. Et que mon baiser était supérieur.

Dans l'esprit de Chloé, cela ne faisait aucun doute. Le baiser du baron de Brentford avait été maladroit. Il n'avait rien pour enflammer les sens d'une jeune fille passionnée. Vraiment pas de quoi lui tourner la tête, même si, à l'époque, elle avait été grisée par la sensation de prendre un risque renversant.

En outre, elle avait été prise sur le fait par ses frères. Comment réagiraient-ils s'ils la voyaient en cet instant ?

Elle se leva, rétablissant une certaine distance entre Stratfield et elle. Il ne fit rien pour l'en empêcher. Était-il affaibli par ses blessures ? Cette conversation frivole était-elle destinée à le distraire de ses souffrances ? Elle le considéra avec circonspection, comme s'il avait été un animal sauvage dont elle ignorait tout.

— Votre baiser, dit-elle doucement, était bien pis que le sien. Épouvantable, en fait.

Il eut le toupet de rire.

— Allons donc ! Vous vous rappelez son nom ?

— Le nom de qui ?

— Vous voyez, vous l'avez déjà oublié.

Elle croisa les mains dans son dos, pour résister à l'envie de l'étrangler.

— Quand comptez-vous partir ?

— Dans un jour ou deux.

— Un jour ou deux ! répéta-t-elle d'une voix stridente.
Stratfield fronça les sourcils d'un air réprobateur.
— À moins que vous n'ayez l'habitude de crier dans votre sommeil, je vous suggère de baisser le ton. Puis-je vous emprunter une couverture pour la nuit ? Par souci de bienséance, je dormirai dans le cabinet de toilette.
— Par souci de bienséance, marmotta-t-elle.
Comme si cet homme avait la moindre notion des convenances ! Encore heureux qu'elle ait été élevée avec une troupe de Boscastle mâles, sans quoi elle aurait pu s'évanouir et ne jamais revenir à elle.
— Vous avez l'intention de dormir sur le sol ?
— À moins que vous ne me proposiez de partager votre lit.
— Je ne partagerai pas une caisse avec vous !
— Je ne vous l'ai pas demandé.
Chloé considéra son grand corps affalé contre la malle, ne sachant que faire.
— Il faudrait mettre un pansement propre sur cette blessure.
— Si vous voulez vraiment m'aider, cessez de radoter et laissez-moi tranquille.
Il glissa son bras valide derrière lui et fit mine de chercher quelque chose à tâtons sur le sol. Chloé devina qu'il se détournait pour ne pas lui laisser voir qu'il souffrait.
— Je suppose que votre voyou de frère n'a pas oublié une bouteille de cognac ici lors de sa dernière visite ?
— Je ne tiens pas une auberge pour les rustres, monsieur.
— Qu'est-ce que c'est que ça ? s'exclama-t-il en brandissant une longue-vue de marin en cuivre. C'est à vous ?
— Elle appartient au cousin de mon oncle, je la lui ai empruntée, bredouilla-t-elle, penaude.
En fait, Pamela et elle l'avaient subtilisée afin de guetter l'arrivée de Devon.
Et aussi dans l'espoir d'apercevoir le fameux fantôme de Stratfield rôdant autour du domaine.

— Vous avez emprunté une longue-vue ? Mais pourquoi ?

— Pour… euh… observer les oiseaux.

— Les oiseaux ?

Il soupira et serra les dents.

— Allez vous coucher, je vous en prie. Laissez-moi seul. Si je suis mort demain matin, je vous autorise à hurler et à faire semblant de vous évanouir. Si je ne suis pas mort et que vous soufflez un mot de ma présence, eh bien… je pense que vous savez ce qui arrivera, n'est-ce pas ?

Chloé ignora la menace. La situation avait radicalement changé au cours des vingt dernières minutes. Ce n'était plus lui qui contrôlait la situation, mais elle. Elle pouvait sortir de la chambre, appeler à l'aide. Elle pouvait même ligoter le vicomte à l'aide de ses bas et le tourmenter à sa guise.

Il ne parvenait plus à garder les yeux ouverts et paraissait très mal en point. Elle recula et posa la main sur la poignée de la porte. Cet homme était une brute et un fanfaron. Un pauvre diable qui gémissait de douleur comme une bête blessée. Il ne s'en rendait pas compte, mais elle n'était plus sa prisonnière, à présent.

Le prisonnier, c'était lui.

7

Chloé contempla les ombres qui dansaient au plafond, jusqu'à ce que l'obscurité laisse place à la lumière grise de l'aube. Qu'arriverait-il si elle refusait de l'aider ? Non seulement à elle, mais à lui ? Elle passa en revue toutes sortes de possibilités aussi affligeantes les unes que les autres. Certes, elle ne lui pardonnait pas sa brutalité et ses tentatives de chantage, mais elle ne se voyait pas tourner le dos à un homme qui souffrait autant. Même s'il était responsable de ce qui lui arrivait.

Il n'y avait pas si longtemps, il était un membre respectable de la communauté humaine. Un ami de ses frères. Il l'avait secourue sous l'orage. Et même s'il ne s'était pas comporté en parfait gentleman ce jour-là, il n'avait cependant pas agi comme un homme capable de jeter une femme en travers d'un lit, l'arme à la main.

Elle se redressa et tendit l'oreille. Pas étonnant qu'elle n'ait pas fermé l'œil de la nuit. Il n'avait pas dormi non plus. Elle le savait parce qu'elle s'était levée une douzaine de fois pour aller le regarder. En espérant chaque fois qu'il aurait disparu, lui épargnant ainsi de devoir prendre une décision. La vue de ce grand corps masculin étendu de tout son long sur ses sous-vêtements l'emplissait d'un trouble indicible.

Une partie d'elle-même avait envie de se précipiter dans le couloir en hurlant, comme l'aurait fait n'importe quelle jeune fille convenable. Tandis que l'autre partie, celle qui s'attirait toujours des ennuis, était tentée de le protéger.

Jusqu'à ce qu'il ouvre les yeux. Son regard avait semblé percer les ténèbres pour l'atteindre de plein fouet. Ce qu'elle avait ressenti alors était complexe, et difficile à analyser. Qu'est-ce qui, dans ce regard, avait le pouvoir de l'enflammer comme une torche ?

Elle se dirigea silencieusement vers le cabinet de toilette et ouvrit la porte avec circonspection.

— Chloé.

Il lui fit signe de le rejoindre. Elle hésita. Autant s'approcher d'un loup blessé. Elle n'avait aucune envie d'être son dernier repas.

— Que voulez-vous ? chuchota-t-elle du seuil, en contemplant son torse nu.

Au cours de la nuit, sans doute fiévreux, il avait ôté sa chemise et rejeté la couverture qu'elle avait drapée sur lui. La partie droite de son torse était un exemple de beauté masculine, avec ses muscles fermes et bien dessinés. Mais le côté gauche était barré de cicatrices et gonflé. Comment un homme pouvait-il infliger pareil traitement à un autre homme ? Le vicomte s'était-il lui-même rendu coupable d'un acte horrible pour mériter d'être traité ainsi ?

— Quelle heure est-il ? s'enquit-il, le visage sombre.

— Presque 5 heures. Si vous voulez vous enfuir, c'est le moment ou jamais. Danny sort les chevaux très tôt et...

Elle s'interrompit. Un bruit de sabots résonnait dans la campagne encore endormie. Trop tard. Il faudrait attendre le soir et la nuit tombée pour qu'il puisse s'échapper en toute discrétion.

— Que vais-je faire de vous, maintenant ? murmura-t-elle.

Il grimaça un sourire et se redressa au prix d'un effort visible. La longue-vue était posée sur ses genoux.

— Vous pourriez commencer par m'apporter de l'eau fraîche. Un peu plus tard, vous pourrez me faire la barbe et me procurer le matériel dont j'ai besoin. J'ai dressé une liste.

— Vous faire la barbe ? répéta-t-elle, horrifiée.

— Oui, me raser. Et sans tenter de me trancher la gorge à la première occasion. Fermez votre peignoir, s'il vous plaît.

— Mon...

Elle baissa les yeux et s'aperçut, mortifiée, qu'elle était loin d'être décente. Son décolleté de dentelle ne laissait pas ignorer grand-chose de sa poitrine. Stratfield la dévorait des yeux, et elle devait s'estimer heureuse qu'il soit handicapé par sa blessure. Du moins, elle supposait qu'il avait dû perdre des forces. Elle n'était toutefois pas assez courageuse pour le vérifier.

— Ce n'est pas que ça me gêne, ajouta-t-il à voix basse. C'est même un spectacle très agréable à regarder au réveil.

— Un vrai gentleman n'aurait rien remarqué.

— Par chance, j'ai abandonné tout ce qui fait un « vrai » gentleman dans la tombe.

— Ce n'est pas une chance pour moi, riposta Chloé.

Il la dévisagea un instant avant de renverser la tête contre la malle.

— Quand le moment sera venu, vous voudrez peut-être m'aider à mettre en scène ma résurrection ?

Chloé retint la réplique qu'elle avait sur le bout de la langue. Elle devina qu'il se sentait beaucoup plus mal qu'il ne voulait l'admettre. Spontanément, elle s'agenouilla près de lui et lui tâta le front. Comme elle le soupçonnait, il était chaud. Trop chaud.

À sa grande surprise, il grogna et tourna la tête, pressant son visage contre sa paume.

— Vous avez les mains douces, murmura-t-il. Avez-vous jamais fait du mal à quelqu'un ?

Elle songea à toutes les fois où elle avait frappé ses frères, et fait de vilains gestes avec ses doigts.

— Non, mentit-elle. Pas délibérément.

Il la fixa de ce regard gris si intense, et elle sentit son ventre se contracter.

— Je le savais. Une femme avec des mains comme les vôtres ne peut donner que du plaisir, lady Chloé. Je suis heureux que vous ayez accepté de faire ce que je vous ai demandé.

— Je n'ai rien accepté du tout.

Le visage fermé, Chloé se releva et regarda autour d'elle. Le corps de Dominic occupait presque tout l'espace. On aurait pu croire que le cabinet de toilette avait abrité une orgie nocturne. Des châles, des manchons, des gants, des chaussures s'entassaient pêle-mêle dans la petite pièce. Sa tante se serait évanouie si elle avait vu cela.

Chloé n'était pas certaine d'y survivre elle-même. Plus vite elle se débarrasserait de ce fantôme envahissant, mieux cela vaudrait.

— Eh bien, allez-y, grommela-t-il d'une voix rauque. Ne restez pas là à me regarder.

Puis il ajouta tout à coup:

— Attendez. Vous levez-vous d'aussi bonne heure, d'ordinaire?

— Certainement pas. Je dors jusqu'à midi, je bois trois tasses de chocolat au lit, après quoi, je passe une heure ou deux à écrire des lettres d'amour. Quelquefois, je demande à ma femme de chambre de me coiffer, ou bien je prends un bain à l'eau de rose pendant qu'elle me masse les pieds.

— Tout ça dans une seule journée? Pauvre petite. Ce doit être épuisant.

Chloé plissa les yeux

— Ce n'est pas une bonne idée d'être désagréable avec la personne dont dépend votre vie.

— Excellent conseil, admit-il avec un sourire exaspérant. Gardez-le bien en tête lorsque vous serez tentée de me trahir, parce que je reviendrai, que vous soyez ou non dans votre bain. À présent, livrez-vous à vos occupations frivoles en attendant de pouvoir sortir de la chambre sans risque.

— Sans risque? répéta-t-elle en jetant un coup d'œil anxieux vers la fenêtre. Vous croyez que le meurtrier pourrait s'en prendre à moi?

Il haussa les sourcils.

— Ce n'est pas ce que je voulais dire. En fait, je ne souhaite pas qu'un comportement inhabituel de votre part attire l'attention. Cela dit, évitez de vous promener dans le bois ou d'adresser la parole à des inconnus.

« Pourquoi ? » se demanda-t-elle en tournant les talons. L'homme le plus dangereux qu'elle ait jamais rencontré se cachait dans sa chambre.

Aucune femme ne pouvait courir plus grand péril.

8

Chloé considéra d'un air absent le somptueux buffet du petit-déjeuner. L'anxiété lui nouait l'estomac. L'odeur des harengs fumés lui donnait la nausée. Le morceau de toast beurré qu'elle venait d'avaler lui racla la gorge.

Stratfield avait sans doute faim, lui. Un sauvage dans son genre devait avoir bon appétit. Il faudrait qu'elle subtilise quelques saucisses pour lui. Et puis non. Tout bien réfléchi, mieux valait l'affamer, afin de le pousser à quitter son repaire, tel le loup qu'il était. Elle n'allait tout de même pas encourager sa folle conduite en lui apportant des toasts beurrés ! Pas question de l'aider à retrouver force et vigueur.

— Ma chère Chloé, tu n'as pas avalé une miette, la gronda gentiment sa tante en soupirant. Tu as sans doute appris la terrible nouvelle. Cela m'a coupé l'appétit, à moi aussi.

Oncle Humphrey lança un coup d'œil à Chloé pardessus son journal et secoua imperceptiblement la tête. Sans doute pour lui faire comprendre que cela ne concernait pas Devon.

— Quelle nouvelle ? s'enquit Chloé avec détachement, tout en repliant sa serviette avec soin.

À Chistlebury, un simple feu de cheminée était susceptible de nourrir les conversations pendant des jours. Sa tante fit une pause afin de s'assurer qu'elle avait l'attention de son auditoire.

— Le fantôme de Stratfield a encore frappé.

Le cœur battant à tout rompre, Chloé reposa sa serviette.

— Oh ?

Tante Gwendolyn hocha la tête.

— Il a encore séduit une innocente dans son sommeil.

Oncle Humphrey leva les yeux au ciel.

— Séduit…

— Oh, pour l'amour du ciel, Gwennie ! s'écria-t-il. Ne lui remplissez pas la tête de ces histoires ridicules dès le matin !

Tante Gwendolyn afficha une expression offensée, qu'elle conserva au moins trois secondes, avant de poursuivre :

— Rebecca Plumley a été séduite la nuit dernière dans son lit par le fantôme de Stratfield, annonça-t-elle.

Chloé battit des paupières.

— Ce n'est pas possible.

— Il y a un témoin, affirma sa tante.

— Une femme mariée de quarante ans ne peut être considérée comme une innocente, grommela l'oncle Humphrey derrière son journal. En outre, Rebecca ressemble à un épouvantail. Même un fantôme n'aurait jamais l'idée de la séduire.

Pamela sourit à sa cousine par-dessus le bord de sa tasse.

— Je me demande ce qu'en pense son mari.

— Il est mortifié, ce qui se comprend, répondit sa mère. En fait, c'est lui qui a été témoin du forfait.

Exaspéré, Humphrey posa son journal.

— Vous voulez dire qu'Oswald a *vu* le fantôme en position compromettante avec sa femme ?

— Eh bien…

Une autre pause, et Gwendolyn reprit :

— Le fantôme est demeuré invisible, comme c'est souvent le cas avec les esprits. Mais Oswald a distinctement entendu son épouse crier : « Oh, Stratfield, Stratfield ! Voulez-vous arrêter, démon ! Vous me chatouillez ! » Et sachez que le couvre-lit s'est envolé et a atterri sur le sol.

Un lourd silence s'abattit dans la salle à manger. Dans l'entrebâillement de la porte, Chloé vit une servante se figer dans le hall. Son plumeau demeura un instant suspendu au-dessus du buste de sir Francis Drake, le héros vénéré par son oncle.

Humphrey secoua la tête d'un air chagrin.

— Cessez de colporter cette histoire grotesque, Gwennie, vous m'entendez ? Stratfield était un homme honorable, et dans la force de l'âge quand il a été assassiné. Le pauvre diable doit se retourner dans sa tombe à l'idée de... de chatouiller Rebecca Plumley !

Chloé baissa les yeux, soudain en proie à un affreux sentiment de culpabilité. Les blessures du vicomte étaient très sérieuses. Il risquait d'y succomber, et elle aurait sa mort sur la conscience. Il fallait absolument le soigner. Et le nourrir. Certes, il l'avait mise dans une position très délicate. En fait, il avait bouleversé sa vie – elle n'en demandait certes pas tant lorsqu'elle avait souhaité un peu de piment dans son existence ! Elle se perdit dans la contemplation de sa tasse de thé, comme si la réponse à ses questions se trouvait dans le liquide ambré. Stratfield possédait-il vraiment des informations sur la mort de Brandon ? Elle se demanda ce que ses frères auraient fait à sa place.

Naturellement, étant hommes, et dotés d'un penchant certain pour l'aventure, ils se seraient joints à Stratfield pour mener leur vengeance à son terme. Mais une jeune fille n'avait pas cette possibilité. Et sa sœur Emma, qu'aurait-elle fait ? Donné des conseils au vicomte ? Insisté pour qu'il prenne la peine de frapper avant d'entrer dans la chambre d'une dame ?

Elle déplia sa serviette sur ses genoux afin d'y glisser discrètement un toast et du bacon.

— Sait-on qui est son assassin ? Il me semble que la première chose à faire est d'arrêter celui-ci.

Son oncle repoussa son journal.

— C'est bien la première réflexion intelligente que j'entends depuis ce matin.

— Et tout à fait déplacée, déclara sa femme, outrée. Parler de meurtre au petit-déjeuner !

Personne ne répondit. Personne n'eut le courage de lui faire remarquer que c'était *elle* qui avait amené le sujet sur le tapis. Oncle Humphrey se cacha de nouveau derrière son journal pour chuchoter à sa nièce :

— L'affaire est très étrange.

Chloé aurait beaucoup aimé avoir son avis. Mais son oncle avait beau avoir les idées larges, il aurait été horrifié d'apprendre qu'elle avait quasiment passé la nuit avec un homme si controversé qu'on avait cherché à le poignarder. Un homme doué d'une telle volonté qu'il était sorti de la tombe pour exercer sa vengeance.

Que devait-elle penser de lui ? Apparemment, le village de Chistlebury était divisé en deux clans : ceux qui le révéraient et ceux qui le méprisaient. Aucun des deux camps ne serait étonné d'apprendre que le fantôme avait rendu visite à lady Chloé Boscastle au milieu de la nuit.

Qui se ressemble s'assemble, déclareraient-ils.

Et peut-être auraient-ils raison.

Après le petit-déjeuner, Chloé se débrouilla pour aller cacher son larcin dans l'un des vases chinois du hall. Puis elle alla se promener dans les jardins. Sans même qu'elle s'en rendît compte, ses pas la menèrent jusqu'au vieux chêne qui se dressait devant la fenêtre de sa chambre. À la pensée que Dominic était toujours caché à l'intérieur, elle fut saisie d'un brusque accès de panique. Il fallait à tout prix qu'elle se débarrasse de lui.

Mais comment ? Il avait besoin d'aide, pourtant, il lui avait interdit de faire appel à un médecin. Du reste, elle pouvait difficilement en introduire un dans sa chambre sans alerter toute la maisonnée, et même le village. Serait-il plus sage de demander conseil à son oncle ? Dans ce cas, elle trahirait sa promesse, et risquerait de ruiner les projets du vicomte. La meilleure solution était de l'aider à se remettre sur pied afin qu'il sorte de sa vie au plus vite.

Hésitante, elle pivota sur ses talons, puis se dirigea vers les écuries. Elle pourrait aller chez l'apothicaire, au village. Mais elle éveillerait forcément les soupçons en demandant un remède pour guérir une plaie ouverte ! Pourtant, elle n'avait pas de temps à perdre. Il fallait chasser ce fantôme qui la maintenait sous sa coupe.

— Bonjour, lady Chloé, dit poliment le jeune valet d'écurie en la voyant apparaître à la porte. Vous voulez faire une promenade, ce matin ?

Chloé tressaillit et revint au présent. Le jeune homme était en train de panser la jument préférée de Pamela. Elle se rappela tout à coup que l'animal s'était coupé en se frottant à la clôture la semaine passée. Or, sa patte arrière était parfaitement guérie.

— Quel est donc le produit que vous avez appliqué sur sa plaie, Danny ?

— Un mélange d'herbes et d'huiles que j'achète chaque année à des bohémiens, mademoiselle.

Elle l'observa pensivement, puis risqua :

— Ça semble très efficace.

— Je ne connais rien de mieux. Je m'en suis servi sur moi quand j'ai été blessé dans une rixe, à la fête du village.

Il désigna d'un geste un pot de terre et une bouteille verte posés sur une étagère.

— Cet onguent et le tonique qui est là peuvent guérir n'importe quelle plaie.

Fascinée, Chloé contempla le flacon de verre. Oserait-elle ? Dominic ne lui avait pas laissé le choix. Cet insolent croyait-il qu'ayant échappé une fois à la mort, cela continuerait ?

Elle attendit que Danny soit sorti avec la jument pour dérober les remèdes. La gorge sèche, elle regagna la maison en hâte, et récupéra au passage le repas qu'elle avait dissimulé au fond du vase. Si on lui posait des questions, elle raconterait qu'elle avait trouvé un animal blessé et qu'elle voulait le soigner.

Ce qui, au fond, n'était pas loin de la vérité. Dominic Breckland était aussi farouche et dangereux qu'un animal.

9

Le cœur battant, elle pénétra dans sa chambre. Il y régnait un silence profond. La porte du cabinet de toilette était fermée, comme elle l'avait laissée avant de sortir. Dominic était-il parvenu à s'enfuir ? Tout serait tellement plus simple si c'était le cas ! Chloé n'avait pas connu un instant de tranquillité depuis qu'elle l'avait découvert dans le réduit. Et elle suspectait qu'il en irait de même tant qu'il serait là.

Elle ouvrit la porte du réduit. Stratfield était affalé dans le coin, le bras en travers de la malle. Elle fut déconcertée d'éprouver un tel soulagement en le voyant. Il la dévisagea un moment, le regard fiévreux.

— Bonjour, dit-il calmement en inclinant la tête de côté. Vous venez me faire la barbe ?

— Je préférerais vous étrangler, rétorqua Chloé.

Comment avait-il l'aplomb de lui donner des ordres de cet air souverain, alors qu'elle s'inquiétait à son sujet ?

— Vous êtes l'être le plus pénible que j'aie jamais rencontré, déclara-t-elle.

Une lueur passa brièvement dans le regard gris de Stratfield.

— C'est un trait de caractère que nous partageons.

— Et pour lequel nous paierons un jour ou l'autre. Tenez, ajouta-t-elle en dépliant sa serviette, mangez ceci pendant que j'examine votre épaule. Il y a aussi un flacon de cognac dans mon réticule. Comme si je n'avais pas déjà commis suffisamment de forfaits, vous m'obligez à voler l'alcool de mon oncle.

— Pourquoi voulez-vous examiner mon épaule ?

— Parce que je vous ai apporté un remède dont le palefrenier se sert pour les chevaux. Je l'ai pris discrètement dans l'écurie, personne n'est au courant. Qu'en dites-vous ?

Il renversa la tête en arrière, et sa belle bouche ferme esquissa un sourire charmeur tandis que Chloé lui déboutonnait sa chemise.

— Je ne sais pas. Si je secoue ma crinière et pousse quelques hennissements pour demander pardon, ça vous ira ?

Il ne pourrait pas rester avec elle beaucoup plus longtemps.

Ni l'un ni l'autre n'avaient beaucoup dormi la nuit dernière. Ses jolis traits étaient tirés, et des cernes soulignaient ses yeux bleus. Il savait qu'elle était venue le voir plusieurs fois, bien qu'il ait fait semblant de dormir. Le moment était vraiment très mal choisi pour découvrir qu'il était capable d'éprouver non seulement du désir, mais aussi de la tendresse pour une femme ! Il regrettait profondément de l'avoir entraînée dans son enfer personnel. Chaque fois qu'elle s'était penchée sur lui, un désir violent s'était emparé de lui, et il avait dû lutter pour ne pas l'attirer dans ses bras.

Il n'avait eu aucun mal à imaginer son corps souple pressé contre le sien. Toute la nuit, des images érotiques étaient venues hanter son esprit en proie à la fièvre.

S'il cédait à la tentation, il courrait à la catastrophe. Car il n'avait pas seulement envie d'elle. Il aimait sa douceur, son intelligence, mais redoutait aussi la faiblesse qu'elle faisait naître en lui.

— Un liniment pour les chevaux, murmura-t-il, songeur. J'ai de la chance que vous soyez aussi astucieuse.

— Vous avez surtout de la chance de ne pas être mort, rétorqua-t-elle en croisant son regard. Il faut que vous partiez, Stratfield.

— Je sais.

Chloé entendit des pas dans le couloir. Elle tendit l'oreille, puis lui fourra le flacon dans la main.

— Buvez ceci. Mon oncle nous emmène voir une pièce au presbytère, ce soir, expliqua-t-elle. Les domestiques se réunissent dans le salon de l'intendante pour jouer aux cartes quand ils sont seuls…

Le regard pénétrant dont il l'enveloppa la prit de court. Troublée, elle s'interrompit.

— Si nous avons la chance de nous revoir, lady Chloé, j'espère que les circonstances nous permettront de finir ce que nous avons commencé.

— Je… je ne vois pas de quoi vous parlez.

Elle comprenait fort bien, au contraire. Il s'en rendit compte à la façon dont elle se raidit, les doigts crispés sur son épaule. Elle avait apprécié autant que lui l'aspect sensuel de leur brève rencontre.

— De ceci, souffla-t-il.

Lui prenant le menton entre les doigts, il se pencha pour l'embrasser. Elle exhala un léger soupir et son corps se cambra involontairement vers lui. Elle était vibrante de passion. Le désir qui le traversa était si violent qu'il fut presque soulagé de ne pas avoir la force de lui faire l'amour. En se liant avec Chloé Boscastle, il perdrait le contrôle de sa propre vie. Cette femme était capable de ravir le cœur d'un homme sans même essayer.

Il enfouit le visage au creux de son cou, tandis que sa main glissait le long de son dos.

— Tenez-vous à l'écart de la forêt, Chloé, murmura-t-il. Si difficile à croire que ce soit, il existe des hommes bien plus dangereux que moi.

Des villageois disciples de Thespis, acteur de la Grèce antique, avaient décidé de donner une représentation de *Hamlet* au presbytère. Leur jeu était si lamentable que Chloé passa son temps à mordre le bout de ses gants pour s'empêcher de rire. De toute façon, elle était incapable de se concentrer. Le fantôme de Hamlet lui rappelait trop le « revenant » qui hantait sa propre chambre.

Au cours du spectacle, elle perçut toutefois un murmure étonné qui parcourait l'auditoire. Tournant la tête, elle vit un élégant gentleman brun s'asseoir seul au premier rang.

Colonel Edgar Williams. L'oncle de Galaad et son héritier présumé. Au moins avait-il la décence de ne pas parader au bras de l'ancienne maîtresse de son neveu, à supposer que celle-ci soit encore dans les parages. Chloé n'avait plus entendu parler d'elle ces derniers temps, et elle se demandait si cette femme méritait vraiment la rancune que Dominic semblait lui vouer. Après tout, on pouvait difficilement reprocher son infidélité à une femme qui croyait son amant mort et enterré !

— Doux Jésus, murmura tante Gwendolyn en arquant un sourcil, je pourrai peut-être persuader l'oncle du vicomte de faire un don à la paroisse. En dépit de tous ses défauts, son neveu était un de nos plus généreux donateurs.

— Taisez-vous, ma chère, chuchota oncle Humphrey avec un clin d'œil en direction de Chloé. Il serait regrettable de manquer un seul mot de cette superbe représentation. De toute façon, sir Edgar n'est pas encore entré en possession de l'héritage. Il reste toutes sortes de formalités à accomplir.

À cet instant, Hamlet laissa tomber le crâne qu'il tenait à la main sur la tête du fossoyeur. Ce dernier laissa échapper un juron et se frotta le crâne, provoquant l'hilarité dans la salle. Sir Edgar rit aussi de bon cœur. Il s'apprêtait même à applaudir lorsque son regard croisa celui de Chloé, puis de sa tante.

Il inclina poliment la tête et leur sourit avant de reporter son attention sur la scène. Un frémissement assez désagréable parcourut Chloé. Ce regard sombre et fuyant, ces traits accusés…

— C'est l'oncle du fantôme, chuchota Pamela derrière son éventail.

Chloé tressaillit. Certes, l'homme ressemblait vaguement à Dominic, quoiqu'il lui manquât une certaine vitalité. En outre, il était plus lourd que son neveu. Plus âgé de quelques années, il affichait une gravité et une réserve attribuables, peut-être, à son passé dans l'armée.

— Pourquoi crois-tu qu'il ait rompu avec la maîtresse du fantôme ? reprit Pamela. Enfin, c'est du moins ce qu'on dit.

L'attention de Chloé fut soudain distraite par l'arrivée de lord Saint-John, qui provoqua un certain remue-ménage parmi les jeunes filles présentes dans la salle. Chloé retint un gloussement tandis qu'il lui souriait béatement un interminable moment avant de se décider à prendre place. Le jeune homme était si imbu de lui-même qu'il ne se souciait pas d'interrompre une représentation.

Bien que le spectacle dans la salle fût infiniment plus amusant, Chloé s'efforça de garder les yeux fixés sur la scène.

— Je ne sais pas, murmura-t-elle, reprenant sa conversation avec Pamela. Je suppose qu'il a mieux à faire que de choquer tout Chistlebury en venant au presbytère en compagnie de la maîtresse du fantôme.

— À moins qu'ils ne soient tous deux impliqués dans le meurtre, suggéra Pamela à voix basse.

Chloé eut l'impression de recevoir un seau d'eau glacée en plein visage.

— Quoi ?

Pamela se pencha vers elle, ignorant le regard désapprobateur de sa mère.

— C'est juste une idée. Mais j'espère qu'on retrouvera très vite l'assassin du vicomte. Je ne me sens en sécurité que lorsque la maison est fermée à clé. Ou lorsque je suis dans mon cabinet de toilette.

Chloé n'osa pas la regarder, de crainte d'être trahie par son expression. Si Pamela et sa mère savaient qui était enfermé dans leur maison en ce moment même, elles seraient loin de se sentir en sécurité. Et si elles apprenaient que leur parente londonienne avait été à deux doigts de se laisser séduire par le fantôme du village…

Une onde de chaleur submergea Chloé au souvenir de ce qui s'était passé la veille dans sa chambre. Les doigts tremblants, elle ouvrit son éventail et l'agita vigoureusement, les joues en feu. L'avidité proche du désespoir qu'elle avait ressentie chez le vicomte lorsqu'il l'avait touchée avait fait naître en elle une dangereuse fascination. Elle espéra ne plus jamais se trouver confrontée à une telle tentation. Car elle risquait fort d'y succomber.

Il était parti.

Elle ressentit son absence avec autant d'acuité qu'elle avait perçu sa présence. À l'instant où elle pénétra dans la chambre, elle sut qu'il n'y était plus. L'air semblait encore chargé de son énergie, et elle était convaincue qu'elle ne l'oublierait jamais. Mais il avait disparu.

Elle alluma trois bougies, et en apporta une dans le cabinet de toilette. La fenêtre était restée ouverte, et la brise qui soulevait les rideaux annonçait la pluie. La bougie s'éteignit au moment précis où elle remarqua un papier plié sur le sol.

Elle se pencha pour le ramasser, puis alla fermer la fenêtre. Il n'était nulle part en vue. Pas de silhouette fantomatique se glissant entre les ombres du jardin pour lui faire un signe d'adieu. Manifestement, il s'était senti assez fort pour s'échapper. Mais où s'était-il réfugié ?

Le papier oublié contenait peut-être la réponse à cette question. Chloé retourna dans sa chambre, s'assit sur son lit et déplia lentement la feuille. L'espace d'une seconde, elle ne put en croire ses yeux.

— Un code... murmura-t-elle, abasourdie.

Un message crypté, semblable à ceux qu'elle avait un jour découverts dans les affaires de Heath. Si elle n'avait eu deux frères qui avaient travaillé pour les Services secrets, ces chiffres alignés en colonnes serrées n'auraient eu aucun sens pour elle. Mais en l'occurrence elle savait reconnaître un message en langage codé.

De toute évidence, Stratfield l'avait perdu dans sa fuite. Mais le plus ahurissant, c'était que l'écriture, reconnaissable entre mille, était celle de Brandon, son frère disparu.

— Chloé, chuchota une voix derrière elle.

Le papier lui échappa des mains, et elle étouffa un cri de terreur. Une silhouette revêtue d'un long manteau noir apparut sur le seuil du cabinet de toilette. Pendant une seconde de pure folie, elle espéra que son fantôme était revenu. Mais très vite, la silhouette se révéla être celle d'un personnage plus familier, et bien moins menaçant : Devon, son frère hors-la-loi. Dans la confusion de ces dernières heures, elle avait presque complètement oublié l'existence de ce gredin.

— Oh, c'est toi, fit-elle en cachant la lettre sous son oreiller. Tu m'as fait une de ces peurs. Pourquoi tant de mystères ?

Il eut un large sourire qui fit pétiller ses yeux bleus.

— Je me vois mal faire une entrée en fanfare, tu ne crois pas ?

— Devon Boscastle, tu finiras en prison si tu n'arrêtes pas de jouer les bandits de grand chemin ! s'exclama-t-elle, en proie à une brusque irritation.

Il eut l'air sincèrement étonné.

— Que veux-tu dire ? Cela n'est arrivé qu'une fois, Chloé. Et j'admets volontiers que j'ai manqué de jugeote.

Elle se dressa devant lui, le défiant du regard.

— Cooper's Bridge, ça te dit quelque chose ? Ne me mens pas, Devon. Ce n'est pas drôle.

— Cooper's Bridge ? répéta-t-il en se passant la main dans ses courts cheveux noirs.

— Le brigand qui vole des baisers aux femmes, Devon. Il a de nouveau frappé à Cooper's Bridge. Il faut que tu cesses ce petit jeu.

Devon soupira, visiblement agacé.

— Ce n'était pas moi, Chloé, je t'assure. Apparemment, j'ai lancé une mode. C'est très embarrassant. Tous les jeunes oisifs de l'aristocratie s'amusent à arrêter des équipages pour embrasser les belles voyageuses.

— Savent-ils qu'ils risquent leur vie ?

— Eh bien, je ne vois pas ce que je peux faire pour les empêcher de se conduire stupidement, non ?

Elle eut une hésitation, et demanda :

— Ainsi, ce n'était pas toi ?

— Seigneur, non ! J'ai eu une conduite exemplaire depuis ma dernière visite. Crois-le ou non, j'ai même aidé notre cousin Richard à rempoter ses orchidées. Et toi ? questionna-t-il en s'appuyant au marbre de la coiffeuse. Je parie que tu t'ennuies à mourir.

Elle détourna les yeux.

— Tu n'imagines pas...

Et il ne la croirait pas si elle lui racontait en détail ce qui s'était passé depuis qu'ils s'étaient vus. *Devait*-elle lui en parler ?

— Tu as rencontré un homme, dit-il vivement, avec un mélange d'amusement et d'inquiétude.

Elle leva la tête, trop vite pour avoir le temps de dissimuler sa culpabilité.

— À Chistlebury ? Ne sois pas idiot.

Il traversa la pièce à grandes enjambées, les yeux braqués sur l'oreiller.

— C'est une lettre d'amour que tu étais en train de lire, pas vrai ? Doux Jésus, Chloé ! Tu ne vas quand même pas t'amouracher d'un de ces crétins de villageois ? Notre exil ne saurait durer éternellement.

Elle eut une brève hésitation, puis se jeta à l'eau :

— Devon, personne ne veut en parler, mais tu as toujours été sincère avec moi. Crois-tu que Brandon ait pu être impliqué dans une affaire d'espionnage après avoir quitté l'Angleterre ?

— Dans la Compagnie des Indes orientales ? Cela m'étonnerait. Quoique... je ne vois pas de raison de te le cacher, surtout maintenant qu'il est mort. Je pense qu'il lui est arrivé de transmettre des messages au Portugal pour Heath. Quand je pense qu'il n'a survécu à la guerre que pour tomber dans une embuscade tendue par des rebelles fanatiques ! Cela paraît tellement injuste...

Chloé secoua la tête. Elle était partagée entre la confiance qu'elle devait à son frère, et la promesse qu'elle avait faite à un homme qu'elle connaissait à peine. Devait-elle oublier la parole donnée à Dominic ? Après tout, on ne pouvait exiger qu'elle respecte une promesse soutirée sous la contrainte alors qu'elle était retenue en otage par une brute. Cela dit… c'était sans doute le seul moyen dont elle disposait pour découvrir ce qui était réellement arrivé à Brandon.

En outre, Devon risquait d'imaginer le pire. De penser que Chloé était compromise de façon irréparable. Il se lancerait à la poursuite de Dominic, et ce serait elle qui en paierait les conséquences. Elle serait au cœur d'un nouveau scandale.

— Je suppose que tu es venu chercher de l'argent ? dit-elle en levant les yeux.

Son frère haussa les sourcils.

— Pour être franc, je m'inquiétais pour toi. Le vieux Richard est assez généreux, mais je crains fort de devenir fou si je continue à planter ses fleurs.

— Pourquoi étais-tu inquiet ?

— Juste une intuition. Bon, d'accord, je sais que je vais passer pour un idiot, mais je m'étais mis en tête que tu étais en danger. Ce n'est pas vrai, n'est-ce pas ? ajouta-t-il en posant les mains sur ses épaules. Tu n'as pas décidé de t'enfuir avec un crétin d'officier, ou ce genre de chose ? Grayson et Heath me tueraient si je te laissais faire.

Chloé eut l'impression qu'une chape de glace s'abattait sur elle. Elle n'avait jamais menti à Devon. Il avait une sorte de sixième sens, et elle ne se sentait pas de taille à le tromper. Maintenant que Brandon avait disparu, Devon était devenu son plus proche allié. Toutefois, elle hésitait encore à lui confier son secret. Il fallait qu'elle réfléchisse.

— En effet, j'ai rencontré un homme, concéda-t-elle en souriant. Justin Linton, si tu veux tout savoir. Il est venu lancer des graviers contre ma fenêtre, et il a écrit un affreux poème en mon honneur. Il est très drôle, Devon. Je crois que même les « Trois Vieux » le verront d'un bon œil.

Les « Trois Vieux » étaient les aînés de la famille, Grayson, Heath et Emma. Ils n'étaient pas beaucoup plus âgés que Chloé, Brandon et Devon, mais ces derniers les avaient toujours considérés comme des tyrans. Drake occupait une place indéfinie, à mi-chemin entre les tyrans et les provocateurs.

— Dès lors qu'il te plaît, il ne peut pas être complètement mauvais, décréta Devon. Encore que ce petit baron qui t'avait embrassée dans le parc m'ait déplu profondément, je dois l'avouer.

— Oui, eh bien, je ne l'aimais pas tant que cela, finalement. Et regarde où son comportement m'a menée.

Un bruit de voix dans l'escalier les alerta. Devon déposa un rapide baiser sur le front de sa sœur, avant de regagner le cabinet de toilette.

— Je serai soulagée quand Grayson aura résolu ton affaire, et que tu n'auras plus à craindre les autorités, chuchota Chloé

Il esquissa un sourire espiègle.

— Au diable les autorités ! C'est tante Gwendolyn que je veux à tout prix éviter. Si elle me met la main dessus, je n'ai pas fini d'entendre ses sermons !

10

Dominic s'aperçut qu'il avait perdu la lettre à l'instant où il atteignait l'une des pentes escarpées qui marquaient l'entrée de son domaine. Comment avait-il pu se montrer aussi négligent ? C'était mauvais signe. Il ne pouvait se permettre de perdre la tête à cause d'une femme. Renfrogné, il se glissa dans l'épais sous-bois.

Alors même qu'il approchait du parc qui s'étendait à l'arrière de sa demeure, il se surprit à penser à Chloé au lieu de se concentrer sur ce qu'il faisait. Il était pourtant primordial qu'on ne le repère pas. Il avait toujours été du genre passionné, et plutôt réservé, s'intéressant peu aux distractions prisées par ses pairs. De fait, il n'était pas vraiment fier de son passé. Certes, il savait séduire les femmes. Mais il n'avait pas fait preuve d'un grand jugement en portant son choix sur lady Turleigh. Celle-ci n'avait même pas attendu qu'il soit enterré pour accueillir un autre homme dans son lit.

Il ne le lui pardonnerait jamais. Elle faisait partie d'une vie dont il préférait tout oublier.

Peu importe qu'il soit injuste, ou qu'elle ait eu peur. Il se moquait que sa réaction soit irrationnelle. Certes, il ne pouvait lui reprocher d'avoir agi selon ses intérêts, mais de là à coucher avec son oncle ! Dominic était écœuré, il ne voulait plus entendre parler d'elle. Aux dernières nouvelles, elle avait quitté le village, et peu lui importait qu'elle revînt ou non.

Avec Chloé Boscastle, le problème était entièrement différent. Plus compliqué, et infiniment plus agréable. Elle ne s'était pas contentée d'éveiller son désir, elle avait aussi suscité en lui le besoin de se confier, d'avoir une conversation intelligente et stimulante. Cette jeune personne si provocante répondait à toutes ses aspirations secrètes.

Il eut un froncement de sourcils en songeant à ce qu'il savait de sa famille. Des rumeurs avaient circulé en ville, laissant entendre qu'une des filles Boscastle, vraisemblablement Chloé, s'était trouvée seule avec son père à la mort de ce dernier. Royden Boscastle était un homme si strict que ses enfants s'étaient rebellés contre lui en public. Ce qui expliquait sans doute pourquoi la plus jeune des filles se comportait de manière aussi fantasque. Et les maîtresses qui s'étaient succédé auprès du vieux marquis n'avaient certainement pas remplacé une mère trop tôt disparue.

Naturellement, il devrait se contenter de la désirer de loin, ce qui était atrocement frustrant. En toute logique, leurs chemins n'étaient pas destinés à se croiser de nouveau. Lorsqu'il aurait enfin accompli sa vengeance, en supposant qu'il ne se soit pas fait tuer d'ici là, lady Chloé serait dûment mariée et hors de sa portée. Heureusement pour elle…

Tel un fantôme hantant sa propre demeure, il pénétra sans bruit dans le corridor sombre d'une aile inoccupée de Stratfield Hall. Qui penserait à le chercher dans les passages secrets du château où il avait été tué ? Il songea avec plaisir aux exploits coquins que les habitants du village lui attribuaient. À vrai dire, les rumeurs qui circulaient à son sujet servaient ses plans à merveille.

À condition qu'il ne gâche pas tout par sa propre stupidité.

Il n'aurait pas dû perdre cette maudite lettre. Il savait parfaitement à quel moment elle avait dû tomber de sa poche. Quand la belle Chloé l'avait à demi dévêtu et que ses mains avaient glissé sur lui avec une telle sensualité qu'il en avait eu le souffle coupé. À cet instant, il aurait donné n'importe quoi pour qu'elle explore son corps plus intimement.

À présent, ces jolies mains devaient tenir la lettre qui, selon son contenu, serait l'instrument de sa vengeance ou anéantirait ses projets. Allait-elle la montrer à quelqu'un ?

La garderait-elle précieusement, comme un secret qui les liait l'un à l'autre ?

À moins qu'elle ne la jette, croyant que ce n'était qu'un papier sans importance. La sœur du lieutenant-colonel Heath Boscastle devinerait-elle qu'elle avait sous les yeux un message crypté ? Il ignorait lui-même l'importance que pouvait avoir cette lettre, et par qui elle avait été écrite. Ce qu'il savait, en revanche, c'était qu'on l'avait trouvée cousue dans la doublure de la veste d'uniforme de Samuel. Si son frère avait pris de telles précautions pour la cacher, ce n'était certainement pas par hasard.

Il palpa le mur, puis actionna un levier caché derrière une pierre sur le côté de la cheminée, révélant un long couloir sombre bien peu engageant. Voilà à quoi il en était réduit : à vivre caché dans les ténèbres tandis que son ennemi mangeait à sa table, faisait l'amour à sa maîtresse et dépensait sa fortune.

Il s'engagea dans le passage étroit qui sentait le renfermé, laissant ses yeux s'accoutumer à l'obscurité. Spontanément, sa main chercha le pistolet accroché à sa ceinture, au cas où. Il était devenu particulièrement méfiant depuis qu'on l'avait poignardé, et le pistolet lui donnait une impression de relative sécurité.

Ses doigts se refermèrent non sur la poignée d'ébène de son arme, mais sur le tissu incroyablement doux d'une chemise de femme.

Le vêtement était tombé de la fenêtre lorsqu'il s'était enfui. Pour ne pas causer d'ennuis à sa charmante hôtesse – qui en avait déjà suffisamment comme cela –, il l'avait ramassé et accroché à sa ceinture avant de s'esquiver.

Il caressa le tissu délicat. Un trophée à rapporter dans son repaire ? songea-t-il avec un sourire en coin. Il n'avait nul besoin d'un objet, quel qu'il soit, pour penser à Chloé. Le souvenir du désir qu'elle lui inspirait était douloureusement imprimé dans son corps.

Apparemment, il n'était pas aussi mort qu'il l'avait cru.

Il descendit l'escalier de pierre qui menait à un tunnel sous la maison. Il avait passé des heures, caché là, à lire et à relire le message crypté. Tout ce qui lui restait de son frère.

Cette lettre avait forcément une importance capitale. Dominic voulait désespérément en percer le sens. C'était le domestique de Samuel qui avait éveillé ses soupçons lorsqu'il lui avait écrit pour lui révéler que son maître avait rencontré des hommes en secret, au Népal, dans les semaines précédant sa mort.

Dans l'espoir d'en apprendre davantage, Dominic avait envoyé une lettre au consul, puis, plus tard, au colonel Ochterlony. Il s'était rendu à Londres afin de rencontrer les directeurs de la Compagnie et les personnes en contact avec lord Moira, le commandant en chef britannique aux Indes.

Ils n'avaient pu que lui lire le rapport officiel : son frère et Brandon Boscastle étaient tombés dans une embuscade, et avaient été précipités dans un ravin où ils avaient trouvé la mort. Leurs corps, dévorés par des bêtes sauvages ou emportés par les eaux de pluie, n'avaient pas été retrouvés.

C'est alors qu'une effroyable possibilité avait effleuré Dominic. Cette embuscade avait été commanditée par son oncle et par le général sous les ordres duquel servait Samuel. Il n'aurait su dire à quel moment il avait commencé à suspecter la vérité. Mais il savait que sa mère n'avait jamais aimé Edgar, et qu'elle avait mis à plusieurs reprises son père en garde contre lui.

Le fait que le colonel Edgar Williams ait été à Katmandou en mission officielle lorsque l'embuscade avait eu lieu n'était en rien la preuve de son innocence. Dans cette partie du monde, on trouvait toujours des mercenaires prêts à exécuter n'importe quelle besogne contre une somme d'argent conséquente.

Un bruit le tira de ses pensées. Une sorte de gémissement qui n'avait rien d'humain. Il s'apprêtait à tirer son pistolet, quand une truffe humide lui effleura la main. Il fit volte-face et tomba à genoux en reconnaissant son chien.

— Arès !

Le gros chien de chasse s'assit devant lui, les yeux brillants dans la pénombre, tout joyeux à l'idée de partir en promenade avec son maître.

— Que fais-tu là ? Je ne peux pas te garder avec moi, il n'y a pas assez de place, ici.

Il ne pouvait pas non plus le ramener à la maison. Sir Edgar lisait toujours très tard le soir.

— Bon sang, mon vieux, qu'est-ce que je vais faire de toi ? fit-il en se relevant.

Il continua sa descente dans les entrailles de la maison, et le chien lui emboîta tout naturellement le pas. Mais l'esprit de Dominic travaillait déjà à résoudre un problème bien plus préoccupant. Il fallait qu'il récupère cette lettre. Quel que soit le risque.

Le plus dangereux, dans cette affaire, c'était qu'il serait obligé de retourner dans la chambre de Chloé Boscastle.

Moins de quarante minutes plus tard, il était dans ladite chambre, et la lettre était dans sa poche. Chloé dormait paisiblement. Il l'observa depuis la porte du cabinet de toilette, en essayant de se persuader de repartir au plus vite.

La tentation était trop forte. Dominic s'était promis de ressortir sans la réveiller, mais il avait suffi que son regard se pose sur elle pour que ses bonnes résolutions fondent comme neige au soleil. Fasciné, il fit un pas dans la chambre.

Naturellement, elle n'était pas couverte jusqu'au menton comme n'importe quelle jeune fille. Elle était allongée en travers du lit dans une position plutôt inconfortable, ses cheveux noirs encadrant son visage fin. L'un de ses oreillers gisait sur le sol, comme après quelque combat, et le drap et les couvertures étaient entortillés autour de ses longues jambes.

Il fut ému de la découvrir si vulnérable, l'expression si tourmentée même dans son sommeil. Ses yeux remontèrent lentement de ses jambes jusqu'au triangle sombre entre ses cuisses. Sa chemise de nuit légère révélait plus qu'elle ne cachait, et il sentit son corps se contracter de désir. Il avait tellement envie d'elle. De s'enfouir dans la douce chaleur de sa féminité.

Il s'assit au bord du lit, et écouta sa respiration régulière. De quoi rêvait-elle ? Il passa doucement le doigt sur son front, comme pour effacer ce froncement de sourcils. Elle s'agita, s'étira en se tournant à demi vers lui. Il contempla sa gorge blanche, ses seins gonflés, son corps détendu, comme offert.

Son doigt descendit le long de son cou, puis effleura la pointe d'un de ses seins, qui durcit aussitôt. Une bouffée de désir le transperça, et son envie d'elle augmenta dangereusement.

Incapable de s'en empêcher, il se pencha et lui frôla le cou de ses lèvres. Erreur fatale. Son parfum enivrant eut raison de sa retenue. Il absorba son souffle léger, et sut qu'il venait de perdre la bataille.

Impossible de lutter contre les sentiments qu'elle lui inspirait. Elle avait envahi toute la place qui restait dans son cœur, et il la désirait si violemment que c'en était presque insupportable. Il se rembrunit, esquissa un sourire de dérision. Le fantôme de Stratfield Hall allait enfin mériter sa réputation.

11

Cette nuit-là, Chloé rêva qu'un homme lui effleurait le visage en chuchotant son nom. Sa caresse était si douce qu'elle en frissonna. Elle gémit, luttant contre le pouvoir de cette voix qui l'appelait. Des doigts virils glissèrent sur sa peau, suivirent la courbe de ses seins, en taquinèrent les pointes à travers l'étoffe fine de sa chemise de nuit.

Les manœuvres de son séducteur éveillèrent en elle un désir incontrôlable. Impudique, elle s'arqua contre lui. Elle ne distinguait pas son visage dans la pénombre de son rêve. Elle ne sentait que sa chaleur et son avidité. Elle voulait plus encore, qu'il la touche différemment. Dans son sommeil, elle ne connaissait plus aucune retenue, elle n'était consciente que de son corps qui répondait à ses délicieuses sollicitations.

— Tu as un corps de déesse, Chloé, souffla une voix lointaine. Tu n'imagines pas le plaisir que je pourrais te donner.

Elle le croyait volontiers. Lorsque sa main s'aventura sur son ventre, puis se nicha dans la chaleur de ses cuisses, elle éprouva un désir si violent qu'elle fut un instant au bord des larmes. Une chaleur moite se répandit au plus intime de son corps, et une spirale de plaisir se propagea dans son ventre.

Les doigts mystérieux trouvèrent l'endroit secret où jamais personne ne l'avait touchée, et la caressèrent si habilement qu'elle en vibra de la tête aux pieds. Sans la légère barrière de la chemise de nuit, elle aurait été totalement offerte. Jamais elle n'avait fait de rêve plus érotique. Une vague de plaisir étourdissant déferla en elle, ses hanches se soulevèrent malgré elle et les battements de son cœur s'affolèrent.

Elle tremblait de tous ses membres. *Dominic.* Son visage sombre s'insinua dans son rêve. Elle s'agita, essaya de prononcer son nom, de savoir pourquoi il était revenu. Elle voulait lui dire qu'elle avait vu son oncle au presbytère, et qu'il lui avait déplu. Il fallait qu'elle le mette en garde… et qu'elle lui demande pourquoi il avait envahi son sommeil.

Tout à coup, la chaleur disparut, remplacée par une impression de vide et de froid. Elle ouvrit les yeux à regret. Le sang lui battait encore aux tempes et une langueur sensuelle alourdissait son corps.

Son rêve lui avait paru si réel. Et pourtant, elle était seule, bien éveillée à présent… Était-ce elle qui avait oublié de fermer la porte du cabinet de toilette ?

Elle se dressa en réprimant un frisson, puis se glissa hors du lit.

— Qui est là ? Dominic, c'est vous ?

Pas de réponse. Le cabinet de toilette était vide, la fenêtre fermée, les rideaux tirés. Le front soucieux, elle retourna se coucher. Elle s'empara de son oreiller et le pressa contre elle, comme pour retrouver la chaleur de son rêve.

C'est alors qu'elle s'aperçut que la lettre avait disparu. Elle avait été remplacée par une rose blanche dont les pétales légèrement froissés exhalaient un délicat parfum. La gorge nouée, elle contempla le lit. Ce n'était pas possible. Cet odieux gredin n'avait pu venir lui reprendre la lettre pendant son sommeil. Il n'avait pu s'approcher d'elle, la toucher…

— Oh, souffla-t-elle en s'empourprant. Il n'aurait pas osé !

Mais si. Hors d'elle, elle fouilla la chambre et le cabinet de toilette, sans succès.

La longue-vue ! Elle avait disparu, elle aussi ! Chloé ouvrit la fenêtre pour scruter les bois qui séparaient les deux demeures.

— Je sais que vous êtes là, quelque part, en train de vous moquer de moi, Stratfield, siffla-t-elle. Espèce de… d'ingrat ! C'est ainsi que vous me remerciez de vous avoir aidé ?

Se sentant ridicule, elle retourna dans la chambre. Et son rêve ? Était-il réel ou imaginaire ? Dû à ses propres désirs cachés, ou à la malice du vicomte ?

Allons bon, un nouveau scandale s'annonçait. Le fantôme de Stratfield avait encore frappé, et sa dernière victime était lady Chloé Boscastle.

Dominic caressa son chien entre les oreilles en s'autorisant un rire satisfait.

— Eh bien, c'était périlleux, mais j'ai récupéré la lettre. Je veillerai à ne plus me montrer aussi négligent, à l'avenir.

Négligent n'était pas le terme qui convenait à son comportement actuel. Obsédé, plutôt. Par son désir de vengeance.

Et aussi par une belle jeune femme qui, avec raison, ne voudrait sûrement rien avoir à faire avec lui. Pourquoi diable s'était-il laissé aller à la caresser dans son sommeil ? Quels risques stupides il avait pris ! Il tremblait encore à l'idée de l'avoir touchée.

Elle aurait pu se réveiller, hurler, alerter les autres occupants de la maison. Ou bien se soumettre à tous ses désirs, comme il l'espérait secrètement dans ses rêves les plus fous.

De toute évidence, elle était curieuse des choses du sexe, et il aurait été enchanté de l'initier. Mais elle n'avait rien non plus d'une écervelée dépourvue de jugeote.

Elle avait caché la lettre sous son oreiller. Avait-elle donc deviné son importance ? Il en doutait. Mais il doutait aussi qu'elle l'ait gardée en souvenir de leur brève rencontre. Sur le plan strictement intellectuel, il était intrigué par son comportement. Sur le plan physique, il éprouvait un désir violent.

Soulevant la longue-vue qu'il lui avait dérobée, il la braqua droit sur la fenêtre de sa chambre. Quelques secondes plus tard, Chloé apparut dans l'encadrement, vêtue de sa chemise de nuit de mousseline blanche. Naturellement, elle ne pouvait le voir, mais elle était probablement en train de le maudire. Pas trop fort, espéra-t-il.

— La rose vous a-t-elle plu ? murmura-t-il avec un petit rire.

Comme en réponse à sa question, elle jeta quelque chose par la fenêtre. La rose en question, apparemment. Il lança un coup d'œil derrière lui. Une lumière scintillait à l'une des fenêtres de sa demeure. Sa propre chambre, en fait. La silhouette de son oncle se profila derrière les rideaux, comme pour le rappeler à l'ordre.

Son sourire s'effaça, et il baissa la longue-vue.

— Bonne nuit, Chloé, chuchota-t-il à regret. Je dois aller faire mon travail de fantôme... Mais vous aussi, vous me hantez.

Chloé alluma la chandelle sur sa table de chevet, puis s'agenouilla pour fourrager sous le lit. Soulagée, elle constata que son journal intime était toujours sous la lame de parquet où elle l'avait caché un peu plus tôt.

Grimpant dans son lit avec le cahier, elle l'ouvrit à la dernière page, celle où elle avait recopié la lettre codée que Dominic lui avait reprise. De toute évidence, celle-ci avait assez d'importance à ses yeux pour qu'il ait couru le risque de revenir. Elle se félicita de sa propre prévoyance. Et aussi d'avoir autrefois tarabusté Heath pour qu'il lui enseigne les rudiments du langage crypté.

Il était plus que temps de mettre à profit ses connaissances pour déchiffrer ce qui était peut-être le dernier message écrit de la main de Brandon.

Finalement, elle n'avait pas aidé Dominic en vain.

12

Lorsque Chloé descendit pour le petit-déjeuner, le lendemain matin, une agitation inhabituelle régnait dans la maison. Vêtu d'une grande cape brune, sa canne calée sous le bras, son oncle arpentait nerveusement le hall. Ses cheveux étaient en bataille, et sa cravate de travers, comme s'il s'était habillé en hâte. Il lança à Chloé un regard de panique.

— Prends ton manteau et échappe-toi avec moi tant qu'il en est encore temps, mon enfant, chuchota-t-il d'un air mystérieux. Un vent de folie s'est abattu sur cette demeure.

— De folie ?

Mais les paroles de Chloé furent étouffées par des éclats de voix provenant du salon et les jappements des chiens qui attendaient Humphrey avec impatience sur le perron. Pamela apparut sur le seuil, le visage rose et animé.

— Chloé, enfin te voilà ! La réunion vient de commencer.

— Quelle réunion ? bredouilla Chloé, égarée, tandis que sa cousine l'entraînait vers le salon.

— Maman a convié les dames de Chistlebury à prendre le thé, afin de faire le point sur la crise que nous traversons.

Chloé sentit un étau invisible lui serrer les tempes, signe invariablement annonciateur d'une migraine. Elle était fatiguée et contrariée d'avoir travaillé en vain sur la lettre de Brandon jusqu'à 4 heures du matin. Et elle ne savait toujours pas si Dominic s'était vraiment approché d'elle la nuit dernière, ou si elle avait rêvé.

Elle n'aurait su dire ce qui était le pire. Quoi qu'il en soit, elle n'était vraiment pas d'humeur à ergoter sur la conduite honteuse du fantôme de Stratfield. La femme du pasteur vint l'accueillir, et l'escorta jusqu'au canapé où une matrone et ses deux filles discutaient déjà avec animation de la terrifiante menace que le fantôme représentait pour la communauté féminine de Chistlebury. Pamela se fit une petite place à côté d'elle.

Un pesant silence s'abattit dans la pièce, tandis que tous les regards convergeaient vers Chloé avec un mélange de curiosité et de désapprobation. Comme si c'était *elle* qui, par le seul effet de sa réputation, avait attiré le scandale sur leur morne village. Levant le menton, elle soutint les regards avec un sourire d'une candeur désarmante.

Tout le monde se remit à parler en même temps.

Chloé renversa la tête contre le dossier en étouffant un bâillement. Des bribes du message codé dansaient devant ses yeux. Ses paupières étaient brûlantes. Pourquoi Brandon avait-il écrit une lettre codée alors qu'il se trouvait au fin fond du Népal ? Les agents de Napoléon étaient-ils allés aussi loin pour défier les intérêts de la Couronne ? Elle tressaillit en sentant quelqu'un lui agripper le bras et la secouer.

— Il faut tenter un exorcisme. N'êtes-vous pas de cet avis, lady Chloé ?

— Je vous demande pardon ?

— Il est de notre devoir de lui venir en aide, ma chère, expliqua sa voisine d'un air grave. Le pauvre revenant a visiblement besoin d'une femme pour trouver le repos.

Ce n'était pas le repos que le « pauvre revenant » avait cherché auprès d'une certaine femme de sa connaissance la nuit passée. Chloé n'aurait su dire si un exorcisme était la solution au problème.

— Comment comptez-vous vous y prendre ?

Mais la matrone n'eut pas le loisir de répondre, car une nouvelle invitée venait d'être introduite dans le salon. Une bohémienne, vêtue d'une jupe écarlate et d'un châle en soie vert. Les bracelets en argent qui ornaient ses poignets tintaient à chacun de ses mouvements. Elle avait des yeux noirs, le nez court et busqué, le visage mince. Elle observa l'assemblée avec une expression de dédain amusé.

Tante Gwendolyn lui approcha une chaise.

— Dites-nous tout, madame Dara. Dites-nous qui sera sa prochaine victime, s'enquit-elle, les doigts crispés sur le dossier.

Mme Dara, qui n'avait probablement pas plus de dix-neuf ans, contourna la chaise avec une grâce indolente, consciente de tenir son auditoire en haleine.

— Donnez-moi quelque chose à boire.

La femme du pasteur se précipita sur la théière. La tasse de thé passa de main en main, et tante Gwendolyn l'offrit à la nouvelle venue avec autant de cérémonie que s'il s'agissait du Saint-Graal.

Mme Dara consentit alors à s'asseoir. Les autres femmes la contemplaient avec fascination, comme si elle tenait leur avenir entre ses mains.

Chloé avait les paupières lourdes. Elle devait lutter pour garder les yeux ouverts. De toute évidence, le manque de sommeil commençait à se faire cruellement sentir.

— C'est... *vous*.

Elle entendit un hoquet de surprise collectif, et leva la tête. Alarmée, elle vit la bohémienne pointer le doigt dans sa direction. Son cœur fit un bond dans sa poitrine. Cette femme ne pouvait pas savoir. C'était un hasard. Un jugement injuste, dû aux ragots qu'on colportait sur son compte. Son visage s'empourpra.

— Attendez une minute. Ce n'est pas parce que je suis étrangère au village qu'il faut...

Elle ne put achever sa phrase. Une sorte de cacophonie s'éleva autour d'elle, mélange de cris aigus et d'exclamations choquées. Tante Gwendolyn se rua vers elle avec une telle expression de détresse qu'elle se sentit coupable. Était-il possible que la bohémienne soit au courant? La choisir elle, Chloé, pour l'offrir en sacrifice au fantôme était...

— Une erreur, bredouilla sa tante. C'est une erreur lamentable. Non, pas ma petite innocente.

Chloé battit des paupières et tourna la tête. Pamela ? La femme ne l'avait pas désignée elle, mais sa cousine, qui arborait un sourire ravi.

— Non, je m'y oppose ! s'écria sa tante en levant le poing. Le fantôme de Stratfield n'aura pas ma fille !

Le fantôme aurait sans doute aimé dire son mot dans cette affaire, songea Chloé avec un brin de cynisme. Mais n'étant pas, pour une fois, au centre du scandale, elle décida de tenir sa langue et de profiter de l'oubli dans lequel on la tenait. Être ignorée offrait une certaine liberté.

Dominic n'apprécierait pas qu'on s'intéresse à lui de trop près, mais il l'avait bien cherché. S'il ne voulait pas que son fantôme soit exorcisé, il ne fallait pas s'introduire la nuit dans la chambre des femmes pour profiter d'elles pendant leur sommeil.

En attendant, il lui avait repris la lettre, et il était peu probable qu'elle ait l'occasion de le lui reprocher de vive voix. Étant donné les multiples dangers qui le guettaient, c'était sans doute mieux ainsi.

Elle le vit pourtant la nuit suivante.

Certaine d'être sur le point de faire une découverte susceptible de dissiper le mystère qui entourait la mort de Brandon, elle avait prévu de passer la soirée à essayer de déchiffrer la lettre. Connaître enfin la vérité l'aiderait à accepter la disparition de son frère, et apaiserait peut-être sa douleur.

Hélas, son oncle avait rencontré sir Edgar Williams dans la forêt, alors qu'il promenait ses chiens. Ce dernier avait eu la mauvaise idée de l'inviter, ainsi que sa famille, à dîner le soir même. Oncle Humphrey avait expliqué à sa femme qu'il était difficile de refuser, car sir Edgar était à présent leur plus proche voisin.

— Naturellement, nous ne pouvons pas refuser, déclara tante Gwendolyn, avec une lueur rusée dans le regard. C'est notre devoir, après tout.

— Notre devoir? avait répété son mari en échangeant un coup d'œil inquiet avec Chloé.

— Si Stratfield a décidé que Pamela serait sa prochaine victime, nous devons faire tout ce qui est en notre pouvoir pour intervenir, expliqua Gwendolyn d'un ton mélodramatique. Qui fera la cour à notre fille si un fantôme a partagé sa couche, Humphrey?

— Ceux-là même qui ne lui faisaient pas la cour auparavant, je suppose.

Mais sa femme ne voulut pas en démordre. Le pasteur et la bohémienne l'avaient persuadée qu'il fallait prendre des mesures drastiques afin de protéger la vertu de Pamela. Quant à la victime elle-même, elle avait du mal à cacher combien la situation l'enchantait. Avoir été choisie par un fantôme célèbre! Elle avait même demandé à Chloé si elle ne pourrait pas lui emprunter l'une de ses chemises pour l'occasion.

Ils s'étaient donc tous habillés pour dîner. Gwendolyn avait insisté pour prendre la voiture, bien que son mari lui ait fait remarquer qu'ils n'avaient que le parc à traverser.

— Il nous faudra plus longtemps pour monter dans l'attelage que pour faire le trajet à pied, Gwendolyn!

— Peu importe. Je ne tiens pas à ce que nous passions pour des rustres, avait répliqué son épouse.

Chloé avait contemplé les arbres de la forêt qu'éclairaient les rayons de la lune. Stratfield avait probablement trouvé un abri dans les bois. Comment allait-il? Les remèdes qu'elle lui avait fournis avaient-ils été efficaces? D'où pouvait-il surveiller sa maison sans se faire repérer? Comment avait-il pu organiser ses propres funérailles sans aide extérieure?

Il se pouvait qu'il ait trouvé un tunnel de contrebandier ou une grotte pour se cacher. Heath lui avait raconté un jour que quelques passages souterrains du Sussex avaient été rouverts, au cas où Napoléon tenterait d'attaquer par la côte.

L'attelage passa en cahotant près des hêtres argentés sous lesquels Dominic l'avait embrassée. Le souvenir de ses mains encadrant son visage, de sa bouche sur la sienne, fit naître une douce et troublante chaleur au plus profond de son être. Cet homme était dangereux, et de bien des manières… C'était peut-être parce qu'elle le comprenait si bien qu'il représentait une telle menace.

Elle se rappela comme il lui avait paru triste, ce jour-là dans la forêt. Et elle commençait à entrevoir les raisons de sa mélancolie. Il aurait mieux valu pour elle qu'elle ne le revît jamais. Cependant, si c'était à cause de Brandon qu'il était en danger, alors elle voulait partager le risque avec lui.

Mais le désir pouvait-il s'insinuer dans leur relation ? Elle pouvait sûrement l'aider à résoudre le mystère de la mort de Brandon, sans pour autant avoir de relation personnelle avec lui. Quand Dominic était loin, elle se disait que c'était possible. Mais au fond d'elle-même, elle savait qu'il était préférable qu'elle ne se trouve pas de nouveau soumise à la tentation.

Pamela l'arracha à ses pensées d'un coup de coude.

— Pourquoi cet air triste, Chloé ? chuchota-t-elle avec un sourire espiègle. C'est moi qui ai été désignée comme l'agneau du sacrifice. Pas toi.

— Cela n'a pas l'air de t'attrister.

Le sourire de Pamela s'élargit.

— Allons, avoue que tu aimerais bien savoir ce que l'on ressent à être séduite par le fantôme de Stratfield.

— Pas du tout, rétorqua Chloé.

Elle le savait déjà. Ce honteux privilège lui avait été accordé récemment, et elle n'était pas près de l'oublier.

La voiture franchit les grilles où courait de la vigne vierge et pénétra dans le domaine. Le cocher arrêta l'attelage dans l'allée de graviers, devant l'élégante maison élisabéthaine. La demeure aux murs de pierre patinés par le temps semblait aussi fière et solide que son propriétaire. Chloé imagina Stratfield campé devant les larges baies de la galerie, contemplant son domaine avec satisfaction. Même un fantôme pouvait être apaisé par le mouvement harmonieux des cygnes glissant sans bruit sur les eaux argentées du lac, à l'extrémité du parc.

Trois valets surgirent sur le perron et déplièrent des marchepieds pour les aider à descendre de voiture. Chloé sentit de légers picotements d'appréhension sur sa nuque. Quelqu'un l'observait-il ?

Elle leva vivement les yeux. Un homme de haute taille, aux cheveux de jais, venait de sortir pour les accueillir. Son allure martiale et sa démarche assurée trahissaient l'ancien militaire.

Dans la pénombre, il présentait une telle ressemblance avec son neveu Dominic que Chloé en eut le souffle coupé. Il avait le même air autoritaire, le regard sombre, les traits fermement dessinés. Il adressa un sourire de bienvenue à ses invités.

— Merci d'avoir accepté mon invitation, fit-il d'une voix moins grave que celle de son neveu, et teintée d'un accent gallois. Nous avons beaucoup de chance d'avoir trois si jolies femmes pour nous tenir compagnie ce soir, ajouta-t-il à l'adresse d'Humphrey.

Sir Edgar sourit chaleureusement à tante Gwendolyn et à Pamela, puis son regard se posa sur Chloé et s'y attarda. La jeune fille lui sourit poliment. L'homme était loin d'être aussi séduisant que Dominic, et il était beaucoup plus âgé. Il y avait un je-ne-sais-quoi de calculateur dans son regard, et Chloé devina que c'était le genre d'homme qui soupesait chaque mot avant de prononcer une phrase. Il avait le teint hâlé des soldats qui ont servi en Orient, et son visage était plus anguleux que celui de son neveu. Sa tenue était aussi irréprochable que ses manières. Il portait une cravate d'un blanc immaculé et des bottes impeccablement cirées.

— Lady Chloé, commença-t-il, et son regard parut s'adoucir, j'ai toujours admiré votre famille. Je vous prie d'accepter mes condoléances pour la perte que vous avez subie récemment. J'étais à Katmandou quand votre frère Brandon fut pris dans une embuscade avec sa troupe. J'espère que votre famille et vous serez soulagés d'apprendre que les coupables de ce crime ont été punis.

Chloé le considéra en silence, incrédule, la gorge si douloureusement nouée qu'elle fut incapable de parler durant les interminables secondes qui suivirent.

— Je... je ne comprends pas, balbutia-t-elle enfin. Vous vous trouviez au Népal avec Brandon ?

Il parut accablé.

— Chère mademoiselle, je suis impardonnable. J'ai cru que vous saviez. Votre frère et mon neveu Samuel servaient dans le même régiment, sous mon commandement. Je les avais mis en garde d'innombrables fois sur les dangers que représentaient ces patrouilles dans les défilés, mais tous deux rêvaient d'accomplir des prouesses. Ils ont profité d'une de mes absences pour jouer les héros.

— Je l'ignorais, murmura Chloé.

Cette idée était loin de la réconforter. Au contraire.

Sir Edgar les précéda dans le vestibule. Tout en s'efforçant de se ressaisir, Chloé vit du coin de l'œil sa tante qui inspectait les colonnes doriques comme si elle s'attendait à voir le fantôme surgir dans l'ombre et se mettre à hurler : « Coucou, c'est moi ! Le fantôme du château ! »

Ce qui était troublant, c'était qu'elle aussi pouvait sentir la présence de Stratfield. Il avait fait naître en elle tant d'émotions ambiguës et embarrassantes qu'elle ne savait plus très bien ce qu'elle éprouvait. Elle préférait penser qu'elle avait peur de lui, plutôt que d'admettre que ce qui lui mettait les nerfs à vif était un sentiment plus complexe... un peu décadent et absolument délicieux.

Impossible de nier que sa présence *hantait* les lieux. Il était là, partout à la fois. À chaque instant, Chloé s'attendait à le voir apparaître dans l'escalier pour ordonner à chacun de...

— Je suis déjà venu plusieurs fois dans cette maison, lui chuchota son oncle. Stratfield m'avait invité à chasser et à jouer aux cartes avec ses amis. Il n'était pas aussi mauvais bougre qu'on veut le faire croire, Chloé. Ce n'était pas un vaurien. Et cette histoire de fantôme...

— Vous n'y croyez pas ?

— Bien sûr que non. Autrefois, les gens racontaient que cette maison était hantée par un prêtre qui s'était égaré dans les passages secrets. Si quelqu'un séduit les femmes dans leur sommeil, ce doit être ce vieux fantôme-là.

— Des passages secrets ? répéta Chloé en tournant sur elle-même dans le hall.

— Oui. Les ancêtres du vicomte étaient catholiques. Jusqu'à une époque récente, les persécutions religieuses ont conduit beaucoup de ces gens à dissimuler leurs croyances.

Chloé sentit un picotement lui parcourir le dos.

— Stratfield était catholique ?

— Je ne pense pas. Mais je me souviens de l'avoir entendu évoquer une fois, en passant, l'histoire de sa famille.

Chloé fut quelque peu secouée par cette découverte, sans trop savoir pourquoi. Ainsi, Dominic descendait d'une longue lignée de rebelles... Et alors ? Elle aussi. Et elle appréciait d'en apprendre un peu plus à son sujet.

Le dîner se composait de faisans rôtis et farcis aux herbes, de pommes de terre au beurre et d'une tarte aux pommes accompagnée de crème fraîche. Installé dans la galerie qui surplombait la salle à manger, un quatuor à cordes joua des mélodies du Moyen Âge. Sir Edgar eut beau se révéler le plus attentif des hôtes, le malaise de Chloé persista. Elle trouvait l'homme trop poli, trop à l'aise dans son rôle de maître de maison. Brandon avait servi sous ses ordres, et elle aurait aimé lui poser des questions à son sujet, mais une sorte d'instinct la retint.

Son esprit s'évada tandis que son oncle et sir Edgar discutaient de l'avenir de l'aristocratie française. Elle imagina Dominic en habit de soirée, présidant la table du dîner. Sa forte personnalité s'accordait parfaitement à l'élégance sobre et imposante de cette demeure.

Elle se le représenta un gobelet d'argent à la main, un sourire railleur éclairant son visage. Elle pouvait presque sentir son pénétrant regard gris s'attarder sur elle avec insolence. Elle avala une gorgée de vin. Avait-il vraiment tenté de la séduire dans son sommeil ? Comme si le fait de prendre la lettre de Brandon ne lui suffisait pas !

Captivée par sa rêverie, elle sentit son sang s'échauffer. Elle aurait vraiment aimé dire son fait à cette canaille ! Elle était ulcérée à l'idée qu'il avait eu l'audace de profiter de son sommeil pour éveiller ses sens et...

— Vous vous sentez bien, lady Chloé ?

La voix suave de sir Edgar rompit brutalement le fil de ses réflexions.

— Vous semblez avoir chaud. Nous aurions dû éviter de parler de guillotine à table.

Chloé se trouva à court de mots. Croyant voler à son secours, sa tante déclara :

— Ma nièce partage peut-être mon malaise, sir Edgar. Cette maison est hantée. Vous ne le sentez pas ?

Leur hôte parut quelque peu embarrassé.

— Je n'ai jamais entendu de bruits de chaînes la nuit, ni de gémissements inhumains. Un peu d'exercice vous distraira de ces pensées chagrines. Que diriez-vous d'une promenade dans la galerie de portraits, pendant que sir Humphrey et moi-même prenons un cognac dans la bibliothèque ?

— C'est une excellente idée, répondit Gwendolyn, avec tant d'enthousiasme que Chloé devina qu'elle avait une idée derrière la tête. Venez, jeunes filles, quelques pas nous aideront à digérer ce délicieux dîner.

Sir Edgar se leva pour les escorter jusqu'à la porte.

— Juste un avertissement, mesdames, dit-il alors qu'elles s'engageaient dans le corridor. Je ne pense pas que vous rencontriez le fantôme de mon neveu, toutefois, il est possible que vous tombiez sur son chien.

— Son chien ? s'exclama Pamela.

Sir Edgar émit un petit rire.

— Ce fameux chien de chasse qui le suivait partout. Pendant plusieurs semaines, il a erré dans le jardin et les bois environnants. J'ai demandé au garde-chasse de l'abattre, mais il a hésité, et l'animal a fini par disparaître. Je ne voudrais pas qu'il revienne effrayer mes invités.

— Je n'ai pas peur du chien de lord Stratfield, rétorqua tante Gwendolyn. La pauvre créature est sans doute folle de chagrin. Quoi qu'on dise du vicomte, c'était un excellent cavalier et un très bon chasseur. Il savait s'y prendre avec les animaux.

— Et avec les femmes, ajouta Pamela à mi-voix à l'intention de Chloé.

Celle-ci fut sur le point de révéler qu'elle était bien placée pour le savoir, mais sa tante ne lui en laissa heureusement pas le temps.

— Vous avez entendu, mesdemoiselles ? murmura-t-elle d'un air entendu. Le chien du vicomte a perçu la présence de son maître. Les animaux sentent ces choses-là. Ce fantôme devra être exorcisé une fois pour toutes, dussé-je me sacrifier pour qu'il trouve le repos.

Chloé et Pamela réprimèrent un gloussement, tandis que Gwendolyn les entraînait vers le large escalier de chêne sombre qui menait à la galerie de portraits. Autrefois, les jours de pluie ou de grand froid, les habitants de la maison jouaient et se promenaient dans ces spacieux couloirs. Les amoureux s'y aventuraient main dans la main, échangeant des baisers dans les alcôves éclairées par la lune.

Pamela recommença à rire comme elles examinaient les portraits des ancêtres. Chloé l'imita, déçue cependant de ne pas trouver de portrait de Dominic.

Il eût été plus sûr de réprimander un portrait plutôt que de se retrouver devant le modèle en chair et en os.

Le rire cristallin de Chloé perça les murailles, pénétrant dans le tunnel sombre où Dominic se cachait. La vibrante énergie de la jeune femme dissipa quelque peu sa mélancolie, et il fut presque tenté de quitter sa prison pour la revoir. C'était une torture de la savoir là, chez lui, et de ne pouvoir la prendre dans ses bras.

À vrai dire, il voulait plus, beaucoup plus. Il souhaitait passionnément connaître Chloé Boscastle, susciter son admiration, devenir un héros à ses yeux. Il voulait sortir de sa cachette et redevenir un être humain.

Il se mit à arpenter l'espace exigu de sa cellule. Une prison qu'il s'était lui-même choisie. Quelle injustice d'avoir rencontré cette femme alors qu'il était au plus bas ! Même s'il parvenait à prendre sa revanche, il n'aurait jamais le droit de la courtiser. Ses frères le mettraient en pièces. En admettant qu'il survive à l'épreuve présente.

Car il était déterminé à aller jusqu'au bout pour obtenir sa vengeance. Quel que soit le prix à payer.

Le rire léger résonna de nouveau dans la galerie. Il regarda par une fente du mur dans l'espoir de l'apercevoir. Depuis des heures il se torturait en se remémorant les baisers échangés, les mots murmurés, le parfum et la douceur de son corps souple. Il ne parvenait pas à croire qu'elle était là. Dans sa maison. Si proche et cependant hors d'atteinte. Comme si, par la force de son seul désir, il était parvenu à l'attirer jusqu'à lui.

Et elle riait. Elle dînait avec son pire ennemi. Elle parcourait les couloirs où le meurtrier était passé. Elle charmait de sa présence un homme avide de pouvoir, qui pouvait tuer un être humain avec autant de désinvolture que s'il s'agissait d'une mouche.

Dominic ne l'avait pas assez mise en garde. Elle ignorait de quoi sir Edgar était capable.

— Maman, où allez-vous ? s'écria Pamela en hâtant le pas pour se maintenir à la hauteur de sa mère qui les précédait dans le corridor.

— Dans la chambre du maître de maison.

— Mais que dirons-nous si sir Edgar nous surprend ?

— Nous prétendrons que nous avons entendu du bruit, et que nous sommes entrées dans la chambre par erreur, répliqua Gwendolyn, imperturbable.

— Tante Gwendolyn, n'est-ce pas le comble de l'impolitesse ? hasarda Chloé, qui commençait à se dire qu'elle avait sous-estimé la détermination de sa tante.

Le sang des Boscastle coulait aussi dans ses veines, après tout.

— Le comble de l'impolitesse, riposta Gwendolyn en remontant la galerie au pas de charge, c'est de vouloir séduire ma fille !

Chloé pressa le pas derrière elle. Impossible d'arrêter une Boscastle qui s'était fixé une mission, même si cette Boscastle-là était issue d'une branche éloignée. Tante Gwendolyn avait pris soin d'emporter dans son réticule un paquet de sel, une Bible, une clochette en argent et une petite poche de soie contenant les os réduits en poussière d'un saint français. C'était du moins ce que prétendait Mme Dara. Mais d'après Chloé, les granulés qu'elle avait vendus à sa tante ressemblaient plutôt à des flocons d'avoine moulus.

— Venez, les filles, chuchota Gwendolyn comme elle atteignait la porte de la chambre. Si j'en crois les renseignements que m'a fournis le pasteur, c'est dans cette pièce que lord Stratfield a été poignardé.

— Il vaudrait peut-être mieux faire cela en plein jour, suggéra Pamela, blanche comme un linge.

— Sottises. C'est la nuit qu'un fantôme accomplit ses forfaits. Et nous n'aurons sans doute pas d'autre occasion de lui barrer la route. Il ne faut pas compter sur la conversation de ton père pour tenir sir Edgar occupé très longtemps.

Chloé demeura en retrait, tandis que Pamela ouvrait la porte. Elle n'avait pas la moindre envie de voir l'endroit où Dominic avait été agressé si brutalement. Elle ne voulait pas l'imaginer sous le choc, souffrant le martyre. Elle connaissait la gravité de ses blessures, et savait qu'elle ne pourrait feindre l'indifférence.

— Chloé, tu ne viens pas ? s'enquit Pamela à mi-voix.

— Je reste ici pour faire le guet. Dépêchez-vous.

Alors qu'elle patientait à l'extérieur de la chambre, le regard de Chloé fut attiré par un portrait, un peu plus loin dans la galerie. Elle devina aussitôt que le fier cavalier vêtu d'une cape pourpre n'était autre que Dominic. Il y avait dans les yeux gris qui la contemplaient cette lueur moqueuse qu'elle avait déjà surprise dans son regard. Le peintre avait réussi à rendre l'impression d'énergie et de profondeur qui se dégageait de son modèle.

— Je devrais vous réprimander, chuchota-t-elle.

Elle entendit un bruit. Une sorte de grattement presque imperceptible. D'où cela venait-il ? Elle fit quelques pas, s'arrêta devant une large cheminée flanquée de deux colonnes de marbre.

— Une souris, dit-elle, déçue, en examinant l'âtre vide. Ce n'était sans doute qu'une souris.

Elle s'approcha d'une des hautes fenêtres qui donnaient sur le parc. La lune se reflétait sur la surface plane du lac. Le fantôme n'était nulle part.

— Où êtes-vous, Dominic ? souffla-t-elle en pressant la main contre la vitre.

— Je suis plus près que vous ne le croyez.

Elle fit volte-face. Une silhouette enveloppée d'un manteau sombre glissa vers elle. Son cœur fit un bond, mais avant qu'elle ait pu prononcer un mot, une main gantée de noir lui couvrit doucement la bouche. On la souleva de terre pour l'emporter vers la cheminée. La colonne pivota, et elle fut enveloppée par une obscurité profonde.

Elle était plaquée contre le torse musclé de Dominic, sentait ses cuisses contre les siennes. Elle ne le voyait pas, mais ses bras étaient refermés autour d'elle, la protégeant de mystérieux dangers. Il lui effleura la joue des lèvres.

— Mon Dieu, Dominic, vous êtes fou…

— Chut, murmura-t-il contre son cou.

Elle voulut protester, mais il lui posa le doigt sur la bouche, la réduisant au silence. Puis sa grande main se referma tendrement sur sa joue. Frissonnant, Chloé ferma les yeux, et s'abandonna à son sort. Les mains viriles glissèrent sur ses épaules, sur sa taille, sur les rondeurs de ses hanches. Il se conduisait comme s'il avait tous les droits. Il avait repris des forces depuis leur dernière rencontre. Il contrôlait parfaitement son corps et était conscient de sa puissance. Dans cet espace confiné, Chloé, quant à elle, n'était que trop consciente de sa virilité, de la position dominante qu'il assumait. L'obscurité accentuait sa propre vulnérabilité. Il avait nettement l'avantage.

— J'ai pensé à vous, Chloé. Et combien j'aime vous embrasser.

— Je me demande comment quiconque peut penser dans un endroit pareil, murmura-t-elle. Il fait si sombre.

— C'est bon, de vous revoir. J'aimerais vous embrasser de nouveau.

Il prit possession de sa bouche avant qu'elle ait pu articuler un mot. Forçant la barrière de ses lèvres, il l'enlaça plus étroitement. Un gémissement rauque lui échappa tandis que son corps se raidissait contre elle, et la seule pensée qui vint à l'esprit de Chloé fut : il est vivant. Les remèdes l'avaient guéri, et il l'embrassait.

Mais à présent, il était sur son propre terrain. Il détenait tous les atouts, et n'hésiterait pas à s'en servir. Elle était en son pouvoir, dans *sa* chambre, pour ainsi dire. Il pouvait faire d'elle ce qu'il voulait, la garder dans cet endroit secret des jours durant. Personne ne saurait ce qu'elle était devenue. Son baiser brûlant la laissa pantelante et désorientée, le sang bouillonnant dans ses veines.

Cependant, elle n'était pas aussi effrayée qu'une jeune fille aurait dû l'être dans une telle situation. Elle s'appuya contre le mur, s'efforçant de retrouver son souffle.

— Allons-nous rester là à nous tripoter dans l'obscurité ? chuchota-t-elle. Vous pourriez au moins m'apporter une chaise.

— Oseriez-vous critiquer mon hospitalité ?

— Pourquoi pas ? C'est un affreux endroit pour se cacher.

Il enroula l'une de ses boucles sombres autour de son index et déclara :

— Je vais devoir vous punir si vous continuez.

— Me punir ?

— Oh, oui, répondit-il en lui tirant légèrement les cheveux. Il y a des menottes accrochées aux murs de la cave. Elles sont un peu rouillées et moins jolies que les bracelets qui ornent vos poignets.

Des menottes. Dans la cave. Cette fripouille menaçait de l'enchaîner au mur ! C'était tout ce qu'il avait trouvé pour la remercier de l'avoir aidé. Et que ferait-il, une fois qu'il l'aurait enchaînée ? Les images qui traversèrent l'esprit de Chloé étaient si osées qu'elle sentit ses joues s'enflammer.

— Taisez-vous, Stratfield, ordonna-t-elle. Je vous frapperais si je pouvais vous voir.

— Je suis là, Chloé. Je pourrais difficilement être plus près.

Et c'était vrai. La chaleur de son corps se mêlait intimement à la sienne, et les battements de son cœur trouvaient un écho dans sa poitrine.

— Vous ne me sentez pas ? continua-t-il en traçant les contours de sa joue du bout du doigt.

— Si, répondit-elle, un peu essoufflée, ce qui n'avait pas dû échapper au vicomte. Les prêtres n'attachaient pas les gens aux murs, n'est-ce pas ?

— Non, répondit-il d'un ton léger. En revanche, les contrebandiers qui leur succédèrent deux cents ans plus tard ne s'en privèrent pas. Je ne vous montrerai pas le squelette que j'ai trouvé ici à mon arrivée.

— Et je vous en remercie !

Il rit, et son souffle chaud contre son épaule lui arracha un frisson.

— Le pauvre diable porte une pancarte autour du cou où il est écrit : « Délivrez-moi à vos risques et périls. »

— Ce qui signifie ? s'enquit-elle, soudain ravie d'être à l'abri entre les bras de Dominic.

— Je n'en ai aucune idée.

— Peut-être que son esprit risque de se venger de ceux qui l'ont capturé, suggéra-t-elle à mi-voix. Croyez-vous que ce soit l'un de vos ancêtres ?

— J'en doute. Je pense qu'il était simplement l'adversaire de celui qui commandait la place à l'époque.

— Eh bien, c'est un fantôme comme vous, si ce n'est un de vos parents.

— Possible, admit-il. D'après vous, je devrais le libérer ?

— À vos risques et périls. Je vous prie de ne pas le faire en ma présence.

Elle se tut un instant, puis reprit d'une voix plaintive :

— Que vais-je devenir, à présent ?

La voix désincarnée de Stratfield résonna dans les ténèbres, le ton en était si amusé que Chloé eut envie de le gifler.

— Qu'aimeriez-vous qu'il vous arrive, Chloé ? Dites-le-moi. Vous êtes mon invitée, et je m'efforcerai d'être le plus obligeant des hôtes.

13

Après un mois de réclusion dans l'obscurité, l'esprit finissait par vous jouer des tours. Privé de lumière, de contact humain, de la chaleur d'une femme, qui ne serait devenu un peu fou ?

Chloé était belle et passionnée, elle incarnait tout ce dont un homme rêvait en secret. Et soit elle avait craint qu'il ne mette ses menaces à exécution, ce dont il doutait, soit elle n'avait pu s'empêcher de s'inquiéter pour lui. Sinon, pourquoi ne l'avait-elle pas dénoncé dès qu'elle en avait eu l'occasion ? Était-il possible qu'il ait gagné son cœur ? Cette pensée fit naître en lui une fierté toute masculine.

— Je suis heureux de vous voir, Chloé Boscastle, chuchota-t-il entre deux baisers.

Pour ses sens affamés, elle était un fastueux festin. Il ne pouvait feindre d'être indifférent à sa présence. Sa réaction était instinctive, et il était incapable de lutter contre. Elle ne se débattit pas, bien qu'elle ne lui ait pas non plus accordé la permission de l'embrasser.

— Il n'y a pas d'air ici, Dominic. Comment supportez-vous cela ?

Dans l'obscurité, ses sens s'enflammaient trop facilement. Il avait suffi qu'il sente la douce rondeur de ses seins et de son ventre se pressant contre lui, le parfum sucré de sa peau. Elle était souple, et tiède, et merveilleusement féminine entre ses bras. Il avait envie de la dévorer de la tête aux pieds, de lui ôter ses vêtements et d'adorer son corps délicat.

— Êtes-vous venue ici ce soir pour me tourmenter ? demanda-t-il doucement.

Mais il connaissait déjà la réponse. Chloé n'était pas d'une nature vindicative. Elle n'aurait pu le torturer que sans le vouloir. Elle était certainement aussi indisciplinée et impulsive que ses frères, mais il n'y avait pas une once de cruauté dans son cœur.

— Je ne suis pas aussi retorse que vous, Dominic.

Elle semblait si offensée qu'il eut envie de l'embrasser pour se faire pardonner. Mais il ne pouvait guère la retenir plus longtemps. Les autres allaient s'inquiéter de son absence.

— J'ignorais que vous vous cachiez dans votre propre demeure, ajouta-t-elle à mi-voix.

— Personne d'autre ne doit le savoir. Mais quitte à être découvert, je suis très content que ce soit par vous.

— Pourquoi ? fit-elle, taquine.

— Vous savez très bien pourquoi, répliqua-t-il rudement.

— Dites-le-moi, Dominic. Je veux vraiment le savoir.

Elle enroula la main autour de son cou, et se laissa aller contre lui. De la lave en fusion se déversa dans les veines de Dominic. Comment pouvait-elle avoir cet effet sur lui, avec si peu d'expérience ?

— Seigneur, Chloé !

Il entendit son souffle s'accélérer, et cela ne fit que l'enflammer davantage. Elle aussi le désirait.

Il l'embrassa de nouveau, conscient qu'il ne se maîtrisait plus tout à fait. Il savait que dans l'obscurité elle devait se sentir désorientée. Il lui avait fallu des jours, à lui, pour se repérer, mémoriser cet environnement hostile et devenir un vrai fantôme. Qui aurait osé le blâmer de profiter de son avantage sur elle ? Il se sentait si désespérément seul... Il avait tellement besoin de compagnie, de sensations physiques, d'une femme sensuelle et aimante... il en perdait la tête.

C'était bien parce qu'elle portait le nom des Boscastle qu'il résistait à la tentation de la séduire ici même, de l'entraîner à sa suite dans un océan de sensualité. Il rêvait de s'enfoncer dans la chaleur de son corps. La caresse furtive de ses seins contre son torse était la torture la plus exquise qu'on lui ait jamais infligée. La pression de son ventre contre le sien lui faisait l'effet d'une délicieuse brûlure. Sans le moindre effort, elle l'avait réduit à sa merci.

Il la voulait nue et offerte, à ses pieds. Il aurait sans doute pu pousser un peu son avantage. La garder ici une minute de plus, étincelle dans son monde de ténèbres. S'il ne se ressaisissait pas, il n'allait pas tarder à se traîner à genoux pour mendier son affection. Il resserra son étreinte, l'écrasant littéralement contre lui.

La tentation de l'emmener dans sa cachette était grande. Mais il la mettrait en danger de multiples façons. Or, tout dépravé et égaré qu'il fût, il préférait mourir plutôt que d'entraîner Chloé plus avant dans l'enfer qu'il vivait. Cette bataille n'était pas la sienne.

— Bon sang, Chloé, grommela-t-il, désespéré. Pourquoi diable êtes-vous venue ici ?

Elle inspira profondément. Elle semblait regagner un peu d'assurance, son instinct vital reprenait le dessus. Chloé n'était pas une fleur fragile susceptible de se flétrir au premier coup de froid.

— Comment pouvez-vous espérer demeurer dans cette maison sans que personne le sache ? demanda-t-elle avec calme.

— Avez-vous la *moindre* idée du danger que vous nous faites courir à tous deux en venant ici ? rétorqua-t-il.

— Êtes-vous fou, Dominic ?

— C'est possible.

— Vous cacher dans votre propre maison…

— Ne posez pas de questions.

— Alors, ne m'embrassez pas.

— Faites ce que je vous demande, Chloé.

— Pas tant que je n'aurai pas compris.

— Vous comprenez déjà beaucoup trop de choses. Et je vous embrasserai si j'en ai envie.

— Vous me demanderez d'abord la…

Comme pour lui prouver qu'il n'agissait qu'à sa guise, il lui prit le menton et l'embrassa avec un mélange de passion et de tendresse. Chloé agita les hanches et les épaules, ne sachant trop si elle souhaitait s'échapper ou se lover contre lui. Oh, cet homme avait une façon d'embrasser… Un frisson coupable lui parcourut le dos. Elle éprouva un délicieux picotement sur tout le corps lorsqu'il traça le contour de ses lèvres du bout de la langue, puis se fraya un chemin jusqu'à son oreille. Il lui maintenait le visage à deux mains, comme si elle était faite du cristal le plus délicat.

Mais les sensations qu'il provoquait en elle n'avaient rien de délicat. Elles étaient tumultueuses, aussi violentes qu'un ouragan. Cet homme savait intuitivement comment la soumettre à sa volonté. Sa main vola jusqu'à son sein qu'il caressa de la paume. La pointe se tendit contre la mousseline de son corsage, et Chloé sentit ses genoux se dérober sous elle tandis qu'un vertige exquis s'emparait d'elle. Étourdie de désir, elle frissonna de la tête aux pieds. Ses doigts se crispèrent sur la nuque de son compagnon.

— Je vous interdis de me toucher à nouveau ainsi, chuchota-t-elle d'une voix faible.

Il s'immobilisa et fixa son regard sur elle, tel un loup jaugeant sa proie. Elle inspira de nouveau à fond, puis ajouta :

— Du moins, tant que vous ne m'aurez pas expliqué ce que vous comptez faire.

— Et si je satisfais votre curiosité, je pourrai vous toucher, Chloé ?

— Peut-être.

Elle hésita. Bonté divine ! Elle était en train de marchander sa vertu afin de connaître les secrets de Stratfield !

— Mais juste un peu, précisa-t-elle, prudente.

Il lui prit la main, sans toutefois lui faire de promesse, nota-t-elle, alarmée.

— Faites attention, l'escalier est raide. Vous ne voyez pas d'inconvénient à ce que je vous tienne par la taille pour vous guider, n'est-ce pas ? Les marches sont en très mauvais état, il ne faudrait pas que vous tombiez.

Sa voix douce et sa sollicitude la troublèrent. Il ne fallait pas qu'elle tombe, en effet. Quant à lui demander l'autorisation de la tenir par la taille, après ce qu'il venait de faire...

Ils s'enfoncèrent sous terre, à l'intérieur des souterrains secrets qui couraient sous la vieille demeure. Le seigneur des ténèbres l'entraînait dans son repaire. Comment aurait-elle pu tomber plus bas ? Elle croyait sentir les flammes de l'enfer lui brûler la plante des pieds.

Comment tout cela se terminerait-il ? Retournerait-elle à sa morne existence de jeune fille rangée ?

Dominic ferait tout pour qu'elle s'en sorte indemne. Elle en était convaincue, sans quoi elle ne l'aurait pas suivi. Mais serait-elle encore la jeune fille naïve qu'elle était avant cette descente dans les entrailles de la terre ?

Rien n'était moins certain.

Il la guida dans un tunnel de calcaire poussiéreux où il avait laissé une chandelle allumée. Fronçant le nez d'un air dégoûté, elle parcourut du regard les piles de caisses de cognac entassées un peu partout. Elle se raidit soudain, l'oreille tendue.

— Doux Jésus, qu'est-ce que c'est que ce grattement ?

— Rien de grave, fit-il avec un sourire d'excuse. Seulement des rats.

Elle se baissa pour passer sous une poutre affaissée.

— Des rats ! marmonna-t-elle avec un mélange de pitié et de stoïcisme qui le confondit. Oh, Stratfield, comment faites-vous ?

Chloé Boscastle était décidément imprévisible. Elle ne se laissait pas démonter aisément. Le genre de femme à se remettre en selle tout de suite après une mauvaise chute. Une attitude qu'on devait sans doute attribuer à une enfance passée parmi une troupe de jeunes aristocrates turbulents.

— Comment je fais ? répéta-t-il, pensif. Eh bien, mon valet est obligé de me faire la barbe dans le noir, et il arrive que mes boutons de manchette ne soient pas assortis. Mais à part cela, je ne suis pas trop mal.

— Et à quoi pensez-vous durant ces longues heures de solitude ?

Il la dévisagea un instant. La lueur des bougies mettait en valeur la beauté de ses traits, remarqua-t-il, et la rendait plus attirante que jamais.

— Au début, je ne pensais à rien d'autre qu'à ma future vengeance. J'imaginais des plans si barbares que je préfère ne pas en parler.

— Étant donné ce qu'on vous a fait, c'est compréhensible, observa-t-elle en soutenant son regard.

— Peut-être. Toutefois, ces derniers temps, je me suis surpris à devoir faire un effort pour me concentrer sur mes projets de vengeance. Mon esprit a tendance à s'évader.

— Oh ! Comme c'est... étrange.

Il se pencha sur elle, inhalant avec délices son parfum envoûtant. Elle avait sûrement deviné quelles étaient ces pensées vers lesquelles son esprit s'évadait irrésistiblement. Il rêvait de l'emmener ici, de la déshabiller lentement à la lueur des chandelles, et de lui faire l'amour dans toutes les positions imaginables.

— Allez-vous me dire à quoi vous pensez ? risqua-t-elle dans un souffle.

Dominic serra les mâchoires. La voix douce et suggestive de Chloé mettait ses sens à rude épreuve. Lentement, sans la quitter des yeux, il ôta ses gants, puis glissa la main sur sa nuque pour l'attirer à lui. Leurs lèvres se joignirent, et elle laissa échapper un gémissement si doux qu'il crut défaillir de désir.

— À vous, avoua-t-il malgré lui. Je pense à vous... à la façon dont je voudrais vous toucher, vous caresser et...

Elle l'embrassa à son tour, lui imposant le silence, et il eut l'impression que l'univers basculait. Sa main s'égara de nouveau du côté de ses seins. Il la sentit s'abandonner à son étreinte tandis que son baiser se faisait plus ardent, plus audacieux.

Sa respiration s'accéléra lorsqu'elle pressa son sein contre sa paume. Son corps souple sollicitait ses caresses, réveillant ses instincts les plus dangereux. Elle le rendait positivement fou. Il caressa du pouce la pointe d'un sein, but à ses lèvres son souffle chaud et parfumé. Puis il s'aventura vers l'autre sein et l'emprisonna dans sa main en murmurant d'une voix sourde :

— C'est à cela que je pense dans l'obscurité de ma prison. À vous.

— Pas tout le temps ?

— Presque...

Comme malgré lui, ses doigts s'aventurèrent sur le corps pulpeux, s'insinuèrent entre les cuisses douces comme de la soie. Elle était délicieusement chaude à cet endroit, et il imagina sans peine ce qu'il éprouverait à la pénétrer.

Une merveilleuse torture. Son sexe durci se lova au creux de ses cuisses. La robe de Chloé s'accrocha aux pierres inégales du mur, derrière elle. Elle se dégagea, et croisa son regard.

Elle se figea, ses lèvres humides brillaient dans la pénombre. De toute évidence, elle avait perçu dans son regard ardent le désir qui le consumait. À dire vrai, il n'avait même pas essayé de le dissimuler. Il la sentit frémir contre lui. Avait-elle peur ? Se sentait-elle offensée ? Avait-elle deviné qu'il était sur le point de lui déchirer ses vêtements ?

Le sourire qui éclaira soudain son visage dissipa l'insupportable tension. Elle s'humecta les lèvres du bout de la langue.

— Vous ne pouvez tout de même pas penser à moi tout le temps. Que faites-vous d'autre ?

— Je lis parfois. Ou bien je fais de l'escrime. Mon oncle était professeur autrefois, en Italie. Il m'a enseigné toutes les techniques de combat qu'il a apprises à Venise.

Elle se frotta les bras et lança un coup d'œil vers le sinistre tunnel.

— Où cela mène-t-il ?

Il eut un instant d'hésitation. Jusqu'ici il lui avait fait confiance. Si elle devait le trahir, peu importait qu'elle en sache plus ou moins. Pour le moment, il la tenait en son pouvoir. Mais plus tard, il suffirait de quelques mots malheureux pour provoquer sa perte.

— Le tunnel aboutit dans un moulin abandonné à l'extérieur du village, répondit-il. Il faut franchir un dédale de souterrains que les contrebandiers ont creusés afin de transporter leurs marchandises jusqu'à la mer. Cela me permet de me baigner la nuit, bien que l'eau soit glacée.

— Personne ne vous a vu ?

— Non, personne, jusqu'au soir où j'ai été obligé de me réfugier dans votre chambre. Je savais que je prenais un risque en me promenant dans la forêt, mais j'avais besoin de respirer à l'air libre.

— Combien de temps espérez-vous rester dans cette maison ?

— Indéfiniment, si vous ne vendez pas la mèche.

— Mais sir Edgar fait partie de votre famille, c'est un homme éduqué, un militaire. Pourquoi ne sollicitez-vous pas son aide ? Il doit avoir des relations, ou au moins...

La lueur de mépris dans le regard de Dominic la fit s'interrompre abruptement. Ses yeux s'agrandirent d'horreur tandis qu'elle comprenait pourquoi ce qu'elle suggérait était impossible. Involontairement, elle recula d'un pas.

— Lui ? souffla-t-elle, incrédule. Votre oncle ? Vous ne le soupçonnez tout de même pas d'être impliqué dans ce qui vous est arrivé ?

— Je ne le soupçonne pas. Je sais.

— Mais pourquoi ? Êtes-vous sûr de ce que vous avancez ?

— Je vous fais confiance, Chloé. Il faut que vous me rendiez la pareille. J'ai entendu sa voix, le soir où il m'a poignardé. Son visage était masqué, mais je l'ai reconnu.

— Et Samuel étant mort, murmura-t-elle d'une voix blanche, c'est lui qui hérite de votre fortune.

Un voile de tristesse assombrit le regard du vicomte.

— Oui.

— Et Brandon... Mon Dieu, Dominic, est-il aussi responsable de la mort de mon frère ?

— Venez, Chloé. Ce n'est pas le moment de bavarder. Oui, je pense qu'il a fait tuer Brandon et Samuel parce que ceux-ci avaient découvert qu'il vendait des secrets d'État aux Français. Je vais vous montrer ma chambre.

— Votre oncle, fit-elle d'une voix presque inaudible. Je n'arrive pas à le croire.

Il balaya une toile d'araignée accrochée à ses cheveux, et lui prit la main. Elle était si calme que cela l'inquiéta. S'il l'avait pu, il lui aurait épargné la vérité. Il ne se rappelait que trop bien ce qu'il avait éprouvé lui-même : le choc, la stupéfaction, l'incrédulité.

— Seigneur, murmura-t-elle après un interminable silence.

— Qu'y a-t-il ?

— Mes frères m'ont envoyée à Chistlebury pour me punir de ma conduite. Je doute que ce soit ceci qu'ils avaient en tête pour me remettre dans le droit chemin.

Dominic se mit à rire.

— Ainsi, ce n'est pas une visite mondaine, selon vous ?

— Une jeune fille ne doit pas rendre visite à un homme. Surtout la nuit. Si ma sœur Emma me voyait...

Elle poussa un petit cri de frayeur en sentant la fourrure d'un gros animal lui frôler la jambe.

— Dites-moi... ce n'est pas un *rat*, n'est-ce pas ?

Dominic s'esclaffa de plus belle. Il était surpris qu'elle n'ait pas hurlé... et qu'elle ne l'ait pas questionné davantage au sujet de son frère.

— C'est mon chien. Il est comme son maître, ses manières laissent à désirer.

— Un chien ? Il vit ici avec vous ?

— Ce n'est pas moi qui en ai décidé ainsi. Arès n'apprécie pas la compagnie de mon oncle. Ce qui se comprend, vu que celui-ci voulait le faire abattre.

Chloé examina avec un brin d'appréhension le chien massif à ses pieds

— Pourquoi ? Il est dangereux ?

— Seulement quand c'est nécessaire, répliqua Dominic avec un sourire. Pour l'instant, il se contente d'être notre chaperon.

— Un chaperon ? Il me regarde comme s'il avait l'intention de me dévorer toute crue.

— J'avoue que je ne peux l'en blâmer. Vous êtes la créature la plus appétissante que nous ayons vue depuis longtemps.

Chloé trouva plus sage de ne pas relever.

— Que faites-vous dans cette maison ? reprit-il avec une soudaine gravité. Je pensais vous avoir mise en garde. N'avez-vous pas entendu ?

— Vous m'avez conseillé de ne pas m'aventurer dans les bois, lui rappela-t-elle.

— Eh bien, maintenant, vous savez à quoi vous en tenir. Edgar est un tueur, Chloé, un homme sans pitié.

Elle secoua la tête.

— J'avoue que je suis perplexe. Comment avez-vous réussi à survivre ? Comment avez-vous pu organiser votre propre enterrement sans aide extérieure ?

— J'ai un véritable ami. Par un hasard extraordinaire, il était arrivé chez moi sans prévenir la veille du meurtre. J'espère pouvoir vous le présenter bientôt.

Le tintement d'une clochette résonna au-dessus d'eux. Dominic leva la tête, intrigué.

— Au nom du ciel, que se passe-t-il ?

— C'est tante Gwendolyn, expliqua Chloé. Elle essaie d'exorciser un certain revenant qui lui cause bien du tracas.

Un large sourire s'afficha sur le visage de Stratfield.

— Que lui ai-je donc fait ?

— Elle est persuadée que vous allez séduire ma cousine Pamela pendant son sommeil.

— Votre cousine *qui* ?

— Cessez de sourire ainsi ! Après ce que vous m'avez fait la nuit dernière, alors que je dormais, je devrais vous tuer pour de bon.

Il eut un rire léger et la précéda dans l'escalier étroit qui menait à l'entrée secrète.

— Si vous dormiez, vous ne pouvez pas savoir ce que j'ai fait. En admettant que j'aie fait quelque chose. Vous rêviez peut-être de moi, Chloé.

— Dans ce cas, c'était un cauchemar.

Il se racla la gorge. Jusqu'où l'aurait-elle laissé aller? Pour une fois, il apprécia l'obscurité. Il savait que le désir qui le torturait se lisait sur son visage.

— Étions-nous… intimes?

— Par votre faute.

— Et vous dormiez, faible jeune fille sans défense, pendant que je profitais de vous?

— Quelque chose comme ça. Et ne vous avisez pas de me demander des détails, Stratfield!

Il recouvra son sérieux en entendant de nouveau la clochette tinter.

— Edgar sait-il ce que fait votre tante?

— J'espère que non.

— Alors, dites-lui de cesser au plus vite. Je ne pense pas qu'il ait jamais fait de mal à une femme, mais mieux vaut ne pas prendre le risque de découvrir jusqu'où il pourrait aller.

Chloé décida qu'elle avait perdu l'esprit. Elle croyait entendre l'Inquisition, autrement dit la famille Boscastle, l'interrogeant sur le comment et le pourquoi de cette nouvelle histoire d'amour. Heath l'attacherait sur une chaise dans le cellier, comme il l'avait fait des dizaines de fois dans leur enfance. Puis Grayson suspendrait un truc dégoûtant au-dessus de sa tête, un corbeau mort par exemple, pour la réduire à sa merci par la peur.

Emma, la pire de tous, procéderait à l'interrogatoire. Elle tournerait autour de la chaise, jusqu'à ce que sa sœur cadette, vaincue, avoue. Ce qui n'était encore jamais arrivé, car elle était bien trop entêtée. « Dis-nous *exactement* comment le vicomte de Stratfield, qui est mort, a pu te faire la cour. »

Et Chloé serait bien obligée de répondre: « Il a employé les méthodes habituelles. Le chantage. Les menaces. Il a éveillé ma pitié. M'a embrassée jusqu'à me donner le vertige. »

Et à ce moment-là, Drake, Devon et Brandon feraient irruption dans le cellier afin de la libérer. Un terrible combat s'ensuivrait à coups de fourchettes et de couteaux de table. Puis l'intendant ou la gouvernante interviendraient, et reprendraient le contrôle de la situation. Chloé réprima un sourire à ce souvenir, entre douceur et amertume. Comme la vie était simple, en ce temps-là…

— Où étais-tu, Chloé ? souffla Pamela lorsqu'elle apparut sur le seuil de la chambre. Tu as raté toute la cérémonie.

— Je… je faisais le guet dans la galerie. Ta mère a-t-elle réussi à se débarrasser du fantôme ?

Pamela soupira et posa sa chandelle sur un guéridon.

— Elle a tant braillé et prié pour que l'âme du fantôme trouve le repos qu'il doit finalement être content d'être mort.

Tante Gwendolyn pivota sur elle-même, sa Bible et sa clochette serrées contre sa poitrine.

— Je crois que j'ai réussi, chuchota-t-elle, triomphante.

Chloé examina la chambre avec curiosité, évitant cependant soigneusement de poser les yeux sur le lit où Dominic avait été poignardé. Par son oncle. Cette pensée lui souleva le cœur en même temps qu'une multitude de questions surgissaient dans son esprit.

— Comment pouvez-vous le savoir ? demanda-t-elle.

— On ne *sent* plus sa présence. Tu n'es pas de mon avis ?

— Personnellement, je ne l'ai jamais sentie, déclara Pamela, sans cacher sa déception. J'espérais que nous verrions le fantôme au moins une fois.

Sa mère la foudroya du regard.

— Et pourquoi cela, ma fille ?

— Nous aurions pu lui demander le nom de son assa…

Elle s'interrompit, et poussa un hurlement tandis qu'une énorme boule de poils jaillissait dans la chambre. Éberluée, Gwendolyn brandit sa Bible devant elle, tel un bouclier. Mais cela n'eut pas l'air d'impressionner le nouvel arrivant.

C'était un chien. Arès, plus précisément, le chien préféré de Stratfield. Effrayé par les cris de Pamela et de sa mère, l'animal fit le tour de la chambre, puis finit par se réfugier aux pieds de Chloé. Celle-ci baissa les yeux sur lui, quelque peu affolée.

— Que fais-tu là ? murmura-t-elle en caressant à la dérobée la tête fauve blottie contre sa jupe.

De toute évidence, le chien s'était échappé pendant que Dominic la ramenait dans la galerie.

Tante Gwendolyn cessa de brandir le livre saint, rassurée. Un bruit de pas retentit dans l'escalier.

— Inutile de crier, Pamela, ordonna Gwendolyn. Tu vois bien que c'est le chien de lord Stratfield.

Chloé eut un soupir de soulagement. Sa tante avait bien des défauts, mais elle adorait les animaux. Elle était capable de passer la tête haute devant un mendiant à la sortie de l'église, alors qu'un chaton perdu la faisait fondre. Pamela se laissa tomber sur le lit, puis se releva aussitôt avec un cri, en se rappelant qu'un homme avait été assassiné à cet endroit même.

— D'où ce chien sort-il ? demanda-t-elle, tremblante.

Sir Edgar fit alors irruption dans la chambre, un pistolet à la main. Sir Humphrey et trois valets le suivaient de près.

— Que se passe-t-il ? Pourquoi ce vacarme ?

Il balaya la chambre du regard, puis s'arrêta sur le chien, assis au côté de Chloé. Son visage se durcit.

— D'où vient cet animal ? lâcha-t-il sèchement. Et que diable faites-vous toutes dans cette chambre ?

Bien qu'il cherchât à donner une impression d'autorité, Chloé remarqua que sa main tremblait. Elle se rappela les propos de Dominic : son oncle avait voulu faire abattre le chien. Elle éprouva un pincement de culpabilité à l'idée que l'animal s'était échappé par sa faute, mettant ainsi Dominic lui-même en danger.

— Nous nous promenions dans la galerie lorsque nous avons entendu du bruit dans la chambre, répondit-elle calmement. Nous avons ouvert la porte, et découvert le chien. Il n'a fait de mal à personne, sir Edgar.

Gwendolyn arqua les sourcils, mais lança à sa nièce un coup d'œil qui pouvait passer pour approbateur. Ce mensonge évitait aux trois femmes de se ridiculiser. Et, plus important, ne trahissait pas Dominic, songea Chloé.

Recouvrant son sang-froid, sir Edgar remit le pistolet à sa ceinture.

— Je me demandais où se cachait cette sale bête. Je regrette de ne pas l'avoir abattue le jour de mon arrivée.

— Vous n'auriez jamais fait une chose pareille, j'en suis sûre ! s'écria Gwendolyn, indignée. Cette pauvre créature cherche son maître. C'est une preuve de fidélité et d'intelligence.

Sir Edgar glissa un regard amusé à Pamela et à Chloé.

— Si vous le dites, lady Dewhurst.

— En outre, ajouta Gwendolyn, pensive, le chien semble s'être attaché à Chloé. Il se peut qu'il essaie de nous dire quelque chose.

— De nous dire quelque chose ? répéta Chloé, éberluée.

Sa tante eut un haussement d'épaules agacé.

— Mais oui ! Au sujet de la mort de son maître. Selon moi, Stratfield veut nous envoyer un message de l'au-delà.

— Pour dire quoi ? Qu'il aime Chloé ? suggéra Pamela d'un ton malicieux.

Sir Edgar observa la galerie brillamment éclairée par les chandeliers.

— Je vais demander aux domestiques de régler le problème une fois pour toutes.

Tante Gwendolyn étouffa une exclamation horrifiée.

— Vous n'oseriez quand même pas tuer un pauvre animal sans défense ? Votre neveu adorait ce chien, sir Edgar. C'était un plaisir de voir Arès gambader derrière le cheval de son maître.

Chloé coula un regard en coin à l'animal. Elle ne raffolait pas spécialement des chiens, mais elle n'aimait pas qu'on leur fasse du mal. Et si celui-ci n'avait rien pour la charmer, il en allait tout autrement de son maître. De plus, si loyal et intelligent que fût Arès, on ne pouvait être sûr qu'il ne conduirait pas sir Edgar jusqu'à la cachette de Dominic...

— J'ai toujours rêvé de posséder un chien, s'écria-t-elle avec une mimique extasiée.

Gwendolyn la dévisagea, oscillant entre ravissement et incrédulité, tandis que Pamela plissait les yeux d'un air soupçonneux.

— Vraiment, ma chérie ?

— Oh, oui ! fit Chloé, la main sur le cœur. Papa m'en avait promis un, juste avant sa mort.

C'était le plus gros mensonge qu'elle ait jamais proféré. En fait, il lui avait promis un diadème...

— Je serais enchanté de vous offrir un caniche, lady Chloé, déclara sir Edgar avec un faible sourire.

Il fit quelques pas vers Arès, et s'arrêta net en voyant le chien sortir les crocs.

— Voyez, cet animal est imprévisible.

— Mais pas du tout ! protesta tante Gwendolyn. Il fait son devoir en protégeant sa nouvelle maîtresse.

Et pour prouver qu'elle avait raison, elle passa devant sir Edgar, et se pencha pour flatter le chien. Arès se laissa faire, l'air profondément résigné, et Chloé se demanda brusquement ce qui lui avait pris. Que diable allait-elle faire d'un chien de garde ?

Elle scruta sir Edgar, cherchant à deviner ce qui se cachait derrière ce masque de politesse onctueuse. Cet homme aux manières impeccables, cet hôte raffiné était-il capable de tuer ? Dominic avait-il pu se tromper ? Après tout, la chambre était plongée dans l'obscurité au moment du meurtre.

— Qu'en pensez-vous, sir Humphrey ? demanda Edgar. C'est à vous de décider si vous voulez de ce chien chez vous.

Humphrey haussa les épaules avec un sourire débonnaire.

— Je n'ai jamais pu refuser quoi que ce soit à ma femme, mon cher. Je serais malavisé de commencer maintenant.

Sir Edgar secoua la tête, vaincu.

— Alors, prenez ce chien. Mais ne venez pas vous plaindre s'il se retourne contre vous. Je vous aurai prévenu !

Comme le reste de la famille prenait place dans la voiture, sir Edgar s'approcha de Chloé, qui attendait sur le perron.

— Merci de m'avoir fait le plaisir de votre compagnie, lady Chloé. J'aurais aimé vous offrir une soirée plus divertissante.

La jeune fille s'efforça de soutenir son regard, d'oublier momentanément ce qu'elle savait de cet homme.

— J'ai passé une soirée fort agréable, sir Edgar, parvint-elle à répondre avec cordialité.

Et c'était l'entière vérité. Sa peau s'enflammait au souvenir des baisers qu'elle avait échangés avec Dominic, des caresses qu'il lui avait prodiguées. Désormais, elle connaissait l'essentiel de son histoire. Sa curiosité avait été satisfaite, et ses sens éveillés.

Sir Edgar sourit.

— Je me demande si Chistlebury nous retiendra encore très longtemps. Les champs de bataille commencent à me manquer. Quant à vous, lady Chloé, votre place est à Londres, au milieu de vos admirateurs.

Elle ne put s'empêcher de se demander si ses paroles constituaient une mise en garde visant à l'éloigner.

— Vous me flattez, sir Edgar.

Et il l'effrayait plus encore. Penser qu'un homme aussi distingué était un assassin ! Ou qu'il avait joué un rôle dans la mort de Brandon… Cela paraissait inimaginable ! Chloé décida pourtant de faire confiance à Dominic. Elle ne voulait prendre aucun risque.

— Que tu es adorable, susurra tante Gwendolyn au gros chien assis sur les marches moussues du perron de Dewhurst Manor. Et obéissant.

— Et que tu es gros ! ajouta oncle Humphrey, renfrogné. Je suppose que c'est lui qui mangera ma part de côtelettes, cette semaine.

— Vous avez assez mangé ce soir pour tenir jusqu'à Noël ! répliqua-t-elle.

Son mari ne daigna pas répondre. Il suivit des yeux Chloé et Pamela qui pénétraient dans la maison, bras dessus, bras dessous, Arès sur les talons. Il aimait profondément les deux jeunes filles, et était farouchement déterminé à les protéger.

— Notre nouveau voisin ne me plaît guère, confessa-t-il à sa femme.

Il s'attendait qu'elle proteste avec véhémence, mais il n'en fut rien.

— Pour être franche, il ne me plaît pas non plus, dit-elle à voix basse. On ne peut pas faire confiance à un homme qui n'aime pas les chiens.

Dominic regarda l'attelage disparaître dans l'allée, cherchant vainement à apercevoir Chloé une dernière fois. Il voulait garder le souvenir de son sourire pour lui tenir compagnie dans l'obscurité. Quand il se sentirait suffoquer dans sa prison, il penserait à elle comme à un rayon de soleil destiné à illuminer les ténèbres de son existence. Il se rappellerait ce qu'on ressentait lorsqu'on était libre de rire, d'être soi-même, de baisser la garde et de se confier à un de ses semblables. Toutes choses qui allaient de soi à une époque pas si lointaine.

En un sens, il était content qu'Arès soit parti avec elle. Il risquait de lui attirer des ennuis... Mais pas plus, au fond, que les liens qu'il entretenait désormais avec la jolie femme à laquelle il avait confié ses secrets.

D'humeur maussade, il regagna sa cachette. Dans l'allée, son oncle regardait la voiture s'éloigner. L'hôte parfait. Le soldat parfait. L'homme qui avait trahi son pays et sa famille pour de l'or. Qui avait tué sans remords. Dominic eut un frémissement de dégoût.

Il demeura un moment immobile dans le souterrain. Il fallait qu'il étudie la lettre codée, mais cela nécessitait une concentration dont il n'était pas capable pour l'heure. Cette lettre avait un rapport avec la trahison d'Edgar, il en était certain. Mais qui l'avait écrite ? Qui avait-on cherché à atteindre ?

Il descendit les marches qui menaient à son repaire. Pas étonnant qu'il n'ait pas les idées claires, dans ce trou obscur ! Les ténèbres lui embrumaient l'esprit. Il avait besoin de respirer l'air de la nuit.

Une demi-heure plus tard, après avoir emprunté un long couloir creusé dans la roche, il souleva une trappe et émergea dans la salle principale du moulin abandonné. Ce soir, le trajet lui avait paru interminable. L'air pur l'enivra.

Derrière lui, une brindille craqua. Sa main vola jusqu'à son pistolet. Pour la deuxième fois de la soirée, il avait de la compagnie.

Un hurlement propre à vous figer le sang résonna dans toute la maison. Chloé venait à peine de sombrer dans le sommeil lorsque les cris de sa tante la réveillèrent en sursaut. Le temps qu'elle trouve sa robe de chambre et atteigne la porte, après avoir trébuché sur Arès, les cris avaient cessé.

De fait, sa tante semblait assez calme lorsque Chloé et l'oncle Humphrey la rejoignirent dans le salon.

— Par Dieu ! s'exclama ce dernier en chaussant maladroitement ses lunettes. Que signifient ces hurlements ?

— Je l'ai vu, Humphrey, déclara Gwendolyn, au comble de l'excitation, en entraînant son mari vers la fenêtre. Je l'ai vu traverser le bois. À cheval. J'ai vu le *fantôme.*

Humphrey et Chloé échangèrent un regard.

— Ce n'était pas le fantôme, tante Gwendolyn. Si vous avez vraiment vu quelqu'un, ce devait être Devon.

— Devon ?

— Oui, Devon, renchérit Humphrey d'une voix irritée. Cette fripouille venait vraisemblablement nous demander de l'aide, et vous l'avez fait fuir avec vos hurlements.

— Ce n'était pas Devon. Je connais bien ce chenapan. Le fantôme était beaucoup plus grand que lui. Et il montait le cheval de Stratfield.

Son mari se rembrunit.

— Peut-être devrais-je vous emmener loin d'ici pendant un mois ou deux. Nous pourrions rendre visite à nos amis dans le Dorset, prendre un peu de repos.

— Non ! rétorqua-t-elle, si vivement que Chloé se détourna de la fenêtre. Êtes-vous donc complètement insensible, Humphrey ? Nous ne pouvons pas partir maintenant, alors que notre petite Chloé vient de tomber amoureuse.

Le cœur de Chloé manqua un battement. Amoureuse ? Était-il possible que sa tante ait découvert ce qui se passait entre Dominic et elle ? Non, bien sûr que non ! Jamais Gwendolyn n'aurait approuvé une histoire d'amour entre le vicomte et elle. Du reste, elle n'aimait pas Dominic. L'amour, ce n'était pas cette détresse aiguë qui vous faisait passer en un instant du rire aux larmes... n'est-ce pas ? Amoureuse... De Dominic... Ses frères en feraient une maladie. Ils n'hésiteraient pas à lui déclarer la guerre.

Elle s'imaginait en train de leur expliquer : « Oui, j'aimerais que ma famille fasse connaissance de l'homme que j'aime. Il est mort depuis quelques semaines, mais cela ne m'a pas découragée. Où je l'ai rencontré ? Euh... dans mon cabinet de toilette. Où il vit ? Eh bien, dans la maison de ses ancêtres. Ou plutôt, dans les souterrains...

— Oui, poursuivit Gwendolyn, je pense que Chloé est amoureuse de notre cher Justin. Ils forment un couple délicieux, quoi qu'en dise Pamela. La famille ne pourra qu'approuver une telle union. Nous n'allons pas la condamner alors qu'elle n'en est qu'à ses balbutiements.

Chloé fut partagée entre le rire et le soulagement.

— Doux Jésus, ma tante, je ne suis pas amoureuse de Justin ! Je ne le connais que depuis...

Depuis aussi peu de temps que Dominic, mais on ne pouvait comparer les deux hommes. Ni les sentiments qu'ils éveillaient chez elle. Dominic était tellement plus complexe, plus séduisant à sa manière ténébreuse. Justin était le genre d'homme que son père aurait aimé la voir épouser. Et il n'y avait pas si longtemps, elle-même l'aurait considéré comme un bon parti.

Elle prit une profonde inspiration, et débita d'une traite:

— Je pense qu'il est temps de vous avouer la vérité, tante Gwendolyn. Devon est venu ici en secret, me demander de l'aide. Oui, je sais que c'est mal d'avoir trahi votre confiance, mais c'est mon frère et...

— C'est aussi mon neveu, coupa Gwendolyn avec un mouvement d'impatience. Et j'aime ce gredin autant que toi, Chloé. Je suis au courant des visites que Devon t'a rendues. C'est par bonté que je ne suis pas intervenue.

Chloé s'empourpra.

— Je ne peux pas croire que vous saviez. J'ai l'impression de vous décevoir une fois de plus.

— Chloé, je n'ignore pas le sens des mots discrétion et loyauté envers la famille. Je te rappelle que je suis aussi une Boscastle.

— Bien sûr, souffla Chloé en remarquant du coin de l'œil le regard amusé de son oncle.

— Je ne suis pas stupide, continua Gwendolyn. Et j'ai encore l'ouïe fine. J'ai parfaitement entendu le raffut que vous avez fait l'autre nuit dans ta chambre. À croire que vous dansiez le quadrille!

Chloé devint cramoisie. Sa tante ne pouvait faire qu'allusion au soir où elle avait découvert Dominic dans le cabinet de toilette. Le soir où il l'avait jetée sur le lit et l'avait terrorisée. Un intermède au cours duquel son existence entière avait basculé.

— Je suis désolée de vous avoir dérangée, dit-elle après une pause un peu gauche.

Le doux visage de Gwendolyn s'assombrit.

— Ce n'est pas Devon qui me dérange, ma chérie. Ni toi. Ce qui m'ennuie, c'est ce satané fantôme.

— Vous croyez vraiment que c'est le fantôme de Stratfield que vous avez vu, ma chère ? hasarda son mari. Pourquoi serait-il venu caracoler sous nos fenêtres ?

— Cela me semble évident, Humphrey. Le pauvre homme veut échapper à son sort misérable.

— N'est-ce pas ce que nous souhaitons tous ? murmura-t-il.

— Visiblement, je n'ai pas réussi à le libérer, ce soir, ajouta-t-elle, l'air chagrin. Je crains de l'avoir réveillé au lieu de l'apaiser. Il vient me demander mon aide, Humphrey, je ne peux pas l'abandonner.

Dominic considéra la haute silhouette qui s'avançait d'une démarche assurée dans le moulin.

— J'ai bien failli t'envoyer une balle dans la tête, Adrien, lança-t-il, agacé. Que diable fais-tu ici, au milieu de la nuit ?

Le visiteur inattendu était Adrien Ruxley, vicomte de Wolverton, mercenaire professionnel, fils prodigue et héritier d'un duché. Il ôta ses gants de cuir en souriant et s'accroupit devant la trappe d'où Dominic venait d'émerger. Ses courts cheveux blonds accentuaient les angles durs de son visage au teint hâlé. Une lueur bienveillante dansait dans ses yeux noisette.

— Dominic, mon vieil ami, je commençais vraiment à être inquiet à ton sujet. Nous avions rendez-vous à 9 heures dans le bois si je me souviens bien. Tu n'as pas pu venir ?

— Mon oncle donnait une réception.

— J'ai vu, en effet. La demeure était illuminée. J'ai failli m'inviter, histoire de voir la réaction d'Edgar.

Il jeta un coup d'œil par-dessus son épaule en sifflant doucement, et son cheval avança sous l'auvent du moulin.

— Ce devait être très intéressant pour que tu aies manqué notre rendez-vous, remarqua-t-il prudemment.

Il y eut un silence. Leur amitié s'était nouée longtemps auparavant, dans l'école militaire prussienne où ils avaient fait la connaissance de Heath Boscastle. Ils s'étaient perdus de vue durant des années et ne s'étaient retrouvés que récemment. Rejeté par un père orgueilleux et amer, qui était persuadé que son fils était le fruit d'une liaison adultère qu'aurait eue sa jeune femme, Adrien avait passé ces huit dernières années en exil volontaire. Il n'était rentré en Angleterre que trois mois auparavant, à la requête du duc qui lui faisait miroiter une fortune en héritage. Mais Adrien était loin d'être naïf.

D'une nature sauvage, rebelle et cynique, il était l'homme dont on parlait le plus en ce moment dans les cercles londoniens. Et la seule personne en qui Dominic avait une totale confiance.

Ce dernier remit son pistolet dans sa ceinture.

— À vrai dire, j'avais complètement *oublié*, avoua-t-il.

— Eh bien, ce n'est pas la fin du monde. Tu espionnais Edgar, et il aurait été dommage de perdre des renseignements importants. Ce n'est pas comme autrefois, lorsque le moindre jupon nous faisait tourner la tête et oublier que nous avions des amis !

— Vraiment ?

Adrien étrécit les yeux, l'air suspicieux.

— Tu n'es pas sérieux ? Tu étais avec une femme ? Comment as-tu pu prendre un tel risque ? Enfin, je veux dire, je comprends que tu aies été tenté, après avoir passé un mois isolé dans ta cachette, mais pour l'amour du ciel... j'espère qu'elle ne soupçonne rien ?

— Elle sait tout.

— Idiot ! s'exclama Adrien, abasourdi. Je prie pour qu'on puisse acheter son silence et l'éloigner. Du moins jusqu'à ce que cette affaire soit réglée. Qui est-ce ? L'une de tes servantes ?

— Lady Chloé Boscastle, soupira Dominic en fermant les yeux.

Sa chemise était encore imprégnée du parfum de la jeune femme. Le sang lui battait aux tempes, et il avait l'impression d'être au bord de l'explosion. Il était comme un animal affolé de désir.

— Boscastle ? répéta Adrien. De la famille Boscastle ?

— J'en ai peur.

Cette fois, son ami éclata de rire, à la fois stupéfait et admiratif.

— Tu es le seul homme au monde capable de séduire une des plus belles femmes de Londres alors que tu es censé être mort et enterré ! Dieu te vienne en aide, mon vieux !

— Cela ne faisait pas partie de mes plans, figure-toi. Je… je suis tombé sur elle, si je puis dire.

Adrien recouvra son sérieux, comme s'il devinait ce que son ami lui taisait.

— Difficile de résister, pas vrai ?

Dominic frotta sa joue ombrée de barbe.

— Impossible. Non pas que je puisse la courtiser de manière satisfaisante, puisque, comme tu viens de me le rappeler avec tact, je suis mort.

— Il doit y avoir un moyen, j'imagine.

— Elle en vaut la peine, crois-moi.

— Laisse-moi m'occuper d'Edgar.

— Tu en as fait assez, répondit Dominic, les yeux fixés sur le bras de mer qui scintillait sous la lune. Je n'aurais pas survécu sans ton aide.

— Je lui arracherais volontiers le cœur de mes mains si tu m'y autorisais.

Dominic décocha à son ami un regard empreint de gratitude. Adrien avait longtemps été proscrit de la bonne société, alors que lui-même menait la vie traditionnelle d'un jeune lord anglais. Lorsque le duc, son père, l'avait rejeté, il avait passé des années seul en Inde, dans des postes reculés. Il ne faisait aucun doute qu'Adrien tuerait Edgar si Dominic lui en donnait la permission.

— Un jour, peut-être.

— Le plus tôt sera le mieux, rétorqua Adrien. Je suis écœuré que tu en sois réduit à vivre dans de telles conditions alors qu'Edgar jouit du fruit de son crime.

Dominic demeura imperturbable, le regard sombre et déterminé. Adrien ferait la même chose que lui s'il était à sa place, et tous deux le savaient. Malmenés par la vie, ils s'étaient endurcis au point d'être capables d'actions inimaginables.

— Je suppose que tu n'as rien appris de nouveau sur Edgar ?

— Rien que tu ne saches déjà, admit Adrien. Il n'a pas obtenu la promotion qu'il espérait, et en a parlé en termes un peu vifs à des gens qui n'ont pas apprécié son attitude. Il semble qu'il ait quitté la Compagnie des Indes parce que ses supérieurs le prenaient de haut. Cela dit, il a dû ramasser une jolie fortune en vendant des renseignements aux armées étrangères. Toutefois, il n'a pu agir seul.

— Je sais. Mais qui l'a aidé ? Qui ?

— Je n'en ai aucune idée. Mais certaines personnes trouveront. Je ferai tout ce que je pourrai avant de rencontrer mon père, bien que mes contacts à Londres soient limités. Tout le monde n'accueille pas un ancien mercenaire à bras ouverts. En attendant, sois prudent. J'espère que tu peux vraiment faire confiance à cette femme.

Dominic eut un rire silencieux.

— Je n'ai pas le choix.

— Je suppose que nous ne pouvons pas l'éloigner pour quelques mois ?

— Je ne le voudrais pas même si je le pouvais.

Chloé n'aurait su dire si la cérémonie conduite par sa tante dans la chambre de Dominic avait « réveillé » celui-ci, ou si elle l'avait fait fuir. Ni si c'était bien lui le cavalier que Gwendolyn avait vu dans les bois ce soir-là. Pour sa part, elle en doutait.

Pourquoi aurait-il pris le risque d'être vu alors qu'il voulait qu'on le croie mort ? À moins que cela ne fasse partie de ses plans pour dévoiler les manigances de son oncle ? Mais un militaire de carrière comme sir Edgar n'était pas du genre à croire aux histoires de fantômes !

Mais si ce n'était Dominic, qui était donc le mystérieux cavalier ? Certainement pas Devon. Ni Justin, que sa tante aurait sûrement reconnu. Un ami rendant visite à Edgar ? Un étranger traversant le village ? Chloé se sentait terriblement frustrée de ne pouvoir entrer en contact avec Dominic pour le mettre en garde.

Et s'il était vraiment mort ? Les heures passant, elle commençait à craindre de ne plus jamais le revoir.

Au cours des jours qui suivirent, elle ne pensa à rien d'autre qu'à lui. À l'église, pendant les sermons du pasteur. Dans son lit, quand elle essayait de déchiffrer la lettre de Brandon. Dans la roseraie qu'elle arpentait pendant des heures, dans le futile espoir de l'apercevoir.

Mais il demeurait invisible. Lorsqu'elle n'était pas en colère contre lui, elle redoutait qu'il n'ait eu des ennuis et qu'il soit dans l'impossibilité de le lui faire savoir. Comment le saurait-elle, s'il était blessé dans son souterrain ?

Plus d'une fois, elle fut sur le point d'envoyer chercher Heath pour lui demander son aide. Seule la promesse qu'elle avait faite à Dominic l'en empêcha.

Pour un homme comme lui, une autre trahison serait insupportable. Elle détruirait définitivement le peu de tendresse qui avait survécu en lui. Pas question de violer les règles qu'il avait imposées. Elle respecterait sa volonté, même si cela l'exaspérait parfois.

Mais elle n'en continuait pas moins de l'attendre. Elle se réveillait parfois au milieu de la nuit, nerveuse, le corps palpitant d'un désir qui demeurait inassouvi. Incapable de se rendormir, elle allait à sa fenêtre et scrutait les bois enveloppés de brouillard.

Une ou deux fois, juste avant l'aube, elle avait même agité sa chemise devant la fenêtre dans l'espoir qu'il la verrait et lui ferait signe.

Quatre jours plus tard, ses efforts finirent par attirer l'attention d'un homme, hélas, ce n'était pas le bon. Lord Saint-John vint lui rendre visite un après-midi, alors qu'elle faisait courir Arès dans le verger.

— Attachez ce chien, Chloé, ordonna-t-il en se plantant derrière elle.

Il portait une chemise de lin blanc, et une cape jetée sur les épaules. Ses bottes étaient boueuses et éraflées.

— Je me vois mal jouer les romantiques si je crains que cet animal ne vienne me mordre les fesses ?

Chloé rit de bon cœur, attacha la laisse du chien et le ramena près d'elle. Elle aimait la simplicité de Justin. Celle-ci contrastait avec le comportement des dandys londoniens, si prétentieux et élégants qu'ils finissaient par avoir l'air idiot.

— Pour votre gouverne, il ne m'a jamais mordu les fesses.

— Dans ce cas, il n'est pas dangereux, mais stupide, répliqua-t-il avec une lueur espiègle dans les yeux. Si j'étais votre chien, je...

Il fit un pas vers elle. Leurs regards se croisèrent, et Chloé comprit avec inquiétude qu'il s'apprêtait à l'embrasser. C'est alors qu'Arès se mit en position d'attaque en grognant.

Justin sursauta, et bondit derrière le tronc noueux d'un pommier.

— Hé, ce ne sont pas mes fesses qu'il vise, mais une partie de mon anatomie bien plus précieuse ! s'exclama-t-il.

Chloé se mordit la lèvre pour ne pas rire.

— Il semblerait qu'il se prenne pour mon chaperon, remarqua-t-elle.

— Pourriez-vous l'attacher à l'écart, afin que je puisse vous parler sans craindre de me faire castrer ? s'enquit Justin, plaisantant à demi.

— Il ne faudrait pas que ma tante vous entende utiliser un langage aussi cru.

— C'est justement votre tante qui m'a envoyé à votre recherche.

— Vraiment ? s'exclama Chloé, surprise.

— Mes parents vous ont invitée, vous et votre famille, à dîner ce soir. Dites-moi que vous acceptez, ajouta-t-il en lui prenant la main pour la porter à ses lèvres. Je vous en prie, Chloé. Je me jetterai dans la rivière si vous refusez.

Chloé ressentit tout à coup le besoin d'être seule. Que lui arrivait-il ? Il n'y avait pas si longtemps, Justin l'amusait. Pourquoi lui trouvait-elle soudain l'allure d'un écolier attardé ? Pourquoi le comparait-elle sans cesse à un beau ténébreux au regard de braise ?

— Il faudra que je demande à ma tante si…

— Chloé ! lança cette dernière de la fenêtre du salon. Demande à Justin si nous sommes attendus à 6 heures ou à 7 heures.

— Eh bien, vous avez la réponse.

Justin rit doucement, lui embrassa les doigts.

— N'emmenez pas votre fauve, ce soir. J'ai l'intention de vous dévorer moi-même.

Chloé le regarda s'éloigner, sa cape volant dans son sillage. Parvenu à la grille, il se retourna pour lui envoyer un baiser. Comme elle lui répondait d'un signe de la main, Arès se mit à grogner doucement.

— Assez, Arès. Tu ne mangeras pas Justin. Ni qui que ce soit d'autre, d'ailleurs. Il faudra te comporter…

Elle s'interrompit, leva lentement la tête. Le chien ne regardait pas dans la direction de Justin, mais vers les bois. Comme s'il avait senti une présence.

— Stratfield ? chuchota-t-elle, le cœur battant. Dominic, est-ce vous ?

Elle courut jusqu'à l'extrémité du verger, Arès bondissant à ses côtés. Mais elle ne vit rien. Ni mouvement dans l'ombre ni bruissement d'aucune sorte.

Arès s'assit sagement à ses pieds.

La voix de Pamela lui parvint de la maison :

— Chloé, tu n'as pas vu mes gants neufs ? J'espère que ce n'est pas ton chien qui les a mangés !

Chloé poussa un petit soupir et murmura :

— Soyez maudit, Dominic.

14

Le dîner avec les parents de Justin fut quelque peu tendu. Chloé était consciente qu'ils désapprouvaient l'intérêt que lui portait leur fils. Ils firent deux ou trois remarques dont il ressortait qu'ils doutaient qu'une Londonienne puisse s'adapter à la vie à la campagne.

Justin essaya de se faire pardonner leur attitude en se moquant gentiment d'eux, et en volant un baiser à Chloé dans le hall, au moment des adieux.

— Êtes-vous fâchée contre moi, Chloé ?

Elle n'était pas fâchée. De fait, elle n'éprouvait pas grand-chose pour Justin. Son esprit ne cessait de prendre des chemins de traverse. Comment lui expliquer qu'elle était amoureuse d'un homme supposé mort ? Elle avait elle-même du mal à le croire.

— Vous semblez si préoccupée depuis quelque temps, dit-il en s'écartant d'elle.

Entendant cette dernière remarque, Gwendolyn s'approcha d'eux.

— Les filles ont peur du fantôme.

Oncle Humphrey poussa ses troupes vers la sortie en grommelant :

— Sottises. Chloé a la tête sur les épaules. J'aimerais pouvoir en dire autant de ma femme.

Chloé n'avait pas du tout l'impression d'avoir la tête sur les épaules. Pendant tout le trajet, elle scruta la route et les haies que baignait la lueur argentée de la lune dans l'espoir d'apercevoir la silhouette de Dominic.

Lorsqu'un cavalier solitaire jaillit soudain d'un chemin et leur barra le passage, elle se figea.

Le vieux cocher s'arrêta de mauvaise grâce. L'espace d'un instant, Chloé fut convaincue que le mystérieux cavalier était Dominic. Elle se pencha à la fenêtre, le cœur battant, bien qu'il fût peu probable que lord Stratfield révélât sa présence d'une façon aussi dramatique.

Mais ses espoirs s'effondrèrent dès qu'elle reconnut l'homme – qui était bien la dernière personne qu'elle eût envie de rencontrer.

Sa présence lui parut de mauvais augure.

Que diable sir Edgar faisait-il à cheval au beau milieu de la nuit ? Que cherchait-il ?

— Par Dieu, sir Edgar ! s'écria Humphrey d'un ton ouvertement désapprobateur. Je vous ai pris pour un bandit de grand chemin.

Leur voisin eut un petit geste d'excuse.

— N'oubliez pas que le meurtrier de mon neveu n'a toujours pas été arrêté.

— Et vous espérez-vous lui mettre vous-même la main dessus ? s'enquit Gwendolyn avec froideur.

Elle ne lui avait pas pardonné d'avoir voulu faire abattre Arès.

— Les autorités locales ne se montrent pas très efficaces, lady Dewhurst, répondit-il poliment. L'enquête a conclu que mon neveu avait été tué par un rôdeur, ou un soldat à l'esprit dérangé. Comme nous avons eu vent d'activités suspectes la nuit, dans la forêt, le garde-chasse et moi-même avons décidé de mener nos propres recherches.

— Que c'est courageux de votre part, murmura Chloé en serrant les poings.

Suspectait-il Dominic d'être toujours en vie ? Ou celui-ci avait-il commencé à mettre son piège en place ?

Edgar se tourna vers elle, un sourire flottant sur ses lèvres.

— Je désire que les jeunes ladies puissent se promener sur mes terres sans danger.

— Et faire courir leurs chiens, ajouta Gwendolyn, d'un ton de défi.

Il eut un petit rire comme s'il admettait sa défaite.

— Naturellement.

L'attelage se remit en route, et passa peu après devant la colline où se dressait Stratfield Hall. Les yeux rivés sur la sombre silhouette de la bâtisse, Chloé soupira. « Dominic où êtes-vous, le supplia-t-elle en silence, avant d'ajouter : Si jamais je vous revois, je serai bien capable de vous tuer de mes propres mains ! »

Lord Devon Boscastle patientait dans le salon. Il portait un costume sombre et des bottes de cuir fauve. Ses épais cheveux noirs étaient emmêlés par le vent, et une lueur joyeuse brillait dans ses prunelles bleues.

Il ressemblait tant à Heath, son frère aîné, que le cœur de Chloé fit un bond. Elle crut que quelque chose de terrible était arrivé. Sinon, pourquoi serait-il venu sans prévenir ?

Puis il se retourna, et elle reconnut le sourire espiègle du cadet. De soulagement, elle se laissa tomber dans un fauteuil. Ses nerfs étaient tellement à vif ces temps-ci qu'elle s'attendait sans cesse au pire. Tante Gwendolyn et Pamela, vite revenues de leur surprise, embrassèrent Devon avant de le questionner avec animation. Aucune femme ne savait résister aux frères de Chloé. Cela avait commencé dès la nursery, lorsqu'ils charmaient leur nourrice avec leurs grands yeux bleus. On leur pardonnait invariablement toutes leurs fredaines.

— N'ayez pas peur, fit-il en regardant ostensiblement sa sœur. Je suis seulement venu vous dire au revoir avant de regagner Londres. Ma pénitence a assez duré, on me relâche dans le monde.

Chloé l'enveloppa d'un regard affectueux.

— Tout est arrangé à Chelsea ? s'enquit-elle, allusion à ses débuts de « voleur de grand chemin ».

Il eut un sourire douloureux.

— Oui. Je le dois à Grayson, qui fera probablement en sorte que je ne l'oublie jamais. Je vais faire mon possible pour le persuader de te laisser rentrer aussi, Chloé. Nous avons passé suffisamment de temps à la campagne.

Rentrer à la maison. À cette pensée, Chloé sentit son sang se figer dans ses veines. Quelques jours plus tôt, elle aurait tout donné pour quitter Chistlebury. À présent, elle était déterminée à rester, quoi qu'il arrive. Rien ni personne ne l'obligerait à abandonner Dominic dans une situation aussi critique.

Au même moment, et dans la même maison, Dominic attendait avec impatience que Chloé se retire dans sa chambre pour la nuit. Il avait longuement bataillé contre lui-même avant de se décider à escalader le mur jusqu'à la fenêtre de son cabinet de toilette.

Il savait qu'il prenait un risque. Adrien serait désespéré s'il apprenait ce qu'il avait fait. Mais il n'en pouvait plus. Il fallait qu'il la revoie, ne serait-ce que quelques minutes. Elle lui donnait de la force et l'aidait à oublier la haine qui le rongeait. Pour tout dire, elle l'obsédait. Il voulait la tenir dans ses bras, entendre sa voix, son rire.

Elle le narguait depuis des jours, avec tous ses petits subterfuges pour l'attirer. Certes, il appréciait qu'elle se montre discrète. Mais comment résister ? Surtout lorsqu'elle agitait sa chemise par la fenêtre, telle une impertinente Circé cherchant à attirer un marin dans ses filets.

Non qu'il eût besoin qu'elle lui rappelât son existence. Car lorsqu'il n'était pas occupé à surveiller Edgar, il ne pensait qu'à elle. Il ne comprenait pas comment elle pouvait lui manquer à ce point – et le mot était faible – alors qu'il n'avait somme toute passé que quelques heures en sa compagnie. Elle l'avait positivement ensorcelé !

Appuyé au montant de la fenêtre, il laissa son regard errer à l'extérieur. Où diable était-elle ? Sa chambre était un exemple de vanité féminine. Des bas, des éventails, des chaussures de toutes sortes jonchaient le sol. À croire qu'elle avait essayé sa garde-robe complète avant de sortir.

Mais pour impressionner *qui* ?

Il haussa ses épais sourcils noirs. Le corset scandaleux avait-il disparu ? Non. Il était là, sur le sol du cabinet de toilette. Tant mieux. Si Chloé devait porter ce corset, ce serait pour lui. Et pour lui seul.

— Où est-elle donc ? marmonna-t-il avec impatience.

Il avait entendu l'attelage arriver deux heures auparavant. Caché derrière la porte, il avait attendu. Et attendu encore. Mais, de toute évidence, quelqu'un la retenait en bas.

Il ne supportait pas de rester dans l'ignorance. Un peu plus tôt dans la soirée, il avait vu Edgar quitter Stratfield Hall. Se pouvait-il que son oncle soit en ce moment même avec Chloé, dans le salon ? Un visiteur pouvait aussi s'être annoncé avant qu'il ne s'introduise dans la maison. Il aurait dû songer à jeter un coup d'œil dans l'écurie. Le problème, c'était qu'il pensait tant à elle qu'il en oubliait tout le reste.

Arès leva les yeux vers la fenêtre en laissant échapper un grondement.

Les sourcils froncés, Dominic écarta le rideau. Il reconnut aussitôt la haute silhouette aux cheveux blonds qui se tenait au pied du chêne.

— Oh, non, pas lui ! s'exclama-t-il, agacé.

— Chloé ! appela Justin d'une voix enamourée. Ne vous cachez pas, coquine. Je vois vos jolies courbes derrière le rideau.

— Tu aurais besoin d'une bonne paire de lunettes, crétin ! grommela Dominic.

— Vous faites la timide, Chloé ? Vous ne l'étiez pas autant pendant le dîner, quand je vous ai servi du gâteau.

Dominic réprima un grognement de contrariété. C'était donc *là* qu'elle avait passé la soirée ! Et ce colossal imbécile lui avait donné la becquée. Les bras croisés, il jeta un regard noir vers la fenêtre, tandis que l'autre poursuivait son intéressant monologue :

— Je ne partirai pas tant que vous ne m'aurez pas répondu, Chloé. Je veux être certain que vous ne m'en voulez pas de vous avoir volé un baiser dans le hall.

Justin marqua une courte pause et reprit :

— Il m'a pourtant semblé que cela vous plaisait. Toutes les dames de Chistlebury adorent que je les embrasse.

Un baiser dans le hall ? Les mâchoires crispées, Dominic imagina Chloé dans les bras de ce blondinet ridicule. Il était sans doute le seul, dans le village, à penser que Chloé et Justin ne formaient pas un couple merveilleux ! Mais comme il était mort, il n'avait pas son mot à dire, naturellement.

Mû par une impulsion, il se pencha et lança d'une voix de soprano :

— Rentrez chez vous, Justin. Je vous ai assez vu pour la soirée.

Justin battit des paupières, tel un hibou.

— Au nom du ciel, qu'est-il arrivé à votre voix, Chloé ? Seriez-vous de nouveau malade ? Vous croyez que c'est contagieux ?

— Oui. Oui, je suis malade, mon cher, ajouta Dominic en agitant les doigts par la fenêtre. Je suis sûre que c'est terriblement contagieux.

— Vous ne paraissiez pas malade quand je vous ai embrassée. Et de toute façon, je suis solide comme un roc. Montrez-vous juste une fois, avant que je m'en aille.

— Seigneur, non, Justin, petit coquin ! J'ai déjà enfilé ma chemise de nuit, je ne suis pas du tout décente.

Mais l'argument ne le fit pas fuir, bien au contraire.

— Je ne bougerai pas tant que je ne vous aurai pas vue, décréta-t-il. Pamela prétend qu'il y a des vêtements très intéressants dans votre malle, ajouta-t-il avec un sourire ingénu.

— Ce crétin va finir par ameuter toute la maison avec son cirque ! marmonna Dominic.

Mais Justin n'en démordit pas.

— Je ne partirai pas. Je ferai un scandale jusqu'à ce que vous cédiez. De toute façon, votre tante m'aime beaucoup.

— Eh bien, pas moi, siffla Dominic.

Chloé trouvait-elle vraiment cet insupportable gamin attirant ? Elle avait accepté de l'embrasser ? C'était franchement insultant pour lui.

— Allez, Chloé, laissez-moi voir votre joli minois. Quel mal y a-t-il à cela ?

— Oh, bon sang !

Dominic s'empara d'un des bonnets de dentelle qui dépassaient de la malle. Il l'enfonça bas sur son front, puis enroula un châle de soie rose autour de son cou.

— J'attends, Chloé ! chuchota Justin avec un soupçon d'irritation.

Dominic eut un mauvais sourire, passa la tête par la fenêtre, telle une tortue, et se retira vivement.

— Voilà. Vous êtes content, maintenant ?

— Vous trichez, Chloé, se plaignit Justin. Je n'ai rien vu d'autre qu'un peu de dentelle rose.

— Faites de beaux rêves, Justin, murmura Dominic en refermant la fenêtre.

Il se débarrassa du bonnet et du châle, et tourna la tête vers la porte. Des pas légers résonnèrent dans le couloir. La poignée tourna, et il entendit la jeune femme pester à mi-voix contre l'humidité qui régnait dans les maisons de campagne, tandis qu'elle tentait en vain de pousser le battant dont le bois avait gonflé pendant les dernières pluies.

Dominic demeura caché dans le cabinet de toilette, doutant soudain de la réaction de Chloé quand elle le verrait. Comment allait-il expliquer sa présence ? Son désir risquait de l'effrayer. Bon sang, il l'effrayait lui-même ! Il ne pouvait rien lui promettre. Il ne pouvait lui offrir l'avenir que sa famille souhaitait certainement pour elle.

Non, il n'avait rien d'autre que des ennuis à lui offrir.

Chloé finit par ouvrir la porte. Aussitôt, un frisson glacé courut le long de son échine. Il y avait quelqu'un dans la chambre. Ce n'était pas Devon, puisqu'elle l'avait laissé en bas avec son oncle. Ni le chien, qui avait pris l'habitude de dormir sur son lit. Elle sentit les poils de sa nuque se hérisser. Les battements de son cœur s'accélérèrent. Elle craignait presque d'espérer. Elle ne pourrait supporter une nouvelle déception.

— Bonsoir, Chloé, fit la voix familière, dans l'ombre du cabinet de toilette.

Elle eut une brève hésitation, avant de refermer doucement la porte derrière elle. Elle s'était juré de l'envoyer au diable si elle le revoyait un jour. Mais à peine eut-elle entendu sa voix qu'elle sentit sa détermination flancher. Toutes ces heures d'attente angoissée, à se demander comment il allait... Et il semblait en parfaite santé, le monstre!

Elle fut envahie par tant d'émotions contradictoires qu'elle eut du mal à se contrôler. Elle avait envie de l'injurier. De se jeter dans ses bras. De le flanquer à la porte. De lui demander où il était passé pendant qu'elle se rongeait d'inquiétude à son sujet.

Mais elle ne fit rien de tout cela. Elle parvint à se maîtriser pour répondre d'une voix normale:

— Comme c'est aimable à vous de me rendre visite, lord Stratfield.

Il sourit.

— Comme c'est aimable à vous de me le permettre.

Elle fut sur le point de répliquer qu'elle ne lui avait rien permis du tout, mais y renonça. À quoi bon feindre? Cela faisait des jours qu'elle attendait des nouvelles de ce diable d'homme. Elle ôta ses chaussures et les envoya d'un geste vif sous le lit. Avait-elle pensé à cacher son journal intime? Oui. Il en savait déjà suffisamment comme ça. Une dame devait absolument avoir un jardin secret.

Il ouvrit en grand la porte du cabinet de toilette et s'immobilisa sur le seuil, arrogant, intimidant. Son regard glissa lentement sur elle. À en juger par la lueur qui traversa ses yeux d'un gris métallique, ce qu'il voyait lui plaisait. Une spirale chaude se déroula dans le ventre de la jeune femme. Son souffle s'accéléra.

— Qu'est-ce qui vous a retenue si longtemps en bas ? s'enquit-il doucement.

Elle lui décocha un regard noir. Il disparaissait pendant des jours, et il s'attendait qu'elle reste assise derrière sa fenêtre dans l'espoir de le voir réapparaître ?

— Mon frère Devon est venu nous faire ses adieux. Apparemment, ses fautes lui ont été pardonnées, et on le rappelle à Londres. Vous ne pouvez plus me menacer de le dénoncer si je ne vous obéis pas.

Il la dévisagea un instant en silence. Ce genre de menaces n'avait plus cours entre eux depuis longtemps, et ils le savaient tous deux.

— Edgar vous a-t-il aussi rendu visite ?

Elle le contempla, à peine consciente qu'il venait de lui poser une question. Il était d'une beauté à couper le souffle. Tout à coup, elle eut peur de ce qui se passerait si sa colère contre lui s'évanouissait. Avec quelle facilité il lui ferait tout oublier !

— Pourquoi serait-il venu ?

— Il a quitté la maison un peu plus tôt dans la soirée. Seul. Je craignais qu'il ne se soit rendu ici.

Le cœur de Chloé fit un bond. Était-il inquiet ? Jaloux ? Lui qui assurait n'avoir plus aucun sentiment. Il était comme ses frères, il détestait montrer ses faiblesses. Mais... était-il possible qu'elle soit devenue sa faiblesse cachée ?

— Nous l'avons rencontré sur la route, répondit-elle. Il a prétendu être à la recherche de votre assassin.

— Un vrai héros, marmonna Dominic, sarcastique. Je ne veux pas que ce porc s'approche de vous, ni de votre famille.

— Je n'y tiens pas non plus, avoua-t-elle à voix basse.

Sa colère retombait. Son attirance pour Dominic croissait de seconde en seconde. Elle avait envie de le toucher, d'appuyer la tête contre sa poitrine, de respirer son odeur, de le retenir auprès d'elle.

Une voix plaintive s'éleva sous la fenêtre, la tirant de sa transe. Ses yeux s'arrondirent de surprise.

— Juste ciel, on dirait la voix de Justin !

— C'est Justin, soupira Dominic, excédé.

— Mais que fait-il là ?

Elle entra dans le cabinet de toilette, et Dominic la suivit des yeux, avec un sourire mauvais.

— L'imbécile voulait me voir en chemise de nuit.

— Quoi ?

Il lui fallut quelques secondes pour comprendre.

— Dominic Breckland ! s'exclama-t-elle. Vous êtes impossible. Je n'arrive pas à croire que vous ayez osé faire une chose pareille. Quelle fripouille vous êtes ! Et je pèse mes mots...

Il eut un ricanement narquois tandis qu'elle courait à la fenêtre.

— Taisez-vous ! ordonna-t-elle avant d'ouvrir la croisée

Justin leva les yeux et ne put cacher sa déception.

— Je croyais que vous étiez en chemise, Chloé. Mais c'est la robe que vous portiez pour le dîner. Vous vous êtes moquée de moi !

Chloé tourna la tête un bref instant, pour darder sur Dominic un regard accusateur. Il se contenta de hausser les épaules avec désinvolture.

— Eh oui, Justin ! Tout le monde sait, à Londres, que j'adore taquiner mes soupirants.

— Vous pouvez me taquiner autant que vous le voulez, Chloé. Je suis bon joueur, assura-t-il.

Elle secoua la tête. Qu'était-elle censée faire de ces deux coquins ?

— Pas à cette heure de la nuit, Justin, déclara-t-elle avec fermeté. Je vais fermer ma fenêtre, à présent. Rentrez chez vous, s'il vous plaît.

— Parfait, murmura Dominic derrière elle, en feignant d'applaudir. Remettez-le à sa place.

— C'est vous, que je vais remettre à votre place, siffla-t-elle en lui faisant face.

— Pauvre de moi ! fit-il en lui adressant un sourire moqueur, avant de l'attirer dans ses bras. Mais je pense plutôt que c'est le contraire qui va se passer.

Elle leva vers lui un regard stupéfait. Il l'étreignait si fort qu'elle ne pouvait esquisser un mouvement. Du reste, elle n'essaya même pas.

— Que voulez-vous dire ?

— Retournons dans la chambre, Chloé. Je vais vous montrer.

Il la porta jusqu'au lit et, sans cesser de l'embrasser, lui ôta ses vêtements un à un. Sa robe de mousseline jaune, ses jupons, ses jarretières, sa chemise de dentelle.

Quand il eut fait rouler le dernier bas sur sa cheville, il contempla son corps nu comme s'il s'agissait d'une œuvre d'art.

Chloé s'embrasa sous son regard. Ses seins étaient lourds et gonflés, les pointes se dressaient, réclamant les caresses. Jamais il ne lui avait paru plus exalté, ni plus dangereux. Pas même le soir où elle l'avait découvert dans son cabinet de toilette.

— Il vaudrait mieux que je m'en aille, dit-il doucement en laissant courir sa main le long de la cuisse de la jeune femme.

— Non, Dominic.

Il la scruta longuement. En proie à une folle tension, elle se mordit la lèvre. Son regard de braise s'attarda de nouveau sur son corps. Elle se sentit exposée, vulnérable. Mais cette impuissance même ne fit qu'accroître son excitation.

— Si je reste, nous savons tous deux ce qui se passera. Aussi longtemps que je vivrai, tu n'appartiendras à personne d'autre que moi, Chloé.

— Prends-moi, chuchota-t-elle.

Il s'inclina sur elle et captura ses lèvres, scellant ainsi le pacte qu'elle venait de lui proposer. Ce fut un baiser possessif, profond et enivrant, qui la fit trembler de plaisir et la laissa sans défense.

Elle était incapable d'aligner deux pensées cohérentes. Cet homme dominait son esprit aussi bien que ses sens. Par la force qui émanait de son corps. Son magnétisme viril. Au plus profond d'elle-même, elle lui appartenait déjà, rêvait d'être sa maîtresse.

Elle se redressa doucement pour lui rendre son baiser.

— Caresse-moi, souffla-t-elle contre sa bouche. Prends-moi tout de suite. J'ai autant envie de toi que tu as envie de moi...

Il encadra son visage de ses mains avec une douceur inattendue, et murmura d'une voix rauque :

— C'est vrai ? Tu as envie de moi, Chloé ?

Il la souleva comme si elle ne pesait pas plus qu'une plume et la déposa à califourchon sur ses genoux.

— Tu le sais très bien, chuchota-t-elle, les seins pressés contre son torse.

Sans un mot, il glissa le bras autour de sa taille, la maintenant fermement. De sa main libre, il lui caressa le dos et les fesses, lui arrachant un frisson d'anticipation. Il s'attarda sur sa hanche, puis, imperceptiblement, se dirigea vers le triangle sombre au creux de ses cuisses.

Elle se tendit, tandis que de la lave en fusion se déversait dans ses veines. Elle savait qu'au plus secret de sa féminité se répandait déjà le suc tiède du plaisir. Quand ses doigts trouvèrent ce qu'ils cherchaient, elle s'enflamma comme une torche et s'abandonna à ses caresses. À cet instant, elle aurait fait tout ce qu'il lui demandait.

Elle sentit son sexe dur se presser contre elle, tandis qu'il lui écartait les jambes. Avec un gémissement sourd, il caressa ses boucles humides, introduisit doucement les doigts entre les replis de sa chair brûlante.

— Chloé, mon ange. Tu es si douce... Pose tes mains sur mes épaules.

Elle obéit et sentit ses muscles d'acier se raidir sous ses doigts. Le plaisir qu'elle ressentait était si violent qu'elle avait du mal à respirer. Elle se laissa aller, sans force, contre sa main, le suppliant en silence de lui donner plus. Beaucoup plus.

— C'est de cela que tu as envie? demanda-t-il en fixant sur elle un regard voilé par le désir.

Lui, c'était lui qu'elle voulait. Leur union était juste, et inévitable. Elle l'avait toujours été. Il devait la posséder. Puis elle le posséderait à son tour.

— Tu ne vas pas te déshabiller? chuchota-t-elle.

Il sourit et se pencha sur son sein.

— Plus tard. Pour le moment, je suis occupé.

Il saisit le petit bouton de rose entre ses dents, et elle étouffa un cri de plaisir. Elle rejeta la tête en arrière, tandis qu'il taquinait la pointe de son sein, l'aspirait, la léchait. Tremblante et désarmée, elle s'affaissa entre ses bras. C'était trop. Et ce n'était pas assez.

— Chloé.

Elle ouvrit les yeux, croisa son regard brûlant de désir.

— Dominic, tu n'auras pas l'audace de me laisser comme ça, haleta-t-elle.

— Non. Non, je ne peux pas.

Il l'écarta de lui, se débarrassa de sa chemise en hâte, puis déboutonna son pantalon. Alors qu'il se penchait pour retirer ses bottes de cuir noir, elle le contempla tout son soûl. C'était la première fois qu'elle le voyait entièrement nu. Son corps était encore plus magnifique qu'elle ne l'avait imaginé. Mince, harmonieux, sculptural. La cicatrice qui lui barrait la poitrine ne faisait que renforcer cette impression de force qu'il dégageait en permanence.

Il lui jeta un coup d'œil. Elle ne détourna pas les yeux, mais continua de l'admirer, sans chercher à dissimuler le désir qu'il lui inspirait. Elle s'efforça de calmer le rythme de sa respiration, et dut retenir un gémissement lorsqu'il avança vers elle.

Elle tendit la main, avide de le toucher, de le caresser, d'explorer ce corps qu'elle découvrait. Il referma les doigts autour des siens alors qu'elle effleurait son ventre dur. De toute évidence, un rude combat se livrait en lui. Il la désirait, mais ne voulait pas commettre d'erreur.

Elle se renversa contre les oreillers dans une pose sensuelle qui était une invitation à aller plus loin.

— Dominic, dit-elle dans un souffle, c'est cela que je veux.

Il ne pourrait résister bien longtemps à ce corps offert. À cette voix suppliante. À cette peau de velours. Aux douceurs cachées de sa féminité. Il voulait tout à la fois, se noyer en Chloé, la posséder lentement, savourer chaque instant de leur union.

Il n'aurait pas le temps d'assouvir complètement ce désir affolant qui le taraudait. Il n'aurait jamais assez de temps.

Ils devaient prendre garde de ne pas réveiller la maisonnée endormie, il le savait, mais cela ne faisait que renforcer le plaisir que lui procurait chaque geste, chaque caresse. Il était prêt à courir tous les risques pour posséder cette femme…

Il s'allongea près d'elle sur le lit. L'impatience qu'il lut dans ses yeux bleus décupla son propre désir.

— Tu me rends fou, Chloé.

— Tu étais déjà fou quand je t'ai rencontré, répliqua-t-elle dans un sourire.

Il l'enveloppa de ses bras.

— Eh bien, désormais, je suis un fou furieux.

— Et moi ? interrogea-t-elle en suivant du bout des doigts la courbe de ses épaules musclées.

— Toi, tu es à moi, répondit-il en la renversant contre les oreillers.

Elle était brûlante. Douce et farouche. Du vif-argent. Il voulait explorer son corps, tout son corps, même les endroits les plus secrets. Il voulait lui faire découvrir des plaisirs inconnus. Toutes sortes de plaisirs…

— Je ne peux en endurer davantage, murmura-t-elle. Tu es cruel, Dominic.

Il souffla légèrement sur son ventre tendu. Il voulait lui montrer quel amant tendre et cruel il pouvait être. Mais, bien sûr, c'était un petit jeu qui risquait fort de se retourner contre lui.

— Sois patiente, l'exhorta-t-il, la bouche contre sa peau.

Il n'était pas sûr de pouvoir résister encore très longtemps. Son sexe dur, presque douloureux, se pressait contre la chair soyeuse de ses cuisses.

Chloé lui rappelait bien malgré elle à quel point il demeurait désespérément humain. De la désirer si follement le rendait tout à la fois fort et vulnérable. Si incroyable que cela paraisse, de partager ces instants avec elle lui donnait le courage de retourner dans sa prison obscure. Sans le souvenir de son corps pour occuper sa solitude, il perdrait l'esprit. Pouvait-elle comprendre qu'elle seule était l'antidote à la haine et au désespoir qui le hantaient et menaçaient de le détruire ?

Il était absolument fou d'elle.

Elle avait un corps de sirène, des seins fermes et des hanches rondes qui faisaient naître en lui les pensées les plus érotiques. Son parfum incendiait ses sens. Elle sentait le savon, l'air pur et la femme. Il aurait voulu enfouir le visage entre ses cuisses, respirer sa féminité à pleins poumons.

— Dominic ? murmura-t-elle, le regard empreint de désir et de confusion.

Il la contempla. Elle était prête à le recevoir. Le désir lui brûlait les reins, mais la pensée qu'il ne pourrait pas rester avec elle après avoir fait l'amour, la tenir toute la nuit dans ses bras, le tourmentait. Il la voulait tout entière. Il voulait connaître avec elle une intimité qui allait bien au-delà de l'acte sexuel.

— Pourquoi me regardes-tu ainsi ? reprit-elle.

Sans répondre, il glissa le doigt entre les boucles humides de son sexe, cherchant le tendre bouton qui détenait la clé de son plaisir. Elle se raidit un bref instant, puis cambra les reins pour aller à sa rencontre. Encouragé, il s'aventura entre les pétales gonflés de sa chair. Elle ferma les yeux, arqua sa nuque gracieuse, grisée par l'audacieuse caresse.

Dominic se pencha sur elle pour prendre ses lèvres. Il but son souffle tiède tandis que ses doigts se mouvaient en elle de plus en plus vite. Il n'avait jamais rien connu de plus doux. De plus tendre. La pensée qu'il pourrait s'enfoncer dans sa chaleur, s'insinuer dans le fourreau étroit de sa féminité, le fit frémir de plaisir. Quand la jouissance déferla en elle, il avait atteint la limite du supportable.

— Qu'attends-tu ? chuchota-t-elle, alors que les derniers spasmes de l'extase la secouaient encore.

— Tu veux vraiment te donner à un homme comme moi ? s'enquit-il en embrassant ses lèvres gonflées.

— Uniquement à un homme comme toi, répondit-elle sans hésiter.

Il ferma les yeux.

— Tu me fais un immense honneur, Chloé.

— Je ne veux pas te faire un immense honneur... ce que je veux, c'est... c'est que tu finisses ce que tu as commencé. Dominic, pour l'amour du ciel, aie pitié de moi. Je n'avais *jamais* ressenti cela.

— Je l'espère bien.

La pensée qu'un autre homme ait pu lui donner du plaisir lui était intolérable. S'il l'avait connue avant que son existence ait irrémédiablement basculé, il aurait sans aucun doute demandé sa main à ses frères.

— Chloé... tu es ce qui m'est arrivé de mieux dans ma vie. Je crains que l'inverse ne soit pas vrai.

— Tu te trompes, assura-t-elle tendrement. Et tu ne me feras pas changer d'avis.

— Dieu me pardonne, mais je n'en ai pas l'intention...

Elle ne le quitta pas des yeux tandis qu'il s'agenouillait entre ses jambes, puis les écartait doucement, exposant les replis secrets de son intimité. Il avait tellement envie d'elle qu'il craignait de ne pouvoir se maîtriser suffisamment.

Étouffant un gémissement rauque, il se positionna à l'orée de sa féminité. Doucement, il commença à entrer en elle. Elle était divine, et tellement étroite qu'il avait peur que sa fougue ne la blesse.

— Je vais essayer de ne pas te faire de mal, promit-il en l'embrassant.

Il la sentit se tendre contre lui lorsqu'il la pénétra d'un puissant coup de reins. Il eut conscience de déchirer son hymen, mais il était trop tard pour s'arrêter. Son esprit se vida de toute pensée cohérente. D'un baiser, il étouffa son cri.

Comme elle se détendait un peu, il chuchota contre ses lèvres :

— Mets les bras autour de mon cou. La douleur va bientôt cesser.

— Toi, tu n'as pas mal, n'est-ce pas ?

— Seigneur, non ! C'est le paradis.

Il se retira lentement, puis replongea en elle avec délices. Elle frémit, mais ne se déroba pas. Au contraire, elle l'accueillait volontiers, s'offrant sans réserve. Alors, il oublia tout ce qui n'était pas son désir, ce besoin urgent de trouver l'assouvissement. Elle ondula légèrement, cherchant tout naturellement à s'accorder à son rythme.

— Chloé… dit-il en se soulevant au-dessus d'elle, c'est si bon d'être en toi.

— Et c'est si bon… de te sentir en moi…

Il n'en fallut pas davantage pour le faire basculer dans l'abîme de la jouissance. Quelques mots… et le plaisir déferla en lui en un flot tumultueux qui semblait ne jamais devoir cesser.

Quand enfin l'apaisement vint, il se laissa retomber à côté d'elle et l'attira dans ses bras. Ils demeurèrent ainsi enlacés un long moment, silencieux, étourdis de plaisir.

Dominic ne savait que dire. Il venait peut-être de posséder son corps, mais au bout du compte elle avait conquis son cœur.

Ce fut Chloé qui brisa le silence la première. Levant la tête, elle fixa sur lui un regard pénétrant, et il sentit son désir renaître instantanément.

— Quand te reverrai-je ?

— Je ne sais pas. Le plus tôt possible.

Elle se redressa, les cheveux emmêlés, belle à en mourir.

— Comment suis-je censée savoir si tu as des ennuis ou si tu es encore en vie ? s'emporta-t-elle.

— Il vaut probablement mieux que tu ne le saches pas.

— *Dominic !*

Elle repoussa son bras. Il vit son pouls battre follement au creux de son cou. Les joues en feu, le corps brûlant, elle était à couper le souffle.

— Tu as raison. Tu es bel et bien mort ! Tu n'éprouves plus aucun sentiment, et ce que nous venons de faire ne compte pas !

— J'ai essayé de te mettre en garde, lui rappela-t-il, le cœur battant sourdement dans sa poitrine. Je n'aurais jamais dû venir ce soir, Chloé. Je ne voulais pas te causer une telle peine.

— C'est un peu tard pour avoir des regrets, tu ne crois pas ? répliqua-t-elle, narquoise. Tu aurais dû choisir la fenêtre de quelqu'un d'autre !

Elle ramena le couvre-lit sur ses épaules, soudain consciente de sa nudité. Mais il n'était pas rassasié. Il voulait lui faire l'amour encore et encore…

— J'aimerais que les choses soient différentes, admit-il. Nous ferons ce que nous pourrons.

— Quel gâchis ! souffla-t-elle.

— Chloé…

Elle était furieuse, bouleversée, et il ne pouvait guère lui en vouloir. Sa propre vie était dévastée. Il n'était pour elle qu'une source d'ennuis.

— Ne t'inquiète pas pour moi, Dominic, déclara-t-elle aigrement. Ma malle et mes sous-vêtements sont à ta disposition. Tu peux porter mes jupons quand bon te semblera.

Il comprenait son indignation, mais il avait en même temps l'impression de ne pas la mériter. Toutefois, il n'avait pas le temps de l'apaiser ni de lui expliquer ce qu'elle représentait pour lui. Il lui lança un dernier regard avant de quitter le lit. Il n'en était pas certain, mais il crut voir des larmes dans ses yeux. Seigneur, il ne voulait pas qu'elle pleure ! Parce qu'il ne pourrait pas résister… et resterait dans son lit jusqu'au petit matin.

— Ne sors pas du lit, Chloé, fit-il en se rhabillant rapidement.

— Même pas pour te pousser par la fenêtre ?

Il se pencha pour l'embrasser. Du moins n'avait-elle pas perdu son sens de l'humour. Certes, il aurait été plus flatteur pour lui de l'imaginer nue et le cœur brisé dans le lit où ils avaient fait l'amour. Mais c'était mieux ainsi.

— Essaie de dormir, dit-il avec douceur.

— Va au…

Il s'éclipsa dans le cabinet de toilette, prit le temps de tapoter la tête d'Arès, avant de se hisser sur l'appui de la fenêtre. Le chien n'esquissa pas un mouvement, se contentant de darder sur lui un regard larmoyant et accusateur.

— Par Dieu, même mon chien se retourne contre moi !

La brise nocturne lui rafraîchit le visage. Si Chloé avait un tant soit peu de bon sens, elle se barricaderait derrière cette fenêtre et refuserait de le recevoir jusqu'à ce qu'il soit en mesure de lui offrir un avenir convenable.

Il enjamba l'appui et posa le pied sur l'une des branches du chêne. Si étrange que cela parût, leur étreinte l'avait empli d'énergie, il avait retrouvé sa vigueur d'autrefois. Il était certes en proie à une frustration intense, mais son moral n'avait jamais été aussi haut depuis qu'on l'avait poignardé. La force intérieure dont il avait besoin pour affronter son assassin était de retour, et il comptait bien utiliser cette vitalité nouvelle pour accomplir sa vengeance. Quant à l'état de son cœur… c'était une autre histoire.

15

Chloé aurait dû se douter que lorsqu'elle tomberait amoureuse, elle y mettrait toute la passion et l'impulsivité d'une Boscastle. Naturellement, elle choisirait l'homme qui lui convenait le moins. Et naturellement aussi, rien dans leur histoire ne serait facile. Pendant trente bonnes secondes, elle demeura assise sur le lit, à se lamenter sur son sort. Comme assommée par le départ trop rapide de Dominic, et par ce qui s'était passé entre eux.

Puis elle se leva d'un bond, revêtit sa robe jaune à toute allure. Elle n'était pas du genre à se lamenter très longtemps. Elle se sentait abandonnée, elle avait peur pour lui et pour elle. Elle n'arrivait pas à croire qu'après les merveilleux moments d'intimité qu'ils venaient de partager, alors que son corps palpitait encore de désir, il l'ait plantée là. Pas question d'en rester là ! Elle voulait plus. Plus de tourments, plus de problèmes. Elle voulait être sûre qu'il reviendrait, qu'il ne lui arriverait rien pendant leur séparation.

Remarquant qu'il avait oublié la longue-vue sur le sol, elle la ramassa. Le cœur battant, elle se faufila dans le couloir, dévala silencieusement l'escalier et sortit. L'herbe humide lui picota les pieds, tandis qu'elle contournait la mare pour gagner le jardin. Dominic venait juste de sauter au sol quand elle le rejoignit au pied du grand chêne.

— Dieu du ciel ! s'exclama-t-il, ahuri. Tu veux donc nous perdre ?

— Tu as oublié la longue-vue, dit-elle simplement en la lui tendant.

Les sourcils froncés, il prit l'instrument et le glissa dans sa ceinture.

— Merci.

— Tu ne peux pas continuer ainsi, Dominic. Ce n'est pas normal de… de vivre dans un souterrain.

— J'en suis conscient.

Il fourragea dans ses cheveux, l'air exaspéré, et ajouta :

— Est-ce que tu te rends compte que chaque fois que je te vois, je suis tenté d'abandonner ? lâcha-t-il à brûle-pourpoint.

— Mais tu ne peux pas.

— Non. Pas si je veux que justice soit faite et qu'Edgar réponde de ses actes. Je ne peux pas m'en remettre aux autorités. J'ignore qui sont ses amis, ou qui sera sa prochaine victime. Cet homme est retors.

Elle ne chercha même pas à discuter. Il était aussi entêté, aussi attaché à son honneur que ses frères.

— Tu peux au moins trouver un moyen de me donner de tes nouvelles.

Il l'agrippa par les épaules. Dans la lumière froide de la lune, son visage apparaissait d'une séduisante austérité.

— Je ne peux pas te promettre de t'écrire, Chloé. Je t'ai dit que je n'avais confiance qu'en un seul homme. Il s'agit d'Adrien Ruxley, vicomte de Wolverton. C'est lui qui m'a aidé à mettre en scène mon propre enterrement. S'il m'arrive quelque chose, tu peux t'adresser à lui. Mais pas avant que j'aie accompli la tâche que je me suis fixée.

— Si c'est un homme de confiance, je pourrai peut-être le persuader de te ramener à la raison.

— Ne t'implique pas dans mes affaires plus que tu ne l'es déjà. Redeviens la jeune femme pleine d'entrain que tu étais avant de me connaître. Quand cette affaire sera réglée, je te donnerai tout ce que tu voudras.

— Cela fait longtemps que j'ai perdu tout entrain, Dominic.

Il la lâcha en marmonnant un juron, les yeux rivés sur la maison.

— Quelqu'un vient par ici. Ne me trahis pas.

— Que...

— Ne dis rien.

Chloé pivota sur elle-même et reconnut la frêle silhouette de sa tante, qui se dirigeait vers elle au pas de charge.

— Bon sang ! murmura-t-elle tandis que Dominic disparaissait derrière le large tronc d'arbre.

— Tu ne le vois pas ? cria sa tante. Juste là, petite sotte ! Derrière le chêne.

— Je ne vois personne.

Ce qui était vrai. Dominic s'était glissé derrière l'épaisse rangée d'arbres qui flanquait le portail, sa silhouette se fondant dans l'ombre.

Gwendolyn attrapa sa nièce par le bras, et la fit se retourner.

— Là ! *Là.* Maintenant, tu le vois ?

Quel dilemme ! Chloé ne savait plus que faire. Si elle admettait qu'elle voyait Dominic, c'en était fini de son secret. Mais si elle prétendait qu'elle ne voyait rien, sa tante la prendrait vraiment pour une gourde !

— Je vais chercher le pasteur, annonça la vieille dame d'une voix haut perchée. Viens avec moi. Ou plutôt, non. Reste là pour le surveiller.

— Surveiller qui ?

— Le fantôme !

— Quel fantôme ?

— Le fantôme qui est juste en face de toi.

— Mais je ne le vois pas.

À cet instant, Dominic fit un pas en avant, tout en demeurant à demi dissimulé dans l'ombre du portail.

— Madame, fit-il d'une voix grave, vous perdez votre temps. Cette personne ne peut ni me voir ni m'entendre.

Tante Gwendolyn lança un regard oblique à sa nièce, et murmura :

— C'est incroyable.

Dominic hocha la tête d'un air solennel.

— En effet.

— Pauvre homme… euh… pauvre créature. Vous avez donc du mal à passer de l'autre côté ?

— De l'autre côté de quoi ?

— Oh…

Gwendolyn eut une hésitation, se racla la gorge, puis reprit :

— Lord Stratfield, je dois vous avertir que je suis une femme mariée.

Dominic eut l'air interdit. L'espace d'une seconde, Chloé craignit qu'il n'éclate de rire.

— Mariée ?

— Ce qui signifie que je suis fidèle à mon mari. Je ne puis frayer avec vous, monsieur.

— Frayer avec moi ?

— Je connais votre réputation de séducteur, répliqua Gwendolyn d'une voix chevrotante. Ne me tentez pas.

— Je vous demande pardon ? bredouilla Dominic, que ces paroles plongeaient dans une réelle confusion.

— Ce n'était pas ma fille, n'est-ce pas ? fit Gwendoline. C'était *moi* que vous vouliez.

Dominic recula dans l'ombre. Grâce au ciel, songea Chloé, le portail n'était pas fermé. Il aurait le temps de s'enfuir avant que sa tante ne lui mette la main dessus et ne s'aperçoive qu'il n'avait rien d'une apparition.

— Je dois vous laisser, madame, dit-il avec un grand geste d'adieu.

— Me laisser ? Mais je ne sais même pas pourquoi vous êtes venu. Ni en quoi je puis vous aider.

— Eh bien, je… il faut que je m'en aille. Je n'ai que trop tardé.

Gwendolyn porta la main à ses lèvres.

— Cela signifie-t-il que… que vous avez enfin trouvé le repos ?

— Ah, madame, s'écria-t-il en franchissant la grille, je ne peux hélas vous répondre !

Il accompagna ces derniers mots d'un coup d'œil en direction de Chloé, puis sa silhouette se perdit dans la nuit. Tante Gwendolyn écarquilla les yeux, incrédule.

— Il est parti. Notre fantôme est parti.

Chloé n'aurait pu être plus soulagée.

— Vous en êtes bien sûre, tante Gwendolyn ? s'enquit-elle en scrutant le ciel comme si l'esprit de Dominic avait pris son envol.

Sa tante fronça les sourcils avec un brin d'agacement.

— Je ne pense pas qu'il se soit envolé là-haut, ma chère. Ni qu'il ait été englouti dans les profondeurs, bien que tout laisse à penser que Hadès a réclamé son âme.

Chloé marqua une pause, puis demanda, ingénue :

— Alors, où pensez-vous qu'il soit allé ?

— Je pense, Chloé, que la vie après la mort est trop compliquée pour que l'esprit humain y comprenne quelque chose. Où est-il allé ? répéta-t-elle en agitant les mains. Dans des contrées inconnues, probablement.

— Quelles contrées ?

— Si je pouvais te répondre, elles ne seraient plus inconnues, n'est-ce pas ? Allons, tu es trop jeune pour comprendre les mystères de la vie.

Elle considéra sa nièce un instant, puis ajouta :

— Étant donné les circonstances, mieux vaut garder le secret sur cette rencontre. Nous ne devons dire à personne que nous l'avons vu.

— Mais moi, je n'ai rien vu, protesta Chloé.

— Exactement. Mais s'il choisit de réapparaître, il doit être sûr qu'il peut avoir confiance en moi.

Chloé laissa son regard errer sur les bois touffus où Dominic était probablement caché.

— Vous voulez vraiment le revoir ? Vous n'êtes donc pas effrayée à l'idée de devenir l'amie d'un fantôme ?

— Ma chère, si je dois consentir ce sacrifice afin de te protéger, ainsi que Pamela et les autres dames de la paroisse, qu'il en soit ainsi.

— Ce sera notre secret, déclara Chloé avec fermeté.

— Très bien.

Gwendolyn parcourut le jardin d'un regard aigu, avant de poursuivre :

— Je dois reconnaître cependant qu'une chose m'intrigue, Chloé.

Le cœur de la jeune femme se remit à battre la chamade. Croyait-elle vraiment s'en tirer si facilement ?

— Et qu'est-ce donc, ma tante ?

— Que faisais-tu dans le jardin à une heure pareille ? Qu'est-ce qui a pu t'attirer ici, si ce n'est le fantôme de lord Stratfield ?

16

Deux jours plus tard, lord Devon Boscastle gravit les marches du perron de la maison de Park Lane où demeurait son frère Grayson. C'était la première fois que Devon était reçu officiellement au sein de sa famille depuis l'affaire qui avait causé son exil. Weed, le majordome, l'introduisit dans le salon avec un sourire chaleureux.

Un bataillon de domestiques s'apprêtait à fermer la maison, le marquis étant sur le point de quitter sa demeure londonienne pour sa résidence à la campagne. Mme Soames, l'intendante, apporta à Devon une grosse part de tarte à la framboise, et le couva d'un regard ému tandis qu'il mangeait. Les deux femmes de chambre s'attardèrent un peu plus que nécessaire pour tapoter les coussins du canapé avant qu'il n'y prît place.

La brebis égarée était de retour. Devon fut submergé de gratitude et de soulagement à l'idée d'être de nouveau accepté dans le cercle familial. Ses frères et sœurs avaient beau se conduire mal, parfois, il trouvait toujours chez eux chaleur et compréhension, et les pires péchés finissaient par être pardonnés.

Quelques minutes plus tard, sa sœur Emma entra dans la pièce. Ses cheveux blonds étaient tirés en arrière, soulignant la finesse de ses traits. S'il devait subir un sermon, ce serait de sa part, songea-t-il en réprimant un grognement de contrariété. Emma était le dictateur de la famille. Jeune veuve, elle avait décidé d'enseigner l'étiquette et les bonnes manières aux jeunes filles écossaises. Pour l'heure, elle séjournait chez son frère

Heath, le temps de décider de l'endroit où elle souhaitait résider en permanence.

— Devon, le salua-t-elle en croisant les mains derrière son dos.

Il se leva pour l'embrasser.

— Emma. Tu es superbe.

— Vraiment ?

Le compliment la laissa de marbre. Elle recula un peu afin de scruter son frère, et ajouta :

— Je te préviens, Devon, Gray a réuni le conseil de famille pour discuter de la crise que nous traversons. Nous dressons des plans de bataille, l'attaque est imminente.

Le regard de Devon se voila.

— Je croyais que j'étais pardonné…

— Il ne s'agit pas de toi, idiot, mais de Chloé. Grayson est convaincue, et je suis d'accord avec lui, qu'elle ne s'assagira pas tant qu'elle ne sera pas mariée.

Devon s'approcha de la cheminée pour examiner l'aquarelle accrochée au-dessus.

— Dis-moi, Emma, il ne t'est jamais arrivé de céder à une impulsion ?

— Bien sûr que si.

— De quel genre ? Tu as mis un collier de perles pour aller à la messe ? la taquina-t-il.

— Pourquoi est-ce que tout le monde me prend pour un parangon de vertu ? s'enquit-elle en croisant les bras.

— Peut-être parce que tu en es un.

— Je devrais vous donner une bonne leçon, à tous. La bonne société n'en reviendrait pas si je laissais libre cours à ma vraie nature.

— Eh bien, fais-le, Emma, suggéra-t-il alors qu'on frappait à la porte. Un nouveau scandale familial mettrait un peu d'animation.

Lord Heath Boscastle jeta un coup d'œil par la fenêtre, tandis que le reste de la famille se rassemblait dans le salon. Il savait pour quelle raison on l'avait appelé. Il tenait l'avenir de Chloé entre ses mains. Pour une fois, il aurait aimé que les choses soient aussi simples qu'elles le paraissaient.

Il aurait aimé croire que Chloé avait vraiment rencontré un jeune homme convenable, et que l'amour se profilait enfin à l'horizon de la vie de sa sœur.

Était-ce aussi facile ? Une lueur cynique s'alluma brièvement dans son regard bleu. Il aurait suffi d'envoyer une jeune fille trop turbulente à la campagne pendant quelques semaines pour que l'aristocrate de leurs rêves apparaisse et que les démons s'évanouissent ?

C'était possible. Mais peu vraisemblable. Du moins lorsqu'il s'agissait d'un Boscastle.

Grayson, son frère aîné et marquis de Sedgecroft, s'assit dans le canapé. Sa présence était le signal que la discussion allait commencer. Avec sa crinière blonde, son attitude pleine d'assurance et l'énergie qui émanait de sa personne, Grayson faisait songer à un prince médiéval.

Drake et Devon, aussi bruns que leur aîné était blond, et tout aussi énergiques, quoique plus remuants, choisirent de s'installer chacun à une extrémité du canapé, comme s'ils comptaient bondir sur leurs pieds à la première occasion.

Emma, vicomtesse de Lyons, prit place dans une bergère au coin de la cheminée, un carnet et un crayon sur ses genoux. Heath s'inquiétait autant pour son avenir que pour celui de Chloé. Une jeune et jolie veuve était une proie facile pour les coureurs de dots.

Emma balaya la pièce du regard.

— Ton épouse ne doit-elle pas se joindre à nous, Grayson ?

Ce dernier esquissa un sourire penaud.

— Elle hésite encore à participer à une conspiration familiale dans le dos de Chloé.

Drake fit entendre un rire sonore.

— Sans doute parce qu'elle a été elle-même victime d'une conspiration semblable, il n'y a pas si longtemps !

Grayson feignit d'être offensé. Jane et lui s'étaient mariés quelques semaines auparavant, après une cour mouvementée. La jolie marquise était probablement la seule femme au monde capable de le faire rentrer dans le rang. Et il ne l'en aimait que davantage.

Emma s'éclaircit la gorge.

— Revenons à nos moutons, s'il vous plaît. Devon, ajouta-t-elle, nous souhaiterions connaître ton opinion sur le soupirant de Chloé.

Devon eut une légère hésitation. Il avait le sentiment qu'en parlant, il trahissait sa sœur.

— Je ne sais pas très bien ce qu'elle pense de lui... Elle ne semblait pas vraiment elle-même la dernière fois que je l'ai vue. C'est peut-être un des symptômes de l'amour.

— Mais *toi,* que penses-tu de lui ? insista Heath.

Devon haussa les épaules.

— Je ne connais pas très bien ce Justin. Je l'ai rencontré à une partie de chasse, il y a quelques années. Il nous a paru convenable, n'est-ce pas, Drake ?

Drake fit la moue.

— Un peu enfant gâté et arrogant, si mes souvenirs sont bons.

— C'est de mon mari, que vous parlez ou de l'un de ses frères ? lança une voix féminine un peu railleuse.

Heath se tourna vers la porte et sourit à sa belle-sœur.

— Entrez, Jane. Vous aller apporter à ce débat une perspective entièrement nouvelle.

La marquise de Sedgecroft pénétra dans la pièce, le regard fixé sur son époux qui s'était levé, ainsi que tous les messieurs.

— Je crains que mon opinion ne vous plaise pas beaucoup. Pour commencer, j'ai toujours désapprouvé l'idée d'envoyer Chloé en exil à la campagne.

— Très bien, déclara Heath en l'escortant jusqu'au fauteuil placé face à celui d'Emma. Vous serez donc l'avocat du diable.

— Ou la voix de la raison, hasarda Drake en souriant.

Jane se mit à rire de bon cœur.

— Sachez tout de suite que je ne donnerai pas mon approbation aux tactiques lourdes et sournoises de mon mari en ce qui concerne les questions matrimoniales.

— Sournoises ? répéta Grayson, l'air réellement peiné. Il me semble plutôt que j'ai prouvé jusqu'à quelles extrémités un homme amoureux pouvait se laissait entraîner.

Chacun savait qu'il avait tendu un piège à Jane pour l'obliger à l'épouser.

— Ce qui nous ramène au sujet initial, intervint Emma. Est-ce que ce jeune homme *aime* Chloé ? Cela vaut-il la peine d'aller plus loin ?

— Ou plus exactement, reprit Jane en arrangeant les plis de sa robe, ce jeune homme vaut-il la peine qu'on établisse un contrat de mariage de nuit et clandestinement ?

Il y eut un moment de silence, chacun songeant à la façon dont Grayson avait retourné la situation à son avantage, au début de leur relation.

— Te plaindrais-tu, ma chérie ? fit-il en l'enveloppant d'un regard d'adoration.

Elle lui adressa un sourire complice. Emma secoua la tête, l'air chagrin.

— Si j'ai mon mot à dire dans cette affaire, il n'y aura pas d'autre scandale. Devons-nous nous manifester auprès de ce jeune homme ? Drake ? Grayson ? Qu'en pensez-vous ?

Grayson plissa le front.

— Il y a peu de risques que Chloé se conduise mal à Chistlebury.

— Quel est ce vieux dicton, déjà ? lui demanda son épouse. L'oisiveté est mère de tous les vices ?

Grayson éclata de rire.

— Pourquoi me regardes-tu en disant cela ?

— L'expérience, mon cher.

Drake se tourna vers Devon.

— Te paraît-il raisonnable d'attendre avant de prendre une décision ?

— Ce jeune homme n'a pas fait de demande officielle, fit remarquer Emma. J'espère qu'ils n'ont pas décidé de s'enfuir ensemble.

— Je ne me rappelle pas avoir vu Chloé flirter avec qui que ce soit à l'enterrement de Dominic, dit Grayson, pensif.

— Elle n'était pas là pour flirter, observa Heath. D'autre part, je crois me souvenir qu'elle était malade, ce jour-là. Au fait, l'assassin n'a toujours pas été retrouvé. Sir Edgar m'a écrit pour me dire qu'il suspectait un ancien soldat... ou un marin. Cette affaire me paraît bizarre. Je devrais sans doute proposer mon aide à Edgar.

— Flirter, à l'enterrement de ce pauvre homme ! s'exclama Emma, outrée. J'espère bien qu'elle n'en a rien fait. Mais qu'est-il donc arrivé à cette famille pendant mon absence ?

Grayson s'adossa au canapé.

— D'après tante Gwendolyn, ce jeune homme est le meilleur parti de la paroisse.

— Et probablement le seul célibataire, dit Devon. Le village compte tout au plus vingt-cinq âmes.

— Je devrais peut-être aller faire un tour là-bas, histoire de me présenter à ce jeune homme, hasarda Grayson.

— Et de le terroriser ? murmura Jane. Je me rappelle la façon dont tu as fait fuir ce malheureux officier que tu as découvert avec Chloé, au cours de cette réception.

Heath s'adressa à Drake :

— Au fait, qu'est devenu le baron qui avait embrassé Chloé, dans le parc ?

— Je n'en ai plus entendu parler. Il doit sans doute s'estimer heureux que Grayson ne l'ait pas tué.

Heath se tapota le menton du doigt.

— Je suggère que nous attendions encore une quinzaine de jours avant de prendre une décision au sujet de Chloé. Les choses peuvent évoluer.

— Cela me paraît raisonnable, concéda Grayson.

Emma approuva d'un hochement de tête.

— C'est probablement plus sage. Il faut éviter un nouveau scandale matrimonial. Ce serait la fin de tout.

Grayson lança un coup d'œil à sa femme.

— Je n'en suis pas si sûr, Emma. En ce qui me concerne, le scandale a été le point de départ d'une union très heureuse.

17

Deux jours s'étaient écoulés depuis que Gwendolyn s'était entretenue avec le fantôme dans le jardin. Fidèle à sa parole, elle n'en avait soufflé mot à personne. Toutefois, elle avait du mal à refréner sa curiosité. De sa fenêtre, Chloé la vit fouiller plusieurs fois les buissons, à la nuit tombée. Que comptait-elle faire de Dominic si elle le retrouvait ? Mystère. L'ironie de l'histoire, c'était que toutes deux espéraient mettre la main sur lui dans l'intention de lui apporter la paix !

— Si vous trouvez notre revenant, chuchota Chloé en observant sa tante, saluez-le de ma part.

Une fois de plus, Dominic avait disparu sans lui faire la moindre promesse. En admettant qu'il parvienne à mener à bien ses dangereux projets, elle ne savait pas ce qu'il adviendrait ensuite. Que signifiait pour lui la nuit de folle passion qu'ils avaient vécue ? Si son corps avait guéri de ses blessures, son esprit, en revanche, était toujours à la merci des démons qui le hantaient.

Allait-elle découvrir que leur relation n'était née que du désespoir d'un homme et d'une suite d'événements étranges ? Il ne serait pas facile d'expliquer à sa famille comment elle avait fait la connaissance de Dominic. En tout cas, il n'était pas question de lui laisser porter seul le blâme.

D'autre part, rien ne garantissait qu'il ne trouverait pas la mort au cours de sa quête de vengeance. Dès lors, les craintes de Chloé n'auraient plus lieu d'être. Elle aurait dû être contente qu'il ne cherche pas à l'impliquer dans ses dangereux projets, qu'il veuille la protéger. Mais cela ne l'empêchait pas de le trouver exaspérant.

Parfois, lorsqu'elle se tenait à sa fenêtre comme ce soir, elle aurait juré qu'il la regardait. Elle frissonnait alors de plaisir. D'autres fois, la sensation d'être observée devenait déplaisante. Elle se demandait si, tout comme elle, Edgar scrutait la forêt, à la recherche de l'homme qui les obsédait tous les deux.

Elle tira les rideaux pour la nuit.

— Je sais que tu es là, Dominic, soupira-t-elle. J'espère que ton ennemi, lui, ne le sait pas.

Chloé le provoquait-elle délibérément ? se demanda Dominic, dissimulé derrière les saules, à la lisière de la forêt. Devinait-elle qu'il brûlait de se rendre dans sa chambre, en faisant fi des conséquences ? Essayait-elle de l'attirer dans ses filets, ou parlait-elle encore à cet idiot de Justin, qui venait lui faire la cour sous sa fenêtre ?

Dès qu'il en aurait l'occasion, il dirait sa façon de penser à ce freluquet. Si elle devait tomber dans les bras d'un homme, ce serait dans les siens. Surtout maintenant qu'elle s'était donnée à lui. Elle lui appartenait, et dès que ses affaires seraient réglées, il ferait en sorte que le monde entier le sache. Plus jamais il ne serait contraint de la quitter.

Il sourit en la contemplant à travers la longue-vue. Sa silhouette se découpait derrière les rideaux. Ses mouvements gracieux le troublaient tant qu'il se sentait tout à la fois faible et puissant. Il se rappelait la texture soyeuse de sa peau, ses gémissements lorsqu'il était entré en elle, son parfum, son expression peinée quand il l'avait abandonnée.

Il abaissa la longue-vue à regret. Il se torturerait tout son soûl un autre jour. Ce soir, une tâche beaucoup plus déplaisante l'attendait. Ces derniers temps, tard dans la nuit, il avait surpris Edgar en train d'explorer les terres qui s'étendaient autour du domaine, et il se demandait pourquoi.

Rencontrait-il quelqu'un ? Ou bien avait-il deviné qu'on le surveillait ? S'était-il rendu compte que la demeure dont il croyait avoir hérité était occupée par un fantôme très actif ? Peut-être envisageait-il de s'enfuir ? Il avait des amis et des propriétés en Inde. Un Anglais pouvait vivre comme un roi, à l'étranger.

Dominic hésitait entre suivre son oncle dans ses expéditions nocturnes, ou profiter de son absence pour examiner ses papiers personnels. Le risque existait cependant que ce dernier, conscient que ses plans n'avaient pas remporté le succès escompté, lui tende un piège.

Il se pouvait aussi qu'il ait commencé à croire à l'existence des fantômes.

Le jour fixé pour le pique-nique annuel, l'aube se leva sur un ciel clair, mais le fond de l'air demeurait frais. Chloé portait une robe de lainage bleu, un châle à motifs cachemire, des bottines de daim et un chapeau de paille sous le bord duquel son regard apparaissait songeur. Elle venait de découvrir que le pique-nique aurait lieu non loin du moulin abandonné où Dominic se réfugiait parfois quand il ne supportait plus d'être cloîtré, et elle était partagée entre espoir fou et angoisse. Mais, naturellement, il n'allait pas faire d'apparition en public. Elle avait donc peu de chances de le voir.

Pourtant, elle ne pouvait s'empêcher d'espérer un signe de lui. Leur équipage passa sous les branches des chênes et des hêtres qui formaient un tunnel de verdure. L'église du village et les toits de chaume des cottages disparurent derrière eux. L'air résonnait du chant des oiseaux qui semblaient vouloir rivaliser avec le cliquetis des attelages et le bourdonnement des conversations. Pour la première fois depuis son arrivée, Chloé s'aperçut que Londres lui manquait de moins en moins. Contre toute attente, elle avait fini par s'attacher à ce paisible décor campagnard.

— Chloé, n'oublie pas d'ouvrir l'œil, lança Gwendolyn à brûle-pourpoint.

Chloé tourna la tête, et sa tante lui décocha un sourire entendu. De toute évidence, elle faisait allusion à certain fantôme. Elle ignorait que sa nièce guettait désespérément un signe prouvant que ledit fantôme était bien vivant.

Un frémissement d'excitation la parcourut tandis qu'elle se rappelait ce qu'il lui avait dit au sujet des tunnels, dédales, passages secrets et grottes qui truffaient cette partie du domaine. Peut-être rôdait-il en ce moment même sous leurs pieds ? Elle l'imagina, tapi dans un souterrain, préparant la chute de son ennemi. Qui était probablement l'ennemi de toute la famille Boscastle, s'il était vrai qu'Edgar était impliqué dans la mort de Brandon.

Était-il possible de trahir son pays, de commettre plusieurs meurtres, et de continuer de vivre comme si de rien n'était ? Elle connaissait, hélas, la réponse.

Le mal rôdait partout, et toujours, mais elle était jeune, et l'instinct de vie était le plus fort. Elle avait perdu des proches, et cependant elle ne voulait pas ressasser ces tristes pensées pendant un pique-nique.

Presque toute la gentry de Chistlebury était présente. On organisa des jeux, et malgré ses soucis, Chloé parvint à se distraire. À sa grande surprise, elle réussit même à se détendre tandis qu'elle buvait de la bière épicée en compagnie de Justin et d'autres jeunes gens qui portaient force toasts en échangeant des plaisanteries.

C'est alors qu'elle vit un cavalier de belle prestance traverser le pont de pierre qui menait à la clairière, derrière le vieux moulin. Il mit pied à terre, et le domestique qui l'accompagnait emmena les chevaux à l'écart. De loin, Edgar ressemblait tellement à Dominic que Chloé eut un pincement au cœur. Mais celui-ci laissa vite la place à un malaise diffus tandis que l'homme s'écriait :

— Ai-je manqué quelque chose ?

Sans attendre la réponse, il se dirigea à grandes enjambées vers la table à tréteaux où Chloé était assise en bonne compagnie.

— Nous allions nous lancer dans une chasse au trésor, expliqua aimablement Justin. Il s'agit de retrouver le gant de Mlle Redmond. Vous plairait-il de vous joindre à nous ?

Sir Edgar haussa les sourcils en riant.

— Après toutes les canailles que j'ai traquées au cours de ma carrière, ce changement sera le bienvenu. À quoi ressemble le gant en question ?

— Il est en cuir clair, et garni de minuscules boutons de perles, répondit Pamela.

Sir Edgar posa sur Chloé un regard incertain.

— Et le gagnant a droit à quel prix ? s'enquit-il.

— Une bouteille de vin de mûre fait par ma tante ! répondit Charles, le frère de Justin.

— Ainsi que la reconnaissance éternelle de Mlle Redmond, ajouta Justin en souriant à la jeune fille assise à côté de lui.

Le soleil avait commencé à descendre à l'horizon, et l'air se fit plus frais. Chloé et Justin avaient décidé de faire équipe, mais ils se séparèrent lorsque ce dernier décida d'aller explorer la rive de l'étang en se frayant un chemin entre les roseaux.

— Je ne vais pas abîmer mes chaussures et mes bas pour un gant, décréta Chloé en frissonnant.

Son châle trop fin ne la protégeait guère de l'humidité qui montait de la pièce d'eau.

— Nous pourrions boire le vin de mûre ensemble, tenta Justin, pour la convaincre de le suivre.

— Pas si vous vous noyez !

— Je ne me noierai pas, ne vous inquiétez pas, assura-t-il.

Chloé se rembrunit. Elle n'avait pas l'intention d'arpenter les berges boueuses pour trouver un gant. Quelque part dans la forêt retentit le rire joyeux de Pamela, et elle sourit. Sa cousine s'amusait bien. Elle aurait pu en faire autant si elle n'avait eu tant de soucis. Dominic lui manquait. Elle ne se sentirait pas bien tant qu'elle ne saurait pas où il était ou ce qu'il faisait.

Elle regarda quelques minutes Justin marcher dans les hautes herbes avant de se détourner. Sa patience avait des limites. Ses yeux se posèrent sur le moulin abandonné.

— L'endroit idéal pour cacher un trésor, murmura-t-elle.

18

— Tu es là ? chuchota-t-elle d'une voix presque inaudible.

L'intérieur du moulin était plongé dans la pénombre. Si quelqu'un s'étonnait de la trouver là, elle pourrait toujours prétendre qu'elle cherchait le gant.

Elle recommença d'appeler Dominic à voix basse, sans succès. Elle enjamba prudemment des débris de poutres et d'essieux rouillés pour pénétrer plus avant dans la tour. Des toiles d'araignée et des flocons de poussière s'accrochèrent à l'ourlet de sa robe.

— Où te caches-tu ? dit-elle à voix haute.

Une porte latérale s'ouvrit soudain, et un rectangle de lumière se dessina sur le sol. La gorge de Chloé se noua lorsque la voix de sir Edgar retentit :

— Avons-nous retrouvé l'objet perdu ?

Chloé pivota sur ses talons en s'efforçant de dissimuler sa surprise, et sa contrariété, à l'idée de se trouver seule avec lui.

— Le gant…

— Est-ce ceci ?

Il pénétra dans la vaste pièce ronde et se pencha pour ramasser la paire de gants que Chloé venait de laisser tomber.

— Ceux-ci sont bleus, et il y en a deux. Je croyais…

— Oh, ce sont les miens ! Le gant de Mlle Redmond est jaune clair.

— Puis-je vous aider à les remettre ? proposa-t-il galamment.

— Non, répondit-elle un peu trop vivement.

La seule idée qu'il la touche lui répugnait profondément. Sa seule présence la mettait mal à l'aise, et elle était pressée de fuir sa compagnie. Apparemment pas vexé par son refus, il lança un coup d'œil circulaire.

— On prétend que cet endroit est hanté, remarqua-t-il. Certains assurent avoir vu de la lumière, la nuit.

Le cœur de Chloé manqua un battement.

— Je n'étais pas au courant, dit-elle prudemment.

— Croyez-vous aux fantômes ? demanda-t-il en la regardant droit dans les yeux.

Où voulait-il en venir ?

— Peut-être, admit-elle. Certaines personnes nous hantent toute notre vie.

Il sourit, la considérant avec attention.

— Voilà une réponse provocatrice.

— Votre question l'était aussi.

Elle s'écarta en gloussant, jouant les écervelées.

— Je me disais que le gant était peut-être caché dans…

Elle s'interrompit et retint son souffle. Le sol avait bougé. Elle en était certaine. Une planche sous la fenêtre s'était… soulevée. Dieu du ciel ! Dominic allait-il surgir, tel un diable de sa boîte ? Avait-elle sans le vouloir guidé sir Edgar jusqu'à sa cachette ? Eh bien, au moins, elle savait maintenant qu'il était vivant, et prêt à jouer à nouveau un de ses mauvais tours.

— Qu'y a-t-il ? s'enquit Edgar, alarmé, en suivant son regard.

— Un… un rat, je pense.

— Un rat ? répéta-t-il, amusé. Avez-vous…

Elle poussa un hurlement strident et se jeta dans ses bras, lui heurtant violemment le menton avec son réticule. Sir Edgar cligna des yeux, pris de court, puis se mit à rire.

— Là ! Là ! cria Chloé en pointant le doigt vers l'autre extrémité de la pièce.

Edgar fit volte-face.

— Il est parti, souffla-t-elle, les mains croisées sur le cœur. Dieu merci ! Que vous avez été courageux, sir Edgar !

Il était énorme, je vous assure, enchaîna-t-elle. Avec des petits yeux rouges et d'affreuses dents jaunes.

Il lui prit le coude, visiblement très à l'aise dans son rôle de chevalier servant. Il y eut un bruit de pas précipités devant la porte, et Justin se glissa à l'intérieur, en compagnie de son frère et de Pamela.

— Même un vieux soldat comme moi a peur des rats, ma chère, avoua Edgar avec un petit rire. Ce sont des créatures immondes, qui vivent dans l'obscurité et la saleté.

Justin agita le gant retrouvé au-dessus de sa tête. Ses bottes et le bas de son pantalon de cachemire étaient trempés.

— Je l'ai trouvé ! J'étais sûr d'avoir vu Tom se glisser entre les roseaux. Venez chercher la récompense avec moi, Chloé !

Il l'attira vers lui, et elle n'offrit aucune résistance, trop contente d'échapper à sir Edgar. Elle dut toutefois faire appel à toute sa volonté pour ne pas lancer un dernier regard vers la planche qui avait bougé. Car elle avait bien bougé, elle en était certaine.

Sir Edgar savait-il quelque chose ? En tout cas, s'il soupçonnait que Dominic était encore en vie, il n'en avait rien laissé paraître. Cela dit, il maîtrisait parfaitement l'art de dissimuler ses sentiments. Chloé ne put s'empêcher de se demander quelle serait sa réaction s'il apprenait qu'elle avait une liaison avec l'homme dont il avait voulu se débarrasser.

Ses doigts étaient glacés, et elle enfila ses gants en hâte.

— Joignez-vous à nous, sir Edgar, proposa-t-elle. Cet endroit est sinistre.

Sa comédie avait-elle été convaincante ? Elle crut le voir couler un regard au fond de la salle avant de se retourner vers elle. Pamela ouvrit la porte en grand, et la lumière pénétra à flots dans la pièce sombre, illuminant le visage anguleux de sir Edgar. Il eut beau sourire à Chloé, la brève lueur dure qui avait traversé son regard ne lui avait pas échappé.

Les rayons du couchant ne parvinrent pas à la réchauffer. Elle avait l'impression d'être transie de l'intérieur. Ce n'était qu'une question de temps avant qu'Edgar ne découvre la vérité, et ne réagisse en conséquence. Dominic devrait bientôt mettre fin à ce jeu mortel.

Dominic desserra lentement les poings. Il était en nage. Caché sous la trappe du moulin, il avait entendu chaque mot de la conversation entre son oncle et Chloé, et une rage froide l'avait envahi.

Si Edgar l'avait touchée, s'il l'avait menacée, tout aurait été fini. Il serait mort avant même d'avoir compris ce qui lui arrivait. Maintenant que Chloé s'était éloignée et qu'il la savait en sécurité, il pouvait rengainer son poignard. Les picotements causés par le sang qui se remettait à circuler normalement dans ses mains le ramenèrent à la réalité et l'aidèrent à recouvrer son sang-froid.

— Je ne peux pas continuer comme ça, marmonna-t-il comme il rebroussait chemin, avançant à tâtons dans le tunnel.

Il devrait attendre le soir pour retourner dans la maison. Des heures qui s'annonçaient interminables, à ne pas savoir ce qu'Edgar faisait, ni même où il était.

Pourtant, Dominic n'avait jamais été aussi près du but. Deux nuits auparavant, il avait découvert, cachés dans la malle d'Edgar, les documents qui prouvaient sa culpabilité. Il avait bel et bien payé les rebelles gurkhas pour qu'ils tendent une embuscade à Samuel et à Brandon. Il avait aussi vendu des secrets militaires aux Français. Convaincu d'être trop malin pour se faire prendre, son oncle avait couché sur le papier certains détails compromettants. Entre autres, l'identité des agents qui avaient travaillé avec lui pendant la guerre, et les renseignements qu'il avait fournis au Portugal alors qu'il servait dans l'armée britannique.

Avec l'aide d'Adrien, Dominic avait réussi à rassembler suffisamment d'informations pour provoquer une enquête officielle. L'heure était venue d'abattre ses cartes.

19

Elle aurait dû se douter que sa tante ne garderait pas longtemps le silence sur sa rencontre avec le fantôme. Le lendemain du pique-nique, lorsque Chloé rentra de promenade avec son oncle, le chaos régnait de nouveau dans le salon. Les voix haut perchées des invitées couvraient le cliquetis des tasses et des cuillères. Apparemment, toutes les dames de Chistlebury avaient été conviées d'urgence.

— Mesdames, je vous en prie, un peu de discipline, implora avec sagesse la veuve Roberts. Cette folie ne nous aidera ni à attraper le fantôme ni à récolter les fonds destinés à réparer le clocher de l'église.

— Et si nous lui tendions un piège ? suggéra l'une de ses compagnes avec le plus grand sérieux.

— Un piège ?

Gwendolyn fit la moue, et Chloé eut un froncement de sourcils désapprobateur. Elle aurait volontiers réprimandé sa tante pour avoir trahi Dominic. Mais le mal était fait, et il ne restait plus qu'à prier pour que sir Edgar, si jamais la nouvelle lui parvenait aux oreilles, ne voie là qu'un accès d'hystérie féminine.

Lady Ellington, une robuste femme aux cheveux roux, secoua la tête et déclara :

— Il faut que l'une d'entre nous se porte volontaire pour être… eh bien… l'appât.

— Moi, je veux bien, proposa Pamela, la bouche pleine et le regard ingénu.

— Il n'en est pas question ! trancha sa mère, horrifiée.

— Pourquoi pas ? Mme Dara a affirmé que c'était moi qu'il voulait.

— Vous êtes beaucoup trop jeune pour affronter un tel danger, intervint lady Ellington d'un ton ferme. Il faut une femme d'expérience pour apaiser ce revenant.

La baronne de Wheaton, qui avait cinq filles, renchérit:

— C'est une entreprise dangereuse. Une femme plus âgée sera mieux à même de le maîtriser s'il s'en prend à elle.

— Stratfield a-t-il tenté... d'abuser de vous? risqua lady Ellington en se tournant vers Gwendolyn.

— J'avais pris mes précautions, ma chère, rétorqua Gwendolyn d'un air entendu.

Les huit dames présentes se penchèrent vers elle d'un même mouvement.

— Vos précautions? chuchota la baronne.

— J'avais répandu du sel autour de moi avant de commencer la cérémonie.

Le groupe jeta un regard interrogateur à Chloé, qui haussa les sourcils et murmura:

— Ne me regardez pas ainsi. Je n'ai pas vu le fantôme.

Ce qui n'était pas vraiment un mensonge. Le Dominic que Chloé connaissait était bien humain. Un homme capable de susciter des émotions tout à fait charnelles.

— Comment allons-nous lui tendre ce piège? s'enquit lady Wheaton.

— Devons-nous toutes participer?

— Le pasteur sera-t-il présent?

— Faudra-t-il l'attirer par la ruse? Je veux parler du fantôme, pas du pasteur.

La conversation se poursuivit, les dames n'hésitant pas à évoquer en détail les conséquences d'un tel sacrifice. L'assemblée conclut que le fantôme allait probablement poursuivre ses tentatives de séduction nocturnes jusqu'à ce qu'elles aient trouvé le moyen d'y mettre un terme. La question du piège fut abandonnée temporairement, et la discussion s'orienta sur l'identité de la prochaine victime, puisque Pamela était sous la protection de sa mère.

— Je ne comprends pas pourquoi c'est à vous qu'il est apparu, Gwendolyn, remarqua lady Harwood d'un ton aigre.

Pamela vola au secours de sa mère :
— La maison que nous occupons lui a appartenu. Et nous étions ses plus proches voisins.
— Sans compter que nous avons recueilli son chien préféré, ajouta Gwendolyn.
Les dames décochèrent un coup d'œil à l'animal massif affalé de tout son long devant l'âtre, comme si elles n'avaient pas songé jusqu'à présent à l'associer à son coquin de maître. Alors que quelques minutes auparavant, Arès était considéré avec bienveillance, comme un chien inoffensif, il leur apparaissait à présent sous l'apparence menaçante d'une créature des enfers.
— Pensez-vous que cet animal communique avec l'esprit du vicomte ? hasarda lady Ellington.
— Naturellement, riposta Gwendolyn.
Lady Fernbrook étrécit les yeux.
— Pourquoi ne lui demanderions-nous pas de nous désigner la prochaine victime de son maître ?
— Excellente idée.
Tante Gwendolyn ferma les yeux et pressa ses mains l'une contre l'autre, comme si elle priait. Le silence s'abattit dans le salon, à peine troublé par le crépitement des flammes dans la cheminée.
— Arès, commença Gwendolyn d'un ton solennel qui fit pouffer Pamela, entre en communication avec ton maître. Demande-lui le nom de celle qu'il a choisie.
Le chien souleva une paupière et balaya la pièce d'un regard indolent. Sa queue battit le parquet.
— Montre-nous, ordonna Gwendolyn en haussant le ton. Montre-nous la personne dont ton maître recherchera la compagnie lors de sa prochaine apparition.
Chloé esquissa une moue en voyant le paresseux animal, qui avait dû prendre deux kilos depuis son arrivée à Dewhurst Manor, se lever péniblement et se gratter l'oreille.
Elle avait passé des heures à promener ce chien. Elle le brossait, le caressait et le laissait dormir au pied de son lit, mais sa tante lui glissait en douce des morceaux de saucisse sous la table.

Le chien traversa le salon d'un pas tranquille et alla poser le museau sur ses genoux.

Embarrassée, Gwendolyn toussota et le repoussa gentiment.

— Nous devrions aborder le sujet du bal masqué annuel, suggéra lady Ellington avec un sourire sarcastique.

Ce soir-là, dans le salon, sir Humphrey exprima ses doutes concernant l'existence du fantôme de Stratfield. Chloé et Pamela tentaient vainement de s'intéresser à une morne partie de piquet, tandis que Gwendolyn essayait sans succès de communiquer de nouveau avec Arès. Couché la tête entre les pattes, le chien fixait la porte d'un regard nostalgique. L'heure de sa promenade était passée depuis belle lurette.

— Je sens qu'il essaie de me dire quelque chose, déclara Gwendolyn, agenouillée devant lui.

— Il doit vous prendre pour une démente, rétorqua son mari. Pour l'amour du ciel, relevez-vous ! Êtes-vous bien sûre que c'est un fantôme que vous avez vu l'autre nuit dans le parc ? Ce n'était peut-être que le chien qui fouillait dans les buissons.

Tante Gwendolyn darda sur lui un regard glacial.

— Je sais faire la différence entre un homme et un chien. Et je continue à penser, ajouta-t-elle en regardant par la fenêtre, que quelque chose ne va pas chez ce pauvre Stratfield.

Humphrey s'autorisa un ricanement narquois.

— Bien sûr, puisqu'il est mort. Ça ne pourrait guère aller plus mal pour lui. Je vais promener les chiens, annonça-t-il en posant son livre.

Arès et les deux chiens de berger qui somnolaient près du feu bondirent aussitôt sur leurs pattes et se ruèrent vers la porte. Chloé leva la tête.

— À une heure aussi tardive, Humphrey ? s'étonna sa femme, l'air inquiet. Croyez-vous que ce soit bien prudent ?

— Je vis à Chistlebury depuis un demi-siècle, et personne n'y avait été assassiné avant le vicomte.

— Je peux vous accompagner, oncle Humphrey ? risqua Chloé.

Sa tante ne laissa pas le temps à Humphrey de répondre.

— Certainement pas. J'ai reçu une lettre ce matin de Heath et d'Emma. Je leur ai assuré par retour du courrier que tu menais une vie paisible et tout à fait rangée. Aussi, je me sens obligée de te demander de te conformer à ce que j'ai écrit.

— Je ne peux pas aller avec oncle Humphrey ? fit Chloé, déçue.

— Il n'y a rien dans ces bois ni dans les environs susceptible d'intéresser une jeune fille.

— Excepté le fantôme du vicomte, murmura Pamela derrière ses cartes.

Sir Humphrey laissa les chiens filer devant lui, tandis qu'il s'engageait dans le chemin qui traversait la forêt. Un mince croissant de lune éclairait faiblement le petit escarpement qui marquait la limite du domaine de Stratfield, mais il avait si souvent emprunté l'étroit sentier qu'il le connaissait par cœur.

Il lui était souvent arrivé de rencontrer Stratfield, en compagnie de son frère Samuel. Un jeune homme impétueux et exalté, qui parlait abondamment des aventures qui l'attendaient au Népal. Aux yeux d'Humphrey, le pauvre garçon avait trouvé la mort en défendant une poignée de marchands avides, prêts à dévaster le monde dans l'intérêt de l'Empire britannique. Plus d'une fois, il avait essayé de dissuader Samuel d'embrasser la carrière militaire. Mais celui-ci s'était laissé séduire par les promesses alléchantes de la Compagnie des Indes orientales.

Ses frères aînés, Michael, lui aussi disparu, et Dominic, étaient d'une étoffe différente. Plus réservés, plus réfléchis. Humphrey avait toujours aimé Dominic. Il ne parvenait pas à croire qu'il fût mort.

En fait, il ne le croyait absolument pas.

Sentant soudain la nuque le picoter, il s'arrêta et jeta un coup d'œil par-dessus son épaule. Arès explorait le sol autour d'un terrier de renard.

— Tu as senti quelque chose, Arès ?

Pensif, il retourna un tas d'humus du bout de sa canne.

— Ces champignons ont été piétinés depuis notre dernier passage, il y a deux jours. Étrange, n'est-ce pas ? Quelqu'un d'autre que nous a emprunté ce chemin.

Il entendit des bruissements de feuillage derrière lui, et une voix sèche cria :

— Pas un geste ! Je suis armé. Oh, c'est vous, sir Humphrey ! Vous m'avez fichu une de ces frousses ! Sir Edgar m'a donné l'ordre de tirer à vue sur tout intrus.

Sir Humphrey leva sa canne pour saluer le garde-chasse irlandais qui s'occupait du domaine de Stratfield.

— Ah, Finley, vous tombez bien ! J'aimerais vous dire un mot.

20

Une autre semaine s'écoula. Chloé se sentait glisser dans un état d'agitation proche de celui qu'elle avait connu après la mort de son père et de Brandon. Le monde lui semblait de nouveau uniformément gris. Elle se sentait mal à l'aise, les nerfs à vif.

Elle n'avait pas reçu la moindre nouvelle de Dominic.

Savait-il à quel point elle s'inquiétait pour lui ? Se doutait-il qu'elle était sur le point de se lancer à sa recherche ? Il ne pensait probablement pas du tout à elle. Fidèle à ses habitudes, elle avait fait une fois de plus le pire des choix : elle était tombée amoureuse d'un *fantôme*. Un homme qui n'avait pas de place dans son existence, ou du moins dans ce qu'il en restait, pour l'amour.

Cependant, pour le reste du monde, la vie continuait. Ainsi, les dames de Chistlebury s'étaient-elles lancées avec fougue dans la préparation du bal masqué annuel. La salle des fêtes du village avait été balayée, époussetée, débarrassée de ses toiles d'araignée. L'antique lustre de bronze fut astiqué et garni de bougies neuves. Enfin, on sortit les chaises de leur débarras.

Officiellement, l'objectif des dames patronnesses était de rassembler suffisamment de fonds pour refaire le toit de l'école, acheter quelques poêles supplémentaires pour l'église et réparer le clocher.

En réalité, pour toutes les matrones dont les filles étaient revenues de leur première saison à Londres sans avoir reçu la demande en mariage espérée, ce bal était l'occasion de poursuivre la chasse au mari.

Et comme Chistlebury ne comptait que très peu de jeunes gens à marier, le bal annuel était devenu une sorte de compétition. Cette année, celle-ci promettait d'être encore plus âpre que d'ordinaire. D'une part, le très convoité vicomte de Stratfield avait quitté la scène. D'autre part, la ravissante Chloé Boscastle semblait avoir accaparé l'attention de lord Saint-John.

Enfin, dernière nouvelle, mais non des moindres, un nouveau venu avait fait halte à Chistlebury. Héritier d'un duc, il était à la recherche d'une résidence campagnarde. Le fait que la réputation de lord Wolverton, aventurier au charme magnétique, soit quelque peu entachée, ne décourageait en rien les mères, qui l'avaient fait figurer en haut de leur liste de célibataires éligibles.

Laquelle d'entre elles ne rêvait secrètement de voir sa fille parée du titre de duchesse ? Quant au passé de lord Wolverton, dont on prétendait qu'il avait été mercenaire, on aurait tôt fait de le faire disparaître sous les tapis d'Aubusson de sa résidence de Mayfair. Du reste, ses exploits pouvaient être considérés comme héroïques selon l'angle sous lequel on les envisageait. Et si tant est qu'on n'ajoute pas foi aux rumeurs qui l'accusaient d'avoir négocié avec les trafiquants d'opium et les pirates...

Pour sa part, Chloé ne prêtait nulle attention à ces bavardages. Participer aux conversations lui demandait un effort insurmontable, et elle seule connaissait la raison de la présence d'Adrien au village. Mais son abattement causa tant d'inquiétude à sa tante, que celle-ci écrivit à Grayson pour lui demander conseil. Toute la famille savait que Chloé avait traversé une période de mélancolie, mais elle semblait aller tellement mieux, ces derniers temps.

Le jour du bal arriva. Chloé décida qu'elle étranglerait quiconque oserait lui demanderait si elle se sentait mieux. Comme chaque matin, elle fonça dans le cabinet de toilette dès le réveil. Naturellement, pas de Dominic. Et pas moyen de savoir si elle le reverrait un jour.

La seule chose qui la rassérénait un peu, c'était d'avoir presque réussi à déchiffrer la lettre codée de Brandon. Elle avait trouvé quels chiffres représentaient le *a* et le *e*. C'était un bon début, qui devrait lui faciliter la tâche. Heath lui avait expliqué que les codes utilisés par l'armée n'étaient pas aussi compliqués qu'on l'imaginait, les militaires n'ayant pas de temps à perdre pour déchiffrer un message sur un champ de bataille. La plupart des codes s'appuyaient sur les mathématiques et utilisaient des séries de nombres. Cela avait toutefois pris des heures à Chloé pour découvrir que le chiffre 2 représentait *h* dans une colonne, mais était devenu *j* dans la colonne suivante.

Il fallait de la méthode, et beaucoup d'intuition, pour discerner des schémas qui échappaient à d'autres. Quoi qu'il en soit, elle n'était pas particulièrement pressée d'expliquer à Heath comment le message lui était tombé entre les mains.

Le secret de Dominic lui avait compliqué la vie d'une manière que ni l'un ni l'autre n'avaient imaginée. La journée s'écoula lentement. Le soir venu, elle prit un bain et revêtit son costume pour le bal : une robe de tulle rose, ornée d'ailes en tissu argent. Elle était censée représenter Tatiana, la reine des fées. Mais les ailes, comme le diadème de boutons de roses, lui parurent déplacées. Elle ne se sentait ni légère ni éthérée. Pour tout dire, elle était d'humeur assassine.

Suivant le conseil de sa cousine, elle avait mis son fameux corset, mais elle ne savait trop s'il s'agissait de punir Dominic de son absence ou de le faire revenir.

— Je t'ai écoutée, murmura-t-elle alors que Pamela et elle montaient dans l'attelage. Je porte un certain vêtement scandaleux sous ma robe de fée. Mais si tu oses le révéler à qui que ce soit, gare à toi !

Pamela, qui était déguisée en princesse du Moyen Âge, eut un sourire d'approbation.

— Tu feras peut-être la conquête du futur duc.

— Du futur duc ?

— Le gredin dont tout le monde parlait pendant que tu étais murée dans ta tour d'ivoire. Honnêtement, c'est sans doute la dernière personne que ta famille souhaiterait te voir épouser. Il a une réputation de canaille, mais il paraît qu'il est beau comme un dieu.

Le pouls de Chloé s'accéléra.

— Il vient au bal ? demanda-t-elle, affolée.

— Il semblerait, oui.

Chloé frémit. Adrien serait présent ce soir ? Était-ce un bon ou un mauvais signe ? Lui apporterait-il un message de Dominic ? Ou bien n'assistait-il à ce bal de campagne que pour se distraire un peu ? Chistlebury était un village morne qui n'offrait aucune distraction à un homme tel que lui.

Pamela lui donna un coup de coude.

— Tu paries combien qu'il voudra danser avec toi ?

Chloé fit la grimace. Le fait de porter son corset et l'espoir d'avoir des nouvelles de Dominic égayaient un peu son humeur.

— C'est peut-être *toi* qui feras sa conquête. Et je deviendrai la gouvernante de vos enfants pour échapper à ma famille.

Pamela écarquilla les yeux.

— Tu parles sérieusement ? Je donnerais n'importe quoi pour avoir des frères comme Drake et Devon. Ils sont tellement protecteurs !

— On voit que ce n'est pas ta vie qu'ils sont en train de détruire, marmonna Chloé.

Et tout à coup, pour la première fois depuis une semaine, elle se mit à rire.

— Je n'ai jamais compris pourquoi les femmes étaient toujours attirées par les vauriens !

— Le baron que tu as laissé à Londres te manque ? C'est pour cela que tu avais l'air si triste, ces derniers temps ?

Chloé faillit demander : Quel baron ? Mais elle se contenta de hausser les épaules, laissant sa cousine tirer ses propres conclusions. Il lui tardait d'arriver au bal. Elles avaient patienté dans la voiture une éternité, car

Gwendolyn, qui était déguisée en Héra, avait égaré sa perruque. C'est Humphrey, costumé en Zeus, qui l'avait finalement retrouvée sous un canapé où Arès l'avait dissimulée après l'avoir réduite en pièces.

— Pourquoi ce chien m'a-t-il volé ma perruque ? gémit Gwendolyn, alors que l'attelage s'ébranlait enfin.

— Il a dû la prendre pour un blaireau, grommela Humphrey. Après tout, c'est un chien de chasse. Attention, ma chère, vous êtes assise sur la foudre de Zeus, ajouta-t-il en désignant un éclair en carton doré.

La petite salle de bal, située à l'orée du village, était brillamment éclairée. Des rafraîchissements étaient offerts dans le hall d'entrée traversé de courants d'air où s'était rassemblée l'élite de Chistlebury et d'un hameau des environs.

Le bal commença de façon désastreuse. À peine le maître de cérémonie eut-il fait signe à l'orchestre de jouer qu'un nuage de fumée âcre envahit la salle.

On découvrit très vite que les coupables de ce forfait n'étaient autres que deux garnements qui n'avaient rien trouvé de mieux à faire pour se venger du pasteur qui les avait grondés. La pièce fut aérée et retrouva rapidement son aspect normal.

C'est alors que lord Wolverton fut annoncé. Chloé dévisagea avec curiosité l'ami de Dominic. Il était très séduisant dans son costume de bandit de grand chemin du XVIIe siècle. Il portait une perruque blonde sous son chapeau, une cape, un pantalon court et une chemise blanche. Un loup de velours noir cachait le haut de son visage. Comme prévu, toutes les matrones l'entourèrent dans l'instant, et Chloé se demanda si elle parviendrait malgré tout à lui parler quelques minutes en tête à tête.

Adrien résolut le problème en apparaissant discrètement à ses côtés. Comment avait-il réussi à échapper à cette armée de dragons pour venir l'inviter à danser le quadrille ? C'était là un exploit qui suscita l'admiration de la jeune femme. Pendant un long moment, ils n'échangèrent pas une parole. Mais Chloé se sentit instinctivement à l'aise avec lui. C'était le genre d'homme qui vivait selon ses propres lois. Et ces lois impliquaient une loyauté inébranlable envers ses amis.

La gorge sèche, elle s'aperçut qu'il l'observait à travers les fentes étroites de son masque. Il était grand et bien bâti, ses gestes étaient sûrs. Il avait tout pour enflammer le cœur d'une femme, mais Chloé ne voulait rien d'autre que des nouvelles de Dominic. Et elle devinait qu'Adrien était là pour lui en donner.

— Chloé, j'ai beaucoup entendu parler de vous par notre ami commun, commença-t-il d'une voix profonde. Pardonnez-moi si je vous marche sur les pieds, je suis un danseur exécrable.

Mais elle était incapable d'entretenir une conversation légère alors que son cœur était empli d'une sourde appréhension.

— J'espère que vous ne dites pas cela pour me préparer à entendre de mauvaises nouvelles, chuchota-t-elle. Il est là ? Vous a-t-il envoyé me chercher ? J'espère qu'il va bien ?

Pour toute réponse, il éclata de rire, et elle en éprouva un incroyable soulagement.

— Oui. Oui et encore oui. Est-ce tout ce que vous vouliez savoir ?

Elle parcourut la piste de danse du regard, examinant chaque costume, chaque masque.

— Où est-il ?

Adrien esquissa un petit sourire de reproche.

— Soyez plus discrète, Chloé. Il n'est pas encore prêt à briser le silence. Mais l'heure où il pourra sortir de sa cachette approche. Je pense qu'il a hâte que cette histoire se termine.

Elle reporta son attention sur le visage masqué de son cavalier.

— Quand ?

— Dans les jours qui viennent. Mais il ne faut pas que vous soyez mêlée à la confrontation.

— Ah, vraiment ? fulmina-t-elle. Vous ne savez pas grand-chose de notre relation, n'est-ce pas ?

Une étincelle amusée s'alluma dans les yeux noisette de son compagnon.

— Je sais qu'il est amoureux de vous.

— Il vous a dit cela ? s'enquit-elle en s'efforçant de dissimuler le plaisir que lui procuraient ces paroles.

— Il n'a pas eu besoin de me le dire. Pourquoi pensez-vous que je suis là ?

— Mais... Bien, si vous êtes son meilleur ami, vous savez mieux que personne qu'il ne faut pas qu'il affronte Edgar seul. Ce serait trop dangereux. Vous n'approuvez pas son projet, n'est-ce pas ? C'est de la folie.

Adrien lança un coup d'œil autour de lui pour s'assurer qu'il n'y avait pas d'oreilles indiscrètes à proximité. Chloé s'aperçut alors qu'ils s'étaient éloignés du reste des danseurs et qu'ils se dirigeaient vers la porte. La foule était si dense que personne ne leur prêta attention.

— Bien sûr que je l'approuve.

Elle détourna les yeux, en pleine confusion. Justin la fusilla du regard avant d'adresser un sourire à sa partenaire. Sa tante et les autres matrones avaient les yeux rivés sur Pamela qui dansait avec Charles, le jeune frère de Justin. La seule personne qui observait Chloé, c'était son oncle.

— Je vais m'occuper de lui, déclara tranquillement Adrien en suivant le regard de la jeune femme.

— C'est mon oncle ! s'écria-t-elle, alarmée. Je vous défends de lui faire du mal.

Adrien se mit à rire.

— J'ai seulement l'intention de le distraire.

— Pourquoi ? souffla Chloé, les nerfs à vif.

Où se cachait Dominic ? Qu'avait-il l'intention de faire ? Quand le verrait-elle ?

La danse se termina et, avant qu'une autre ait commencé, on entendit du tapage à l'arrière de la salle. Une femme poussa un cri strident, et des rires s'élevèrent tandis qu'un énorme mouton, ayant échappé à la surveillance d'une bergère, se frayait un chemin dans la foule. Chloé secoua la tête et se tourna vers Adrien.

— Il ne manquait plus que ça. Un...

Sa voix s'éteignit, et elle poussa une exclamation de surprise. Elle sut sur-le-champ que c'était Dominic, et non Adrien, qui l'enlaçait pour danser. Il portait exactement le même costume que son ami, mais elle fit d'instinct la différence. Personne ne l'avait jamais tenue avec tant d'arrogance. Aucun homme ne la faisait vibrer de désir comme celui-ci.

Il posa sur elle un regard à la fois brûlant et moqueur qui la fit fondre. Son cœur se mit à battre la chamade, et elle manqua un pas. Il la soutint et l'aida à recouvrer son équilibre. Ses lèvres lui effleurèrent brièvement le lobe de l'oreille, et elle se sentit défaillir de bonheur.

— Chloé, murmura-t-il, que c'est bon de te revoir enfin.

— Pourquoi ici ?

— Edgar a prévu d'assister au bal. J'ignore si c'est pour son plaisir ou pour y rencontrer quelqu'un.

Elle rit doucement, si heureuse de le voir que rien n'aurait pu gâcher sa belle humeur, pas même la présence de leur pire ennemi.

— Il doit s'ennuyer à mourir. Quoique le bal masqué de Chistlebury ne soit pas l'endroit rêvé pour se distraire.

Dominic se rembrunit.

— À moins qu'il n'ait envie de te voir, toi ?

— Cela m'étonnerait.

— Pourquoi pas ? Moi, je n'ai pas pu rester loin de toi.

— Tu n'étais même pas sûr que je serais là.

— Quoi ? La plus belle femme de Chistlebury aurait manqué le bal pour rester à pleurer dans sa chambre ?

— Il s'est passé des choses fort intéressantes dans ma chambre, récemment, figure-toi...

— Écoute-moi. Il y a une porte sur ta droite. Tu vas sortir la première. Je te suivrai.

— Et si l'on nous voit ?

— On pensera que tu es allée dans le vestiaire pour te rafraîchir et prendre ton éventail. Adrien couvrira mon absence.

— Adrien ?

— Sur ta gauche.

Du coin de l'œil, elle aperçut Wolverton, qui montait la garde dans le hall obscur. De même stature, les deux hommes se ressemblaient suffisamment pour qu'on les confonde. À moins que sir Edgar ne soupçonnât qu'on lui tendait un piège... Chloé scruta la salle, à la recherche de ce dernier, puis posa de nouveau les yeux sur Dominic.

Celui-ci surveillait les danseurs, attendant sans doute le moment le plus favorable pour s'esquiver. Il semblait contrôler parfaitement la situation, et elle espéra qu'il n'avait fait tout cela que dans le but de la voir. Elle mourait d'envie d'être seule avec lui, de se blottir dans ses bras, et de tout oublier.

Elle éprouva une vive appréhension en croisant le regard interrogateur de son oncle. Non, il n'avait pu reconnaître Dominic sous son déguisement. Pas à cette distance. Son oncle la regardait simplement parce que sa femme lui avait fait promettre de garder un œil sur elle. D'ailleurs, il venait juste de détourner les yeux.

— Que feras-tu si Edgar ne rencontre personne ce soir ? chuchota-t-elle.

— Je passerai un moment avec toi. J'avais le cœur lourd de te quitter après ce qui s'est passé. Et je ne suis pas sûr qu'Edgar ne te surveille pas.

— Moi ? Pourquoi ferait-il une telle chose ?

— Un, parce que tu es la sœur de Brandon, et que tu pourrais éventuellement te poser des questions sur sa disparition. Et deux, parce que tu es diablement désirable.

Une vague de bonheur la submergea. Elle voulait le serrer dans ses bras, sentir ses lèvres sous les siennes, caresser son visage, enfouir les doigts dans ses cheveux, se presser contre lui... et plus encore.

— Tu croyais que je pouvais rester loin de toi ? murmura-t-il d'une voix ensorcelante qui lui arracha un frisson.

— Tu y as assez bien réussi jusqu'ici, répliqua-t-elle en plongeant son regard dans le sien. Tu es vraiment prêt à confondre Edgar ? ajouta-t-elle.

— Ne parlons plus de cela, Chloé.

Cela ne changeait rien, car elle connaissait la réponse. Elle savait que quelque chose de grave se préparait, et que Dominic n'hésiterait pas à se mettre en danger. Une peur irrépressible s'empara d'elle, menaçant de gâcher la joie qu'elle éprouvait à le revoir.

— *Maintenant,* souffla-t-il. Ne te retourne pas. Tourne à gauche tout de suite après le vestiaire.

Le sang lui bourdonnait aux oreilles tandis qu'elle se laissait porter par le flot des danseurs qui se dirigeaient vers le hall où était dressé le buffet. Pamela lui fit un petit signe de la main, de l'autre côté de la table.

— Je vais chercher mon éventail, lança Chloé.

Dominic avait disparu. Elle afficha une superbe indifférence, comme il le lui avait conseillé. Elle avait moins de mal à se contrôler quand il n'était pas là, mais elle n'en demeurait pas moins préoccupée.

Elle se glissa entre les groupes d'invités, s'efforçant de ne pas montrer son impatience. Comme elle atteignait la porte du vestiaire, elle aperçut un corridor sombre et désert sur sa gauche. Dominic choisit cet instant pour lui agripper la main et l'entraîner à sa suite dans le couloir. Elle eut juste le temps de voir Adrien sortir du vestiaire et se fondre dans la foule qui avait pris le buffet d'assaut.

Son retour ne passa pas inaperçu. Après tout, lord Wolverton était l'attraction de la soirée ! Il fut aussitôt entouré de femmes de tous âges qui le suppliaient de leur raconter ses aventures autour du monde. Dominic eut un sourire narquois.

— Dommage que nous ne puissions le regarder repousser ces tigresses.

— Tu parles en connaissance de cause ? le taquina-t-elle.

Il sourit en guise de réponse, et l'entraîna en hâte dans une petite pièce sombre, qui servait de toute évidence à entreposer du mobilier.

— Et que fais-tu de mon oncle et de ma tante ? s'inquiéta-t-elle.

— Adrien se chargera de les distraire.

— Es-tu déjà venu ici ? s'enquit-elle.

— Euh... à vrai dire, oui.

— Avec une autre femme ?

Il enleva son masque et son chapeau en riant.

— Non, pour *échapper* à une femme. Ces bals annuels sont mortels pour les célibataires.

— Mortels ? répéta-t-elle en se rembrunissant.

— Je reconnais que le terme est mal choisi.

Elle leva les yeux vers lui sans même essayer de dissimuler ce qu'elle ressentait. Elle devait lutter contre la tentation de nouer les bras autour de son cou pour l'embrasser à perdre haleine. De tous les hommes qu'elle connaissait, il était le seul à l'accepter telle qu'elle était, à attiser le feu qui brûlait dans son cœur au lieu de chercher à l'éteindre.

— Cette attente m'a mise d'une humeur terrible, Dominic.

— Un jour, peut-être, je pourrai faire en sorte que tout cela en vaille la peine, répondit-il avec une lueur moqueuse au fond des yeux.

— Ne te moque pas de moi. La vérité, c'est que je... que j'ai besoin de toi. Oh... c'est affreux de devoir l'admettre, souffla-t-elle en se cachant le visage entre les mains.

Comme il ne réagissait pas, elle crut, espéra même, qu'il n'avait pas entendu.

À tort, constata-t-elle en baissant les mains. Les mâchoires serrées, le regard brûlant, il déclara calmement :

— Quand tout cela sera terminé, tu ne pourras plus te débarrasser de moi.

Il poussa le verrou, et, précaution supplémentaire, tira un vieux banc de chêne devant le battant.

Elle le regarda faire en silence. Il était d'une beauté et d'une élégance à tomber à la renverse. Elle sentit ses forces l'abandonner, elle voulait se lover contre son corps musclé, s'unir à lui intimement. Ses seins étaient gonflés, prêts à recevoir ses caresses. Elle le désirait tant qu'elle tremblait de tous ses membres.

Quand il lui ouvrit les bras, elle crut que ses genoux allaient se dérober sous elle. Comment supporterait-elle de le laisser repartir ensuite? Ses traits fermement sculptés étaient d'une virilité ensorcelante. L'étincelle de désir qu'elle vit luire dans ses yeux lui incendia les veines.

— Je n'ai pas beaucoup de temps, dit-il. Si Edgar ne se montre pas, il faudra que je retourne à la maison. Il est déjà minuit passé.

— Vas-tu me laisser une pantoufle de vair dans l'escalier pour tout souvenir?

— Chloé, je t'en prie, murmura-t-il en caressant les boucles noires qui encadraient son fin visage.

— Je ne pleurerai pas de nouveau sur ta tombe si tu es tué, Dominic. Je t'ai tant pleuré la première fois, quand je t'ai cru mort. J'ai pleuré des nuits entières, et je ne sais même pas pourquoi.

— Je suis désolé, murmura-t-il en l'attirant contre lui.

Leurs regards se croisèrent, s'aimantèrent.

— J'ai envie de toi, Dominic.

— Mais je ne t'ai pas emmenée ici pour…

— Je t'en supplie. Serre-moi dans tes bras.

Elle lui appartenait. Elle le comprit à l'instant où il l'enlaça. Son corps se réchauffa contre le sien, se fondit contre les muscles durs de son torse.

— Que comptes-tu faire quand tu te retrouveras face à Edgar? chuchota-t-elle tandis qu'il dégrafait habilement sa robe.

Les ailes de gaze de son costume tombèrent sur le sol. La robe de tulle suivit le même chemin, s'enroulant autour de ses chevilles. Elle frémit de délice lorsque ses mains puissantes prirent possession de son corps. Mais elle avait beau le désirer, elle savait qu'elle n'apprécierait pas autant ces instants qu'elle l'aurait dû tant elle craignait pour sa vie.

Elle repoussa sa cape qui rejoignit ses propres vêtements sur le parquet. Soudain, il la prit aux épaules, l'écarta de lui et la contempla, les pupilles dilatées.

— Bonté divine ! Ce corset scandaleux, Chloé. J'espère que tu avais le pressentiment que nous allions nous voir ce soir et que tu ne le portais pas pour un autre ?

— Mmm... qui sait ?

— Je me suis toujours demandé comment il t'allait, ajouta-t-il dans un sourire.

— Eh bien, désormais, tu le sais.

— C'est pourquoi je vais te l'enlever.

Il tira sur les lacets de soie, et Chloé étouffa un gémissement en contemplant les doigts virils qui s'activaient à la libérer du carcan qui l'emprisonnait tout en mettant son corps en valeur de manière indécente. Lorsqu'il eut terminé, il la débarrassa lentement de sa chemise.

Ses yeux brillaient d'un sombre éclat, et le regard possessif dont il l'enveloppa la fit vibrer au plus secret de son corps. La prenant aux épaules, il la plaqua contre lui. Ses mains l'explorèrent avec une impatience désespérée à laquelle se mêlait une tendresse qui la bouleversa.

— Ce n'est pas ainsi que les choses devraient se passer entre nous, Chloé, dit-il avec un sourire triste. Une femme telle que toi mérite qu'on la courtise selon les règles. Mais je ne peux pas m'empêcher de te caresser. Tu vois, moi aussi, j'ai besoin de toi.

— Je ne sais pas si j'aimerais être courtisée selon les règles, avoua-t-elle. Certaines femmes trouvent le fantôme de Stratfield très excitant, tu sais.

— Ta tante, par exemple ?

— Attends qu'elle s'aperçoive que tu es vivant !

— Je me demande si je ne vais pas continuer à prétendre que je suis mort, finalement, la taquina-t-il.

Elle retint son souffle lorsqu'il s'agenouilla pour lui enlever ses jarretières et ses bas. Avec un soupir de volupté, elle se laissa glisser avec lui sur le tapis que formaient leurs vêtements entassés. Il lui embrassa le ventre, et elle creusa les reins, s'offrant sans vergogne à ses caresses.

— Je ne veux pas te perdre, Dominic, murmura-t-elle.

La cape de velours noir était douce contre sa peau, et elle s'émerveilla de la grâce fluide avec laquelle il se débarrassa de ses vêtements.

— Quand tu me regardes ainsi, Chloé, je crains de ne pas avoir la force de te quitter, avoua-t-il avec un sourire canaille.

— Alors, reste, répliqua-t-elle en s'appuyant sur les coudes. Mes frères t'aideront.

— Ils sont probablement les seuls à même de comprendre mon désir de vengeance. À présent, touche-moi, Chloé. J'en rêve depuis des jours.

Elle se plia volontiers à son désir, et entreprit de caresser son corps nu avec passion. Il était dur et lisse, et elle sentait son cœur battre follement sous ses mains. L'idée qu'elle lui appartenait lui arracha un frémissement de plaisir. Elle le voulait tout à elle, voulait le sentir de nouveau en elle.

Elle était tombée amoureuse de lui au premier regard. Irrémédiablement. Elle ne voulait pas qu'il lui arrive malheur.

Elle l'enlaça et chuchota :

— Je ne te laisserai pas partir tant que tu ne m'auras pas séduite, Stratfield.

Dominic ne le lassait pas de contempler ses formes parfaites. Comment une femme aussi délicate pouvait-elle dissimuler un esprit aussi combatif ? Elle ignorait que c'était elle qui l'avait sauvé, qui lui avait rendu l'espoir. Grâce à elle, il avait découvert que la vie valait encore la peine d'être vécue.

Elle avait cru en lui, quand bien même il ne s'était pas mieux comporté qu'un animal. Elle avait perçu son désespoir sous le masque de rage et de souffrance. Et alors qu'il était aveuglé par la fureur, elle lui avait montré la voie de la raison.

Il aimait ce mélange de courage et de douceur en elle. Il aimait la façon dont elle le touchait. Quand elle posa les mains sur son ventre, son esprit cessa de fonctionner, et ses hanches se soulevèrent malgré lui. Comment cette femme pouvait-elle le rendre aussi faible après lui avoir insufflé tant de force ?

— Chloé, souffla-t-il, enivré. Nous n'avons pas assez de temps, et je te désire tellement.

En réponse, elle déposa une pluie de baisers brûlants le long de sa gorge, sur sa poitrine. Quand ses lèvres effleurèrent son sexe, il tressaillit violemment. Il respirait avec peine, conscient de sa langue qui le taquinait.

— Chloé, reprit-il d'une voix rauque. Seigneur, Chloé…

L'attrapant par la taille, il la fit basculer sous lui, et lui écarta délicatement les jambes. Telle une fleur, elle s'ouvrit à lui, s'épanouit sous ses doigts, se préparant à l'accueillir.

— Mon Dieu, Dominic, chuchota-t-elle en se cambrant à sa rencontre. Je crois que mon cœur va s'arrêter de battre.

— Que veux-tu que je te fasse ? chuchota-t-il d'un ton taquin. Si c'est trop, je peux arrêter…

— Si tu oses arrêter…

Il n'en avait pas l'intention. C'était trop tard. Il irait aussi loin qu'il le pourrait. Il la caressa intimement, joua avec elle jusqu'à ce qu'elle le supplie de la pénétrer.

Elle étouffa un petit cri lorsqu'il se glissa en elle. Elle était si étroite qu'il dut faire un effort surhumain pour ne pas s'abandonner au plaisir aussitôt. Les yeux fermés, il savoura de la sentir trembler sous lui. Il aurait voulu prolonger cet instant indéfiniment, se noyer en elle jusqu'à oublier la réalité.

Elle se raidit, et il sentit ses muscles se tendre sous la pression de son propre sexe. Alors, avec un grognement, il s'enfonça jusqu'à la garde.

Il garda les yeux rivés sur son visage tandis qu'il allait et venait en elle, et la vit perdre pied. Affolé par l'imminence de la jouissance, il se donna tout entier. Le monde explosa en un éclair aveuglant, tandis que la vague puissante de l'extase déferlait sur eux.

Jamais encore il n'avait jamais vécu pareille expérience. Il n'arrivait pas à croire qu'on pût éprouver une joie aussi sauvage. Leurs corps encore unis, il roula sur le côté et prit ses lèvres. Elle était douce, chaude, frémissante. Il s'efforça d'ignorer le désir qui commençait de renaître alors même qu'il était toujours en elle.

— Chloé, mon amour, murmura-t-il en lui caressant le visage, je ne veux pas te quitter.

Elle se figea, les yeux brillants de larmes.

— Reste.

Il repoussa les boucles noires qui retombaient sur son front.

— Tu n'imagines pas à quel point je suis tenté d'obéir. Mais sois forte. Quand j'en aurai fini avec Edgar, ma vie reprendra son cours normal, et plus rien ne pourra m'éloigner de toi.

— Hormis quatre frères arrogants et une sœur qui s'évanouit quand on laisse tomber un couvert à table.

— J'ai comme l'impression qu'affronter Edgar constituera une bonne préparation avant de rencontrer ta famille, commenta-t-il en l'aidant à se relever.

Ils se rhabillèrent en silence. Dominic se rendait compte qu'ils s'étaient attardés plus longtemps qu'ils n'auraient dû, mais il perdait la notion du temps dès qu'il était avec elle.

À présent, il devait se concentrer de nouveau sur l'affaire qui lui tenait à cœur. Edgar correspondait avec un homme qui habitait Londres ou ses environs. Dominic l'avait déduit du rythme rapide auquel les lettres arrivaient à Chistlebury. L'identité de ce correspondant ? Il l'ignorait. Edgar brûlait les messages dès qu'il les avait lus. Mais Dominic avait trouvé un fragment de lettre à moitié carbonisé dans la cheminée. C'était le brouillon d'un message dans lequel Edgar demandait à son intendant de retirer une importante somme d'argent à la banque.

Envisageait-il de s'enfuir à l'étranger ? Ou bien de payer un de ses anciens complices ? À moins qu'il ne projette un nouveau meurtre ?

Il ne le saurait peut-être jamais. Mais il voulait absolument empêcher son oncle de nuire à qui que ce soit.

— Chloé, commença-t-il en refermant les mains sur les épaules rondes de la jeune femme, je veux que tu retournes à Londres, auprès de tes frères, le plus tôt possible.

— Crois-tu que j'aie mon mot à dire, avec eux ?

Dominic se rembrunit, inquiet.

— Il faut que tu persuades Heath de te laisser rentrer.

— Si tu connais une formule magique susceptible de le convaincre…

— Dis-lui simplement qu'il *doit* te ramener à la maison. Tu trouveras bien un prétexte.

— Ça m'étonnerait.

— Essaie. Quand les manigances de mon oncle éclateront au grand jour, il y aura un scandale. Tiens-toi à l'écart dès maintenant.

— Je me moque du scandale, Dominic. Tout ce qui compte, c'est toi. Et ce qui t'arrivera quand tu auras démasqué le meurtrier de Brandon. As-tu réussi à déchiffrer sa lettre ?

— *Sa* lettre ? répéta-t-il, le regard soudain aiguisé.

— Oui, la lettre que tu as oubliée dans ma chambre, et que tu es revenu chercher. Elle a été écrite par mon frère. J'ignore si c'est à toi ou à Samuel qu'elle était destinée.

Il secoua la tête, incrédule.

— Mais comment le sais-tu ?

— J'ai reconnu l'écriture de Brandon. Et… j'en ai fait une copie pour la décrypter. Il semble faire allusion au projet d'Edgar. Je te donnerai la traduction dès que j'aurai terminé.

— Tu es une femme étonnante, Chloé.

— Et je serai étonnamment malheureuse s'il t'arrive quoi que ce soit. Pourquoi ne veux-tu pas que je t'aide à démasquer Edgar ?

— Pas question. S'il m'arrive quoi que ce soit, il sera temps d'en parler à tes frères.

— Que comptes-tu faire ?

— Obliger Edgar à reconnaître ses crimes.

— Et s'il refuse ?

— Je ferai ce qui est de mon devoir.

Elle s'écarta et le contempla avec un mélange de colère et d'angoisse. Toute autre femme qu'elle aurait eu l'air éthéré et naïf, dans ce costume de fée. Mais Chloé, elle, ressemblait à une déesse guerrière. Sa fragilité n'était qu'apparente. C'était exactement le genre de femme qu'un vieux comte aurait aimé exhiber à son bras. À cette pensée, Dominic eut le cœur chaviré. Il ne voulait pas qu'elle appartienne à un autre. Il voulait l'épouser.

Il lui prit la main, et l'attira contre lui.

— Je reviendrai, promit-il. Pour toi. En attendant, je t'interdis d'embrasser qui que ce soit dans le parc ou dans le hall. Sois à moi uniquement. *Je reviendrai.*

Elle se mordilla la lèvre, le visage soudain très pâle, et il eut l'impression fugitive qu'elle allait le gifler.

— Quand tu reviendras, répliqua-t-elle en rajustant une de ses ailes, assure-toi que ce ne soit pas sous la forme d'un fantôme.

21

Quand Chloé regagna le hall, elle constata, soulagée, qu'il était toujours empli d'une foule de gens qui bavardaient en buvant un verre. L'orchestre venait juste d'attaquer une nouvelle danse, mais elle n'était pas d'humeur à aller virevolter sur la piste. Elle était assez étourdie comme ça. Elle avait besoin d'être seule pour se ressaisir. Et de se préparer au cas où Dominic aurait besoin de son aide.

Sans doute aurait-elle dû s'inquiéter davantage de la perte de sa vertu. Mais ce qui était fait était fait. Pour l'heure, elle avait juste envie de s'asseoir à l'écart pour se remémorer chaque détail de l'intermède passionné qu'ils venaient de vivre, Dominic et elle. L'angoisse viendrait ensuite, elle le savait.

— Eh bien, murmura une jeune femme en bousculant Chloé, maman prétend que si le fantôme de Stratfield continue, il n'y aura bientôt plus une seule dame vertueuse dans tout le village.

Chloé soupira. Si tout se passait comme elle l'espérait, Dominic ne réserverait bientôt plus ses ardeurs qu'à une seule femme.

— Je ne crois pas que ce fantôme existe, grommela un jeune homme. Ce sont des histoires de bonnes femmes. Qu'en pensez-vous, lady Chloé ?

Chloé dévisagea son interlocuteur. Elle ne connaissait pas son nom, mais c'était un des amis de Justin. Ce qui lui rappela qu'elle n'avait pas dansé une seule fois avec celui-ci. De fait, il l'avait complètement ignorée.

— Ah, Chloé, te voilà ! Je me demandais où tu étais passée, s'écria son oncle en se frayant en chemin entre les invités.

— J'étais là, dit-elle d'un ton évasif.

— Là ?

— Eh bien, je suis juste allée chercher mon éventail au vestiaire. C'est idiot. En fait, il était accroché à mon poignet.

— En effet… c'est idiot, acquiesça-t-il en la dévisageant pensivement.

Dieu qu'elle détestait ces mensonges !

— Lady Dewhurst a-t-elle réussi à chasser notre vilain fantôme ? demanda l'un des invités avec un sourire narquois.

Sir Humphrey se détourna pour répondre, et Chloé respira plus librement. Son oncle avait deviné qu'elle cachait quelque chose, mais il n'insisterait pas. Tant mieux. Il était si gentil qu'elle avait de réels remords à lui mentir.

— Je vais te chercher un verre de limonade, Chloé, proposa-t-il en lui prenant le bras. Tu sembles avoir un peu chaud.

Seigneur, s'il savait pourquoi ! Il n'était pas gentil au point de fermer les yeux sur son comportement. Et elle serait morte plutôt que de le décevoir.

— Une limonade sera la bienvenue, oncle…

Elle s'interrompit net. Sir Edgar venait de sortir du vestiaire, très élégant dans son habit noir et sa chemise blanche à jabot. Soit personne ne l'avait averti qu'il s'agissait d'un bal costumé, soit il considérait comme indigne de lui d'apparaître sous un déguisement. Cela dit, il portait un masque en permanence…

Il balaya le hall du regard, scrutant chaque invité. Le cœur de Chloé se mit à battre à grands coups. Que savait-il exactement ? Se doutait-il que Dominic était vivant ? Qu'il était là ce soir ? À moins que son mystérieux ami ne l'attende ? Il paraissait peu probable qu'il règle ses affaires secrètes dans un endroit comme celui-ci, se dit-elle pour se rassurer.

Elle sentit les doigts de son oncle se crisper sur son bras. Intriguée, elle lui coula un regard en coin.

— Allons chercher cette limonade, Chloé, dit-il doucement.

Elle hocha la tête et vit du coin de l'œil sir Edgar pénétrer dans la salle de bal. Une haute silhouette enveloppée d'une cape attira alors son attention, et elle reconnut Adrien. Il avait repris sa place, comprit-elle. Il la gratifia d'un imperceptible signe de tête, puis sourit aux jeunes filles regroupées autour de lui.

Avait-il voulu lui faire comprendre que Dominic avait regagné sa cachette ? Sans doute. Lui aussi avait dû repérer sir Edgar. Il ne serait pas là, à flirter outrageusement avec toutes ces femmes, s'il craignait pour la vie de son ami.

Il ne lui restait plus qu'à prier pour que tout se déroule selon les plans de Dominic.

— Oui, oncle Humphrey. Une boisson fraîche me ferait le plus grand bien, déclara-t-elle.

Son oncle l'observa un instant, avant de la guider vers le buffet.

— Je suis content de te voir heureuse de nouveau, Chloé. Nous étions tous inquiets pour toi, la semaine dernière. Mais ce bal semble t'avoir fait beaucoup de bien.

Elle ne dansa pas de nouveau avec Adrien. Celui-ci fut assailli par des nuées d'admiratrices le reste de la soirée, ce qui lui parut plutôt rassurant. Il n'aurait pas été aussi détendu si le complice de sir Edgar avait été là. En fait, la dernière fois qu'elle avait aperçu ce dernier, il était en grande conversation avec le pasteur.

Adrien ne tenta pas de lui parler, et elle demeura à l'écart. Il n'aurait pas été prudent d'attirer l'attention sur eux. Elle ne le connaissait pas, n'avait même jamais vu son visage, mais c'était le genre d'homme qui donnait à une femme l'impression d'être protégée. Peut-être parce qu'il avait passé sa vie à se battre pour les autres. En fait, il était la dernière personne au monde qu'on aurait imaginée dans la peau d'un duc. Il avait l'allure et le comportement du mercenaire qu'il était réputé être, et dans le lot d'histoires qui couraient à son sujet, quelques-unes devaient être vraies.

Toutefois, Chloé ne pouvait s'empêcher d'éprouver de la sympathie pour lui. L'homme paraissait digne de confiance, et elle n'était pas mécontente qu'il soit l'allié de Dominic.

Comme elle se retournait, elle découvrit Justin juste derrière elle. Pour la première fois depuis qu'elle le connaissait, il ne sourit pas en croisant son regard. Son insouciance et sa gaieté semblaient l'avoir déserté. Elle sentit un frisson d'appréhension lui courir le long de la colonne vertébrale. Pourquoi avait-il l'air si grave ?

— Alors, c'est vrai ? dit-il en secouant la tête.

Chloé battit des paupières. Elle avait tant de secrets à cacher, ces derniers temps, qu'elle ne savait plus où elle en était.

— Qu'est-ce qui est vrai, Justin ? demanda-t-elle prudemment.

— Vous êtes amoureuse de lui.

— De... lui ?

Il fit la moue, tel un enfant gâté à qui l'on vient de refuser un jouet.

— Oui, de *lui*, répéta-t-il en désignant Adrien du menton. Ne niez pas.

Chloé jeta un coup d'œil autour d'elle, embarrassée. Justin avait haussé la voix, mais par bonheur ils se trouvaient un peu à l'écart des autres danseurs.

— Je l'ai rencontré ce soir pour la première fois.

— Justement, c'est encore pire ! s'écria-t-il.

Redressant son turban de sultan, il continua :

— Je vous ai toujours défendue, Chloé, alors que tout le monde vous accusait d'être volage.

Quelques têtes se tournèrent dans leur direction, et Chloé fut tentée de pousser le jeune homme derrière les palmiers en pot. Comme si elle n'avait pas suffisamment de soucis, il fallait que Justin lui fasse une scène en public !

— Je ne sais absolument pas de quoi vous parlez, Justin.

— Je vous ai vue, Chloé Boscastle, répliqua-t-il. Je vous ai vue disparaître en compagnie de ce futur duc !

— Lord Wolverton s'est contenté de m'accompagner dans le hall, car j'avais oublié mon éventail.

— Vous vous êtes absentés assez longtemps pour faire le tour du monde !

— Cessez de vous conduire comme un enfant, lui enjoignit Chloé à voix basse. Je ne suis *pas* partie autour du monde avec lord Wolverton.

Ce qui était la stricte vérité, puisqu'elle était avec Dominic. Et si Justin ne se contrôlait pas...

Un homme de haute taille s'interposa, épargnant à Chloé la corvée de tancer Justin comme il le méritait. Elle aurait accueilli avec soulagement cette interruption si elle n'avait reconnu sir Edgar. Or, elle préférait cent fois affronter la colère de Justin, plutôt que ce sinistre individu.

— Une querelle d'amoureux ? s'enquit ce dernier avec un sourire ironique. Puis-je faire fonction d'arbitre ?

Chloé lança un regard noir à Justin. Finalement, elle pourrait peut-être tirer profit de la situation. Tant qu'Edgar était là, il ne pouvait faire de mal à Dominic.

— Ce n'est qu'un malentendu, répondit-elle.

Justin marmonna quelques paroles inintelligibles, mais il était apparemment suffisamment bien élevé pour en rester là.

— Si vous voulez bien m'excuser, je crois que ma mère m'appelle, fit-il avant de tourner les talons.

Sir Edgar eut un soupir de résignation.

— Eh bien, nous ne sommes pas à Londres, n'est-ce pas, ma chère ? Ces lourdauds de la campagne ne comprennent rien à l'étiquette. Mais je suppose que vous êtes habituée à briser les cœurs des jeunes gens.

Chloé regarda Justin inviter à danser une autre jeune fille. Ce nigaud n'aurait pas longtemps le cœur brisé. Elle avait toujours su qu'il n'était pas fait pour elle.

— Avez-vous l'intention de retourner bientôt à Londres, sir Edgar ? s'enquit-elle en évitant son regard.

Elle n'était pas assez bonne comédienne pour dissimuler le mépris qu'il lui inspirait. Edgar secoua la tête d'un air de regret.

— Hélas, les affaires de mon neveu vont me retenir ici plus longtemps que prévu ! J'ai trouvé…

Le brouhaha cessa tout à coup, car le maître de cérémonie s'apprêtait à décerner le prix du plus joli costume. La foule des invités s'avança vers lui, séparant Chloé et sir Edgar. Si celui-ci eut un haussement d'épaules désolé à son adresse, elle était pour sa part ravie de ne pas avoir à poursuivre cette conversation.

Tandis que les invités applaudissaient chaque costume, Chloé repéra Adrien nonchalamment appuyé au mur, à l'autre bout de la salle. Il lui lança un coup d'œil, puis chercha sir Edgar. Oui, c'était rassurant d'avoir un ami comme Adrien, songea-t-elle. Cependant, pendant qu'il veillait sur elle, il ne pouvait aider Dominic. Le front de Chloé se plissa d'inquiétude.

Comment s'y prendraient-ils pour faire tomber Edgar ? Dominic ne lui avait pas communiqué les détails de son plan. Elle crispa les doigts sur son éventail. Peut-être était-ce mieux ainsi…

Dominic traversa son ancienne chambre aussi silencieusement qu'un fantôme. Il n'avait pas une seconde à perdre. Il disposait tout au plus d'un quart d'heure de tranquillité. Les domestiques s'étaient retirés dans le salon qui leur était réservé. Il savait exactement à quel moment ils éteindraient les lumières dans la longue galerie, avant d'aller se coucher.

Adrien garderait Edgar à l'œil, mais celui-ci n'était pas idiot. Depuis une semaine, il ne cessait d'interroger les domestiques sur l'amitié qui liait son neveu à Adrien. De toute évidence, il nourrissait de forts soupçons. Toutefois, pour ce soir, le rôle principal d'Adrien consistait à s'assurer qu'il n'arriverait rien de fâcheux à Chloé. Quoique impétueuse en amour, elle ne manquait heureusement pas de bon sens.

Le mystérieux complice d'Edgar ne s'était pas montré au bal. Dominic avait, semble-t-il, été trompé par son intuition. À moins qu'Edgar, devinant que des soupçons pesaient sur lui, n'ait voulu agir le plus normalement possible en assistant au bal. Il avait probablement averti son contact de ne pas venir.

Dominic déposa la veste d'uniforme de son frère tachée de sang et déchirée sur l'oreiller d'Edgar. Prenant une poignée de sable blanc dans le petit vase qu'il avait à la main, il en répandit une traînée de la chambre jusque dans la galerie, ne s'arrêtant que sous son propre portrait. Ce sable venait du Népal, il lui avait été envoyé par le fidèle domestique de son frère lors de la cérémonie qui avait suivi sa mort. Dominic se demanda si Edgar comprendrait qu'il s'agissait là d'un geste de défi...

Il posa le vase vide sur le sol, devant l'entrée du passage secret qui menait dans le souterrain où il se terrait depuis plus d'un mois.

Si le destin lui était favorable, ce serait la dernière nuit qu'il passerait dans son ténébreux refuge. Dans le cas contraire, ce serait tout simplement sa dernière nuit sur terre.

Il se glissa entre les pierres et attendit quelques secondes que ses yeux s'habituent à l'obscurité. Sur ce plan, il avait un net avantage sur Edgar. Il pouvait s'orienter rapidement dans le noir, connaissait la hauteur de chaque marche, les tours et les détours du tunnel. Il savait à quel endroit exact le sol risquait de s'effondrer, où il devait baisser la tête pour éviter de se blesser.

Cet enfer souterrain lui était devenu aussi familier que son enfer personnel. Il avait regardé le mal en face, et avait survécu. Tel un homme ayant affronté l'épreuve du feu, il en était sorti marqué, mais plus fort.

Avant de rencontrer Chloé, il n'avait pas pris le temps d'analyser ce qui lui était arrivé, ce qu'il était devenu. Mais elle avait fait le lien entre l'homme qu'il avait été autrefois et celui qu'il espérait devenir dans le futur.

Un homme qui pourrait se présenter devant ses frères et les persuader qu'il était digne de l'épouser. Cette pensée le fit grimacer. Les Boscastle ne se laisseraient pas facilement convaincre, il le savait. Heath ne manquerait pas d'argumenter, s'il ne le transperçait pas tout bonnement de son épée.

Le fantôme de Stratfield n'était certainement pas le genre d'homme à qui ils donneraient volontiers leur sœur en mariage. Ils prétendraient, à juste titre, qu'il avait détruit la réputation de Chloé. À quoi il répondrait qu'elle l'avait détruit, lui aussi. Car après elle, il ne pourrait plus jamais aimer une autre femme. Mais il savait déjà qu'il ferait tout pour obtenir sa main...

Il ôta sa cape de velours et la jeta sur le squelette adossé au mur, qui avait été son seul compagnon pendant ces longues semaines de solitude.

— Tiens, mon ami. Tu sembles avoir froid.

Dominic, quant à lui, n'en avait pas besoin. L'interlude dans les bras de Chloé lui avait échauffé les sangs tout en l'emplissant d'une énergie bienvenue.

Ramassant son épée, il s'inclina profondément devant le squelette.

— Cher baron, ce sera la dernière fois que nous nous entraînerons ensemble. Si j'échoue, je vous rejoindrai bientôt dans l'autre monde. Si je réussis, je vous donne ma parole que vous aurez bientôt une sépulture décente dans la chapelle du château.

22

Chloé se demandait si c'était un effet de son imagination, mais il lui semblait que son oncle la dévisageait avec plus d'insistance que d'habitude. Elle avait l'impression qu'il désirait lui parler, et son instinct lui soufflait que la discussion ne serait pas agréable.

C'est pourquoi elle s'empressa de gagner sa chambre dès qu'ils eurent atteint le vieux manoir. Alors qu'elle gravissait les marches qui craquaient sous ses pas, elle sentit de nouveau le regard de son oncle peser sur elle.

Que se passait-il ? L'avait-il vue s'éclipser avec le bandit de grand chemin durant le bal ? Si c'était le cas, il devait croire qu'il s'agissait d'Adrien. Cela dit, ce dernier était revenu dans la salle de bal pour couvrir son escapade avec Dominic.

Ce qui signifiait peut-être que son oncle avait d'autres soupçons. C'était un homme intelligent et intuitif. Elle eut un moment d'hésitation en arrivant sur le palier et fut tentée de lui lancer un coup d'œil. Elle entendit sa tante et Pamela rire dans le salon. Gwendolyn, qui avait remporté le premier prix avec son costume de déesse, était d'excellente humeur. Quant à Pamela, elle avait trouvé un ardent admirateur en la personne de Charles, le frère de Justin.

Mais qu'avait bien pu découvrir son oncle ? Le message codé de Brandon ? Non. Cela n'aurait pas suffi à le rendre d'humeur aussi maussade. Chloé poussa sa porte d'un coup d'épaule, s'attendant comme d'habitude à rencontrer une certaine résistance.

Mais le battant était ouvert, et elle bascula dans la chambre, trébuchant sur un corps inerte allongé au beau milieu de la pièce. Elle tomba à genoux.

— Dominic ? chuchota-t-elle, tout en sachant que ce ne pouvait être lui.

Arès se leva d'un bond et la gratifia d'un coup de langue affectueux sur le visage.

— Beurk ! Tu as encore mangé des saucisses, grommela-t-elle en s'essuyant du revers de la main. Je suppose que nous n'avons pas eu de visite ?

Elle se releva et fila dans le cabinet de toilette, le chien sur les talons. Elle eut beau chercher, elle ne trouva pas trace d'un éventuel passage de Dominic.

Tirant sa malle sous la fenêtre, elle s'assit, le front plissé d'inquiétude. Comment diable pouvait-il gagner seul cette bataille ? Non, il n'était pas seul. Il y avait Adrien. Il ne restait plus qu'à prier pour que tous deux soient aussi habiles qu'ils croyaient l'être.

Mon oncle enseignait l'escrime à Venise. Il m'a appris à manier l'épée...

Les paroles de Dominic lui revinrent en mémoire alors qu'elle ruminait, le menton posé sur l'appui de la fenêtre. Elle ne sous-estimait ni la force ni la détermination de Dominic. Mais sir Edgar avait un instinct de tueur et ne s'embarrassait pas de scrupules. Si Dominic parvenait à le piéger, celui-ci se battrait jusqu'à la mort. De fait, ce serait entre eux un combat sans merci. Elle croisa les bras et scruta la masse sombre des bois dans l'espoir de...

De quoi au juste ?

À quoi s'attendait-elle ?

À un feu d'artifice ? À un duel à l'aube, au bord de l'étang ? Dominic était passé maître dans l'art de se mouvoir dans l'obscurité. Vraisemblablement, il chercherait à se venger sur son propre terrain, dans sa demeure. Chloé décida qu'à la moindre alerte, elle trouverait un prétexte pour se rendre à Stratfield Hall. Pas question d'attendre passivement dans sa chambre.

Arès s'allongea près d'elle, fidèle gardien de son sommeil. Mais elle ne dormit guère. Elle demeura là toute la nuit, sombrant parfois quelques minutes, pour se réveiller le cœur battant.

L'aube arriva sans que rien ne se soit passé. Tout était paisible. Le soleil se leva, caressant de ses rayons couleur de miel les murs de pierre blanche de Stratfield Hall.

Chloé s'étira et se leva, les membres engourdis. On était dimanche matin, et tout était calme, ce qui lui parut de bon augure.

Néanmoins, quand elle pénétra dans le salon, un peu plus tard dans la matinée, elle fut accueillie par le tumulte habituel. Apparemment, Arès avait volé l'une des chaussures de sa tante, et avait eu la bonne idée de la cacher. Coiffée d'un chapeau à plumes et vêtue d'une robe de soie grise, Gwendolyn dirigeait les recherches en boitillant sur son pied nu.

— Vous avez plus de chaussures que n'importe quelle femme de ma connaissance, grommela oncle Humphrey. Vous avez fait la fortune de tous les cordonniers à des lieues à la ronde. Pourquoi vous faut-il absolument porter cette chaussure-*là* ?

Gwendolyn redressa une des plumes de son chapeau d'un geste farouche.

— Parce que cette chaussure est spéciale. Le chien a sans doute reçu des instructions de son maître. Il avait une bonne raison pour la cacher.

— Des instructions ? s'exclama Humphrey, exaspéré. Vous pensez que Stratfield s'est mis à porter des chaussures de femmes, dans l'au-delà ?

— Non, mais il veut sans doute m'envoyer un message.

— Un message ? répéta son mari, abasourdi. Avec une chaussure ?

— Oui. Cette chaussure représente probablement le pas que Stratfield désire me voir faire pour lui venir en aide.

Sir Humphrey leva les bras au ciel.

— C'est moi qui ai besoin d'aide !

À cet instant, Pamela passa la tête dans l'entrebâillement de la porte.

— Nous allons être en retard à l'église. Dépêchez-vous.

Chloé ne put réprimer un sourire. Pamela était une lève-tard, qui cherchait toujours un prétexte pour ne pas aller à la messe le dimanche. Ce brusque changement d'attitude ne pouvait signifier qu'une chose : il y avait anguille sous roche. Pamela espérait certainement retrouver Charles à l'église pour prolonger le flirt qui avait commencé la veille, pendant le bal. Chloé éprouva un léger pincement d'envie. Elle ne saurait jamais à quoi ressemblait une cour normale, avec un soupirant qui vous lance des regards langoureux de l'autre côté de la nef.

Non. Tout ce à quoi elle avait droit, c'était à un bandit de grand chemin qui l'enlevait pendant le bal pour une rencontre illicite. Ce qui, après tout, lui paraissait aussi très romantique. Elle n'arrivait pas à croire qu'ils aient pu danser ensemble, puis faire ensuite l'amour avec une telle passion. Et cependant, elle sentait encore le poids de son corps sur le sien, ses mains hardies et douces à la fois.

— Nous cherchons la chaussure de ta mère, annonça sir Humphrey d'un ton sec. Elle refuse de quitter la maison sans ce maudit soulier.

— Je viens de le voir dans l'escalier, fit Pamela. Vite, maman. Nous allons être en retard.

Chloé s'approcha de la fenêtre et contempla le jardin. Seigneur, où était Dominic ? Que faisait-il ? Elle aurait dû lui en vouloir de l'avoir mise dans une telle situation. Même si elle décidait d'appeler ses frères à la rescousse, le message ne les atteindrait sans doute pas assez vite pour qu'ils puissent le sauver.

— Tu viens, Chloé ?

La voix de son oncle la tira de ses réflexions. Ils étaient seuls dans le salon tandis que l'attelage approchait.

— J'arrive, mon oncle.

— Tu as vu quelque chose d'intéressant dans le parc ? s'enquit-il calmement.

Elle parvint à esquisser un pâle sourire.

— Non, rien. Tante Gwendolyn a-t-elle enfin retrouvé sa chaussure ?

Il la dévisagea d'un air soucieux.

— Tu es dans les nuages, ce matin. Pamela vient de nous apprendre que la chaussure était dans l'escalier. Tu n'as pas entendu ?

Elle passa devant lui en évitant son regard. Il la connaissait mieux que personne, dans cette maison. Et Dominic occupant toutes ses pensées, elle devait avoir l'air plus que distraite.

— Venez, fit-elle. Allons subir le sermon du pasteur.

Il lui tapota légèrement l'épaule au passage.

— Chloé, mon enfant. Si jamais tu as besoin d'aide, je serai toujours là.

Oncle Humphrey impliqué dans une sordide affaire de meurtre ? Cette pensée lui arracha un sourire. Mais elle regrettait que son secret ait élevé un mur entre eux.

— Merci, oncle Humphrey, murmura-t-elle. Je ne mérite pas une telle gentillesse.

Les paroissiens alignés sur les bancs semblaient comme assommés. Visiblement, ils ne s'étaient pas encore remis des réjouissances de la veille. Il n'était certes pas rare que certains s'endorment pendant le sermon. Celui-ci était généralement rythmé par les vigoureux coups de poing du pasteur sur la chaire d'acajou, et par les ronflements qui s'élevaient ici ou là dans l'assemblée

Chloé fut totalement incapable de se concentrer sur les paroles du pasteur Grimsby, bien qu'elle soupçonnât que son long sermon sur la vertu lui était tout spécialement destiné.

Eh bien, il arrivait trop tard, songea-t-elle sans le moindre remords.

Elle se mit à jouer avec les boutons d'onyx de ses gants, tandis que les minutes s'écoulaient avec lenteur. Quelque part au fond de l'église, un petit garçon s'impatienta, ce qui lui valut une vive réprimande de sa mère. Seigneur! Et si elle était enceinte? Si cela arrivait, ses frères traîneraient sans doute Dominic par la peau du cou jusqu'à l'autel. Et elle ne s'y opposerait pas. Quoiqu'elle n'ait aucune raison de penser que Dominic ne s'y rendrait pas de son plein gré.

— Quelque chose ne va pas? chuchota Pamela, alors qu'elles s'agenouillaient pour prier.

Chloé leva les yeux. Elle venait juste de se rendre compte que ni Adrien ni sir Edgar n'assistaient à l'office. Mais cela n'aurait pas dû la surprendre.

— Pourquoi cette question?

— Tu n'arrêtes pas de t'agiter et de soupirer.

Chloé devait admettre que quelque chose n'allait pas, en effet. Elle était là, agenouillée dans une église, la tête penchée dans une attitude pieuse, priant pour l'âme d'un homme qui l'avait séduite sur le sol d'une pièce obscure moins de vingt-quatre heures auparavant.

Elle aurait dû prier pour obtenir le pardon. Ou pour que sa famille ne découvre jamais ce qu'elle avait fait.

Mais non. Elle priait pour que Dominic reste en vie afin de continuer à la séduire. Et finisse par l'épouser.

Il lui avait promis de revenir, n'est-ce pas?

Elle changea de position. Elle avait froid. L'anxiété et le manque de sommeil, sans doute. Combien de temps encore le pasteur Grimsby allait-il prier? Il avait dû faire le tour de tous les péchés au moins deux fois.

La prière s'acheva enfin, et elle se rassit.

— Chloé, reprit sa cousine en la poussant du coude. Tu veux que je te dise quelque chose?

Oui. Elle voulait qu'elle lui dise si elle trouverait Dominic dans sa chambre en rentrant à la maison. Et si Edgar finirait par payer pour tout le mal qu'il avait fait.

— Quoi?

— Je t'ai emprunté ton corset.

Chloé se redressa légèrement, et jeta un regard oblique à Pamela.

— Oh ? Il va y avoir un nouveau bal ?

Pamela s'empourpra sous ses taches de rousseur.

— Non. Je le porte en ce moment même.

— Eh bien, quelle coquine tu fais !

— C'est toi qui m'en as donné l'idée.

— Moi ?

— Tu ne te rappelles pas ? Tu m'as conseillé de le porter pour aller à l'église. Tu trouves qu'il me va bien ?

— C'est difficile à dire, avec ton spencer.

— Oh, bon, fit Pamela en se tortillant sur son siège. Tu veux que je te dise autre chose ? ajouta-t-elle à voix basse.

— Pourquoi pas ? C'est sûrement plus intéressant que le sermon du pasteur.

— Justin va se marier avec l'héritière de la famille Seymour. C'est son frère qui me l'a appris hier soir. Je suis désolée pour toi, Chloé.

— Ainsi va la vie, Pamela.

— Tu n'as pas de chagrin ?

— À cause de Justin ? Non. Je ne me vois pas épouser un homme qui tape du pied pour obtenir ce qu'il veut. J'aurais l'impression de me marier avec mon premier poney.

— J'ai pensé à autre chose, souffla Pamela.

Sa mère leur décocha un regard sévère.

— Cessez ces bavardages, mesdemoiselles.

— À quoi ? murmura Chloé en se penchant vers sa cousine.

Le pasteur Grimsby ponctua la conclusion de son sermon par un retentissant coup de poing, à quoi les ouailles répondirent par un soupir de soulagement.

— Toutes les dames de la paroisse espéraient que lord Wolverton viendrait à l'église ce matin, afin de voir à quoi il ressemble en plein jour. Mais je suppose qu'il avait des projets plus grandioses pour aujourd'hui.

Chloé s'efforça de sourire. Des projets plus grandioses…

— Je suppose, oui, murmura-t-elle.

Durant le service, le ciel s'était chargé de gros nuages gris, et lorsque les fidèles sortirent de l'église, l'air résonnait du cri des corbeaux dans les champs environnants. La remarque de Pamela avait fait chuter le moral de Chloé, et ses paroles tournaient dans sa tête telle une litanie de sinistre présage.

Des projets plus grandioses.

Quels projets grandioses Adrien pouvait-il avoir par une journée aussi paisible ? Certainement pas d'affronter Edgar en compagnie de Dominic. Leur rencontre aurait sûrement lieu à la nuit tombée… Pas un dimanche matin, alors que le village entier était rassemblé devant l'église.

Tante Gwendolyn expliquait à qui voulait l'entendre que la disparition de sa chaussure avait un sens caché.

Chloé sentit son cœur faire un bond dans sa poitrine tandis qu'une évidence s'imposait brusquement à elle : *Tout le monde* se trouvait devant l'église – domestiques et aristocrates, jeunes et vieux –, ce qui signifiait que s'il se passait quoi que ce soit à Stratfield Hall, il n'y aurait aucun témoin.

« Mon Dieu, c'est en ce moment ! comprit-elle en tournant les yeux vers la route. Pendant que je suis là, comme une gourde, à écouter ma tante radoter au sujet de sa chaussure ensorcelée, ils sont face à face. »

Son oncle choisit cet instant pour s'approcher d'elle, la mine inquiète.

— Qu'y a-t-il ?

— Je…

Elle secoua la tête, partagée entre le besoin instinctif de se confier et la promesse qu'elle avait faite à Dominic.

— Je ne peux pas vous le dire.

— Parle, je t'en supplie, la pressa son oncle à voix basse. Je sais qu'il est vivant.

— Quoi ? fit-elle en blêmissant.

— Je sais que Stratfield a survécu à ses blessures. Et je crois savoir aussi qui a voulu le tuer. Ce que j'ignore, c'est comment, *toi,* tu as réussi à entrer en contact avec lui, Chloé. Ta tante surveillait toutes tes allées et venues. Comment as-tu fait pour te lier avec cet homme sans quitter ta chambre ?

Chloé contempla d'un air malheureux les croix de taille inégale alignées dans le petit cimetière campagnard.

— Cela paraît impossible, n'est-ce pas ?

— Comment as-tu fait ?

— Eh bien... il est pour ainsi dire tombé du ciel.

— Tombé ? Explique-toi.

— Tombé dans la malle de sous-vêtements qu'on m'a envoyée de Londres. Voilà, vous savez tout. Ce n'était pas un calcul de sa part. Quant à moi, j'étais tranquillement assise dans ma chambre, bien décidée à racheter mes écarts de conduite...

— Dans ta *chambre* ! s'exclama son oncle en se frappant le front. J'aurais dû m'en douter. Ce n'était pas Devon, n'est-ce pas ? C'était Stratfield. Tu... Oh, comment as-tu pu, Chloé ?

— Allons-nous demeurer ici toute la journée, à épiloguer sur ma conduite ? s'écria-t-elle. Alors que Dominic est en ce moment même avec Edgar ?

Humphrey lui prit le bras.

— Non. Je te réprimanderai en chemin.

Tandis qu'ils passaient devant Pamela et ses amies, celles-ci décochèrent à Chloé des regards de sympathie, supposant qu'elle s'était une fois de plus attiré des ennuis et...

— Pourquoi ne prenons-nous pas la voiture, oncle Humphrey ? risqua-t-elle.

— Parce que ta tante ne fera pas le chemin à pied, avec sa maudite chaussure hantée. Voilà pourquoi. Du reste, je connais un raccourci.

— Ne devrions-nous pas la prévenir que nous rentrons ? fit Chloé en lançant un regard par-dessus son épaule

— Et lui gâcher son effet, alors qu'elle expose sa théorie sur la chaussure magique ? Certainement pas. Je vais demander au cocher de la ramener à la maison avec Pamela. Attends-moi ici.

Chloé demeura seule dans l'allée, tandis qu'il se dirigeait au pas de charge vers les attelages rangés à la queue leu leu le long de la route. Au loin, on distinguait la cime des arbres qui entouraient Stratfield Hall.

Dominic devait avoir planifié sa vengeance jusque dans le moindre détail. Il savait qu'il ne pouvait affronter Edgar la nuit. Les domestiques risquaient d'entendre les éclats de voix ou un éventuel coup de feu. Non, il avait choisi à dessein le dimanche matin, parce que tout le monde serait à l'église.

— Bien, dit Humphrey, un peu hors d'haleine, en la rejoignant. Dépêchons-nous de partir avant que quelqu'un ait la mauvaise idée de nous tenir compagnie.

Chloé aligna son pas sur le sien.

— Qu'allons-nous faire ?

— Toi, rien, répliqua-t-il, les lèvres pincées. Tu en as assez fait comme ça. Je frémis à l'idée de devoir expliquer cette affaire à ta tante. Sans parler du reste de la famille.

Chloé sentit son sang se figer.

— Est-il vraiment indispensable qu'ils soient au courant ?

— Je crains que tu n'aies dépassé les bornes, cette fois-ci, Chloé. Il ne s'agit plus d'un simple baiser échangé dans un parc.

— Autant me passer la corde autour du cou, déclara-t-elle sombrement. Ou me jeter dans un bateau en partance pour les colonies.

— Les colonies ne sauraient sans doute pas quoi faire de toi.

— Oncle Humphrey, reprit-elle, au désespoir, je pensais que *vous,* au moins, vous comprendriez. Je n'ai fait que ce que je devais faire.

Son oncle décapita un bouquet de champignons d'un coup de canne.

— Tu aurais pu me demander conseil, Chloé.
— Il aurait refusé.
— Pourtant, il a accepté ton aide, non ?
— Non, il n'en voulait pas non plus. Mais quand j'ai découvert que la mort de Brandon...
— Brandon ?
— Dominic soupçonne sir Edgar d'avoir commandité l'assassinat de Brandon et de Samuel parce que ceux-ci détenaient la preuve qu'il avait vendu des renseignements aux Français. Edgar serait le responsable direct de l'embuscade dans laquelle ils ont trouvé la mort.
— Seigneur...
— C'est un homme d'autant plus dangereux qu'il est totalement dénué de scrupules, oncle Humphrey.
— Dominic... marmonna son oncle en secouant la tête d'un air consterné. Tu l'appelles par son prénom, maintenant ?
— Comment avez-vous compris qu'il était vivant, oncle Humphrey ?
— J'en ai discuté avec Finley, son garde-chasse. Je trouvais depuis le début que les circonstances de sa mort n'étaient pas aussi évidentes qu'elles le paraissaient. Finley était d'accord avec moi. En outre, nous étions tous deux d'avis que ce n'était pas un braconnier qui hantait les bois autour du domaine.
— *Hanter* est le mot qui convient.
— À la suite de notre conversation, Finley a mené sa petite enquête, la nuit, dans la maison. Il a découvert que son maître était vivant, mais pour rien au monde il ne l'aurait trahi.
— Ce que son oncle n'a pas hésité à faire.
— Oui. Mais cela n'excuse pas pour autant ta conduite ! ajouta-t-il en lui décochant un regard furibond.
Chloé ne répondit pas. Elle était là, à tenter de se défendre contre les accusations de son oncle, alors que Dominic était peut-être en train de risquer sa vie !
— Je pensais que nous nous comprenions, Chloé, reprit-il. Que tu t'étais assagie, et que tu voulais racheter tes erreurs.

— Je le pensais aussi, oncle Humphrey.

— Et tu as cru que cacher un homme dans ta chambre était le meilleur moyen d'y parvenir ?

23

Toute la nuit, Dominic avait joué au chat et à la souris avec Edgar. Semant des indices les uns après les autres, il avait tracé un chemin qui partait de sa chambre, menait au passage secret dans la longue galerie, traversait les étroits tunnels qui sillonnaient les sous-sols avant d'aboutir à la cave dans laquelle il avait ruminé sa vengeance.

Aujourd'hui, en cette paisible matinée de dimanche, le jeu allait prendre fin. Le domaine était désert. Seuls les cygnes noirs glissant sur les eaux plates du lac seraient témoins des événements. Les voisins étaient partis de bon matin à l'église. L'intarissable pasteur devait à peine commencer son sermon.

Il imagina Chloé s'agitant sur son banc, peut-être même flirtant avec ce crétin de Justin pour tromper son ennui. Dominic l'avait vue de loin, monter dans l'attelage avec sa famille. La voiture n'était pas encore revenue. Il pouvait donc agir sans crainte, la sachant en sécurité avec les siens.

Adrien montait la garde dans le pavillon.

Edgar était à présent si proche que Dominic entendait sa respiration. Il sentit les vibrations de ses pas dans l'escalier secret qui menait à sa cachette.

— Où es-tu, bon sang ? marmonna son oncle dans l'obscurité. Montre-toi donc, et réglons cette affaire au grand jour.

— Pourquoi ? répliqua Dominic tranquillement. N'as-tu pas agi dans l'ombre durant des années pour détruire tant de vies ?

Il perçut l'hésitation d'Edgar, devina qu'il fouillait l'obscurité du regard dans l'espoir de le localiser.

— Qu'est-ce que c'est que ces sottises, Dominic ? Pourquoi te caches-tu ?

— Je ne me cache pas, Edgar. J'attends simplement que mon invité arrive.

— Pourquoi ?

— Je veux te laisser une chance de t'expliquer. De nier ce que nous savons tous les deux.

Edgar hésita de nouveau, puis répliqua d'un ton rude :

— Je ne nie rien.

— Dénonce-toi. Sinon, je te livrerai moi-même à la justice.

Edgar eut un rire forcé et descendit une marche supplémentaire.

— Le pistolet est bien plus efficace que le poignard ! lança-t-il. J'aurais dû m'en servir la première fois.

Dominic, qui était resté accroupi dans un coin, se redressa lentement.

— De quelle utilité peut être un pistolet qui a été saboté, Edgar ?

— Mes pistolets étaient sous clé, rétorqua son oncle d'une voix tremblante de fureur.

— Dans *mon* bureau. Aurais-tu oublié que tu n'es qu'un intrus dans cette maison ? Un invité indésirable.

Dans un accès de rage et de panique, Edgar pointa le pistolet devant lui et appuya sur la détente. Comme le coup ne partait pas, il jeta l'arme au loin.

— Tu as perdu l'esprit, Dominic ! Seul un dément choisirait de se terrer dans les sous-sols de sa propre demeure. Je devrais te faire enfermer. Après tout, c'est toi qui as mis en scène ton propre meurtre, afin de séduire les femmes du village dans leur sommeil. Tu es fou à lier !

— C'est sans doute un trait de famille que nous partageons.

— Va au diable !

Dominic éclata de rire.

— Où crois-tu que nous soyons, sinon en enfer ?

— J'aurais dû t'arracher le cœur, ce soir-là.

— Et le garder dans un coffret, sous ton oreiller ? suggéra Dominic d'une voix détachée. Qui t'a rendu visite la nuit dernière, Edgar ? Qui t'a aidé à trahir ton pays ?

Il n'obtint pas de réponse.

— Je sais pour quelle raison tu as fait tuer Samuel et Brandon.

— Ils le savaient aussi, mais ça ne les a pas aidés, riposta Edgar avec mépris.

— Combien de personnes étaient impliquées dans ce trafic ?

Edgar eut un rire amer.

— À quoi cela te servirait-il de le savoir ? Tu penses pouvoir conquérir le monde avec tes amis les Boscastle ? Ton frère croyait que Brandon Boscastle le protégerait. Mais ils sont morts tous les deux.

Dominic ne se laissa pas troubler par le sarcasme. Edgar paierait aussi pour cela. Il était plus que jamais déterminé à le livrer à la justice.

— J'espérais que tu te dénoncerais, Edgar.

— Plutôt mourir… avec toi.

— Fort bien. Réglons cela sur-le-champ. Attrape !

Dominic lança une épée devant lui.

— Ce sera notre dernière leçon. Tu te rappelles nos séances d'entraînement ? Tu me faisais combattre les yeux bandés. Excellente discipline, qui va m'être fort utile aujourd'hui.

Edgar avait levé la main instinctivement pour agripper l'épée. Il poussa un juron.

— Tu espères vraiment me battre ? fit-il d'un ton hautain, en descendant les dernières marches. Rappelle-toi que c'est *moi* qui t'ai appris tout ce que tu sais, Dominic. Je connais tes faiblesses, tes points vulnérables.

Dominic tira son épée.

— On se bat autant avec sa tête qu'avec son corps, c'est bien ce que tu me disais, non ?

— Je suis flatté que tu t'en souviennes.

Avec une agilité née d'une longue pratique, Edgar se lança en avant, puis dégagea le fer vers l'intérieur.

— Le problème, enchaîna-t-il, c'est que j'ai étudié de nouvelles techniques depuis nos dernières leçons.

— Montre-moi, je t'en prie.

Edgar contourna la silhouette sombre qui lui faisait face. Il avait été maître d'armes à Paris, autrefois. Dominic le soupçonnait d'avoir établi des liens avec l'ennemi à cette époque.

— Samuel aussi était convaincu de pouvoir avoir le dessus. Sais-tu exactement comment il est mort ?

Dominic ne flancha pas. Aucune manipulation mentale ou émotionnelle n'aurait pu briser sa concentration. Il était sorti de la tombe pour vivre ce moment. Il était resté caché dans ce trou à rats pendant des semaines, imaginant en détail la scène qui se déroulait à présent. Il avait prévu chacun de ses mouvements, s'était préparé à toutes les éventualités.

Rien n'aurait pu le distraire. Pas même la description de l'embuscade dans laquelle Samuel était tombé, ou de la façon abjecte dont il était mort. Les railleries d'Edgar glissaient sur lui telles des gouttes d'eau sur la pierre. Son cœur demeurait hors d'atteinte.

— Sais-tu dans quel état était son corps quand on l'a retrouvé, Dominic ? poursuivit son oncle tout en se fendant en avant.

— Tu ferais mieux de t'inquiéter de l'état dans lequel sera le tien quand nous en aurons terminé, répliqua Dominic.

Edgar s'était déshabillé, ne gardant que sa chemise, son pantalon et ses bottes. Il n'avait pas fermé l'œil de la nuit. Des heures durant, il avait recueilli les indices qui confirmaient ce que les habitants de Chistlebury ne cessaient d'affirmer.

Stratfield hantait sa propre demeure. Son esprit ne trouverait pas le repos tant qu'il n'aurait pas puni son assassin.

Bien sûr, ce que les villageois ignoraient, c'était que Dominic n'avait jamais perdu la vie. Edgar n'avait pas assisté à son enterrement, car il avait déjà regagné le pays de Galles à ce moment-là. Sa présence aux obsèques de son neveu aurait pu éveiller les soupçons. Il avait donc supposé, à tort, que le coup de poignard qu'il avait assené à Dominic avait été fatal.

Mais cette canaille avait refusé de mourir ! Contrairement à ses deux frères qui avaient eu l'obligeance de disparaître. Michael, dans un accident dont Edgar n'était nullement responsable. Samuel, sous les coups des assassins qu'il avait engagés au Népal.

C'était dans un Portugal ravagé par la guerre que Samuel, qui n'était à l'époque qu'un jeune soldat sans expérience, avait découvert que son oncle vendait des secrets militaires aux Français. Un matin, Samuel et son jeune ami lord Brandon Boscastle l'avaient suivi dans une petite église de village et surpris en grande conversation avec un prêtre portugais qui travaillait pour l'armée française.

Ce jour-là, les deux jeunes gens l'avaient sommé de s'expliquer sur cette rencontre.

Edgar avait alors avoué que sa famille descendait d'une longue lignée de catholiques romains. Il ne pratiquait pas ouvertement cette religion. En fait, il s'était converti à l'Église anglicane afin d'entrer dans l'armée. Mais, dans un moment de faiblesse, il s'était dit que quelques prières ne feraient de mal à personne. Samuel pouvait le comprendre, puisque, étant son neveu, il était lui aussi issu d'une famille catholique.

L'explication était plausible.

Samuel et Brandon avaient paru gober son histoire, et ne lui avaient plus jamais posé de questions. Quelques années plus tard, lorsque Edgar avait démissionné de son poste dans l'armée pour intégrer la Compagnie des Indes orientales, les deux jeunes gens avides d'aventures avaient demandé à le suivre.

Edgar n'avait pas imaginé un seul instant que les deux jeunes gens avaient été mandatés par les services secrets britanniques afin de l'espionner. Ils étaient chargés d'apporter la preuve qu'il avait vendu des renseignements aux Français par dépit, après qu'on lui eut refusé une promotion qu'il croyait mériter.

C'était un jeune noble sans expérience qui, étant dans les bonnes grâces de Wellington, avait obtenu le poste qu'Edgar convoitait. Toutes les années qu'il avait consacrées à l'armée n'avaient absolument pas été prises en compte.

À présent, avec la mort de Dominic, Edgar était enfin sur le point d'obtenir tout ce qu'il méritait. Un titre, des terres, des richesses. Par Dieu, il avait dû *tuer* les membres de sa propre famille pour en arriver là.

Il ne verrait aucun inconvénient à tuer Dominic une seconde fois.

24

Chloé et son oncle atteignirent le vieux mur de pierre qui délimitait le domaine de Stratfield en moins de vingt minutes. Le souffle court, elle scruta l'élégante demeure élisabéthaine. Celle-ci formait un décor trop paisible pour un affrontement aussi violent que celui qu'elle redoutait. Aucun mouvement derrière les fenêtres, pas la moindre volute de fumée s'échappant des cheminées. Aucun signe de vie. Soudain, son cœur lui parut de plomb dans sa poitrine.

— Qu'allons-nous faire ? demanda-t-elle à son oncle en poussant la grille de fer forgé.

Celle-ci, constata-t-elle, était fermée par une chaîne.

— Je te l'ai déjà dit, il n'est pas question que tu te mêles de quoi que ce soit, répliqua sir Humphrey. Attends-moi ici, dans le pavillon, pendant que je vais jeter un coup d'œil à l'intérieur.

— Mais le portail est fermé.

Sir Humphrey tapa de sa canne contre les barreaux.

— Finley ! Ouvrez, Finley, c'est urgent ! Il faut que vous me laissiez entrer.

La porte du pavillon s'ouvrit. Mais au lieu du garde-chasse irlandais, ce fut Adrien Ruxley qui s'encadra sur le seuil.

— Calmez-vous, sir Humphrey, dit-il en s'avançant vers le portail. Vous faites un raffut à réveiller les morts.

Chloé croisa son regard tranquille, et sentit l'espoir renaître. Il semblait fort peu inquiet. Cela signifiait-il que Dominic allait bien ? Que sa confrontation avec Edgar n'avait pas aussi mal tourné qu'elle le craignait ?

— Lord Wolverton, reprit Humphrey d'une voix pressante, vous ne resteriez pas là à plaisanter si vous connaissiez la gravité de la situation.

— Je la connais fort bien, répondit Adrien.

Sir Humphrey dévisagea le jeune homme.

— Dans ce cas, pourquoi n'êtes-vous pas au côté de Stratfield ? s'étonna-t-il.

Adrien tira une lourde clé en bronze de sa poche.

— Parce que je lui ai promis de ne pas intervenir.

— Moi aussi, je le lui ai promis, déclara Chloé d'une voix blanche. Mais apparemment, cet idiot se croit immortel. Ce n'est pas parce qu'il a échappé une fois à la mort que cela se reproduira. Il ne faut pas tenter le diable.

— Cette fois, c'est différent.

Adrien observa la jeune femme. Tous deux connaissaient des aspects différents de la personnalité de Dominic. Sa force, et sa vulnérabilité.

— Cette fois Dominic n'est pas en position de faiblesse, continua-t-il. Il a préparé cette confrontation avec le même soin qu'Edgar avait apporté à la préparation de ses crimes.

Chloé s'efforça de voir dans ces propos des raisons d'espérer. La confiance qu'affichait Adrien avait quelque chose de rassurant. Elle aurait aimé la partager totalement, mais elle savait qu'elle ne respirerait pas librement tant qu'elle n'aurait pas vu Dominic de ses propres yeux.

Une fois de plus, Adrien lui apparut comme un allié de poids. Il était bâti en athlète, avait mené de farouches combats dans des pays lointains. C'était le genre d'homme sur lequel on se retournait dans les réceptions londoniennes. Loin de le desservir, les rumeurs qui couraient à son sujet lui vaudraient sans doute l'admiration des hommes comme des femmes, songea-t-elle.

Elle discernait cependant dans ses prunelles noisette une douceur qui n'avait rien à voir avec son passé, et qui faisait oublier les sombres histoires qui l'entouraient.

— Je me moque de ce que nous lui avons promis, déclara-t-elle alors qu'il entrouvrait le portail pour la laisser entrer. Il faut au moins vous assurer qu'il n'a pas besoin d'aide. Edgar est un homme acculé. Quand il verra que ses manigances ont été découvertes, il comprendra qu'il n'a plus rien à perdre, et se battra jusqu'à la mort.

— Moi, je n'ai fait aucune promesse à Stratfield, déclara sir Humphrey d'un ton ferme. Laissez-moi passer, lord Wolverton. Il est de mon devoir de venir en aide à mon voisin dans les moments de crise.

Adrien eut un bref instant d'hésitation. Il jeta un coup d'œil à la maison avant de s'effacer pour permettre à sir Humphrey de franchir le portail. Il y avait une telle incertitude dans son regard que Chloé éprouva de nouveau l'envie d'intervenir. Tout n'était pas perdu. Adrien n'aurait pas eu cette expression si cela avait été le cas.

— Soyez prudent, oncle Humphrey, murmura-t-elle, le cœur serré. Je ne peux supporter l'idée qu'il leur arrive malheur à l'un ou à l'autre, ajouta-t-elle à l'adresse d'Adrien.

Celui-ci l'étudia un instant en silence, puis secoua la tête comme pour admettre sa défaite.

— J'accepte d'accompagner votre oncle pour le protéger. Mais si Dominic pense que je n'ai pas tenu ma promesse, il ne me le pardonnera jamais.

— Merci, souffla Chloé, les yeux fixés sur la maison qui se détachait au fond du parc.

Il fallait qu'elle trouve le moyen de pénétrer à l'intérieur. Qu'elle soit là, au cas où Dominic aurait besoin d'elle. Adrien lui prit le poignet.

— Finley a disparu. Il était censé faire le guet devant le pavillon, mais je ne l'ai pas revu depuis un bon moment. J'ai cru que c'était lui qui revenait quand vous êtes arrivés.

— Je peux essayer de le retrouver, suggéra-t-elle en soutenant son regard.

— Dominic ne voudrait pas que vous preniez un tel risque.

— Moi non plus, renchérit son oncle. Je préfère que tu attendes dans le pavillon, Chloé.

— Faites ce que vous avez à faire, et ne vous inquiétez pas pour moi.

Attendre ? Non, elle ne pouvait pas attendre. Encore moins à l'extérieur de la maison. En revanche, elle pouvait essayer de mettre la main sur Finley, et l'envoyer à la rescousse. Non qu'elle désirât particulièrement se retrouver nez à nez avec Edgar, et dévoiler ainsi le rôle qu'elle avait joué dans tout ceci, mais elle voulait s'assurer que ce gredin ne ferait plus jamais de mal à ceux qu'elle aimait.

Et elle aimait Dominic.

Elle empoigna le bas de sa robe, et s'élança en direction de la maison. Sans ralentir l'allure, elle gravit les marches de pierre du perron et pénétra dans le vaste hall lambrissé de chêne sombre. Celui-ci était aussi vide et silencieux qu'un tombeau.

— Finley ? chuchota-t-elle en pivotant sur ses talons comme la porte d'entrée grinçait derrière elle.

Mais il n'y avait personne.

Elle avança à pas feutrés vers la large cheminée et ramassa le tisonnier posé près de l'âtre.

— Qui est là ?

Pas de réponse.

Elle retraversa le hall, et étouffa un cri en trébuchant sur une cape de laine brune étalée sur le sol. Elle baissa les yeux, et réprima un haut-le-cœur. Une petite flaque de sang se détachait sur le dallage clair.

Elle reconnut la cape du garde-chasse. Que lui était-il arrivé ? Avait-il essayé de porter secours à Dominic ?

— Où êtes...

Elle reçut une forte poussée contre les jambes et fit volte-face en brandissant le tisonnier. Un gros chien roux reniflait le sol.

— Bon sang, Arès, tu m'as fait une de ces peurs ! s'exclama-t-elle. C'était toi, derrière la porte ! Viens. Montre-moi que tu as mérité toutes les saucisses que tu as dévorées à Dewhurst Manor. Aide-moi à retrouver Dominic et Finley.

Le chien se dirigea droit vers la bibliothèque. Il n'y avait plus de traces de sang sur le sol. En revanche, elle devina que la cachette que Dominic lui avait montrée n'était certainement pas la seule dont il disposait dans cette vaste demeure.

En toute logique, la bibliothèque devait en abriter une autre ; après tout, c'était un lieu où un homme pouvait se retirer et demeurer seul pendant des heures. Du reste, la porte était ouverte. Une odeur agréable flottait dans la pièce, le parfum du cognac se mêlant à celui du cuir qui recouvrait les livres. La pièce était obscure, car de lourdes tentures empêchaient la lumière du jour de pénétrer à l'intérieur.

Des papiers étaient éparpillés sur le sol, une chaise renversée, comme si une bagarre avait eu lieu.

— Dominic ? appela-t-elle à mi-voix. Finley… êtes-vous là ?

Elle fit le tour de la pièce du regard. Arès passa devant elle, le nez collé au sol, comme s'il suivait une piste.

— Trouve-les, ordonna-t-elle en resserrant les doigts sur le tisonnier.

Le chien passa devant la cheminée sans ralentir, et se dirigea vers une étagère d'angle, avant de disparaître à l'intérieur du mur.

Une porte dérobée s'ouvrait dans le panneau de chêne. Chloé suivit le chien dans le souterrain.

— Dominic ? chuchota-t-elle en écarquillant les yeux pour percer les ténèbres.

Une main rude, aux doigts calleux, s'enroula autour de sa cheville. Elle poussa un cri aigu, et plongea en avant. Par chance, sa chute fut interrompue par une poutre à laquelle son épaule se heurta. Elle se rétablit tant bien que mal, et entendit Arès pousser un gémissement plaintif, quelque part dans l'obscurité.

Devant elle, au pied de trois marches de bois, un homme émit un grognement sourd. Elle s'accroupit près de lui, ôta la cravate qu'on lui avait fourrée dans la bouche pour l'empêcher de crier.

— Finley ! s'exclama-t-elle comme il se redressait. Que s'est-il passé ? Où est lord Stratfield ?

— Mon poignard est là-bas, dans l'angle. Prenez-le pour couper mes liens. Sir Edgar m'a vu me glisser dans le souterrain et m'a attaqué par surprise. Ça ne se reproduira pas, je vous le garantis !

Chloé chercha le poignard à tâtons sur le sol de terre battue.

— Où est lord Stratfield ? répéta-t-elle.

— Dans le repaire des contrebandiers. Je l'ai entendu aller et venir, mais j'étais ligoté ici. Dépêchez-vous, lady Chloé, tranchez ces cordes.

25

L'oncle et le neveu tournaient en rond dans la pénombre, s'appuyant sur leur intuition, leur entraînement, leur instinct. Plus de dix ans avaient passé depuis l'époque où ils croisaient le fer dans le salon, ou s'amusaient à pourchasser ensemble les brigands de Soho. Toutes les règles du duel traditionnel oubliées, ils ferraillaient en ne se fiant qu'à leurs réflexes et à leur force physique. Autrefois, Dominic avait mis un point d'honneur à impressionner son oncle par son habileté, espérant obtenir un compliment à la fin de la leçon.

Aujourd'hui, il ne se battait que dans un seul but : vaincre l'homme qu'il avait admiré et qui avait trahi les liens du sang.

Il sentit le moment où son oncle commença à se fatiguer, à donner des signes de faiblesse. Edgar s'était lancé dans un assaut qui aurait dû être le dernier. Mais Dominic, anticipant le coup, avait habilement tourné la garde pour se protéger.

— Pas mal, murmura Edgar. Mais dis-moi, tu es sûr de ne pas pouvoir faire mieux ?

Semblant sortir de nulle part, la lame d'Edgar érafla la peau de Dominic à la base du cou. D'un bond de côté, ce dernier évita de justesse d'être plus gravement blessé.

Toutefois, cela suffit pour déstabiliser Edgar un bref instant, ce qui permit à Dominic de revenir à l'assaut.

Il plongea brusquement en avant, et sentit le souffle de son oncle s'accélérer. Ce dernier avait compris qu'il avait perdu la partie.

— Tu as toujours été mon neveu préféré, Dominic, avoua-t-il, la respiration saccadée.

— Cette préférence m'a envoyé en enfer.

— Il n'est... pas trop tard...

Dominic n'eut aucune hésitation. Projetant le pied gauche en avant, il attaqua. Sa lame s'enfonça dans la chair, déchirant les muscles de l'épaule d'Edgar, qui lâcha un juron sonore. Le coup n'était pas mortel, mais il suffisait à abattre un adversaire. Dominic recula, le front trempé de sueur.

— Voilà pour Samuel. Et pour Brandon. Les autorités décideront de ton sort. Tu répondras de tous tes crimes. Estime-toi heureux que je ne t'aie pas tué, car cette idée m'a traversé l'esprit un instant.

Immobile, il réfléchit à ce qui venait de se passer. Il avait eu bel et bien l'intention de tuer Edgar. Au dernier moment, quelque chose l'avait retenu... un reste d'humanité.

Il entendit un bruit très léger, un mouvement inhabituel sur le lourd parquet, au-dessus de leur tête. Edgar lâcha son arme, vacilla sur ses jambes et tomba à genoux entre les bras du squelette enchaîné au mur. Dans sa chute, il arracha l'un des anneaux de fer fixés à la muraille.

Dominic alluma une bougie et contempla d'un œil morne la scène macabre. Lentement, son oncle s'affaissa sur le sol, entraînant le squelette avec lui dans la poussière. Le spectacle lui souleva le cœur. De même que tout ce qui l'avait conduit à cette ultime conclusion. Il avait fait ce qu'il avait à faire et, soudain, il se sentait vidé, sans énergie. Il n'avait plus qu'un désir : fuir cet endroit.

Il se dirigeait vers l'escalier lorsqu'un bruit étrange le fit s'arrêter net. Incrédule, il regarda par-dessus son épaule.

Le deuxième anneau venait de se détacher et, tandis que le squelette oscillait de droite à gauche, il y eut un cliquetis de chaînes à l'intérieur du mur, et une partie du plafond s'abattit dans un atroce grincement.

— Un piège… murmura-t-il, horrifié, en voyant une énorme quantité de pierres s'écrouler sur le corps inerte d'Edgar.

Des débris de ciment et de roche calcaire s'éparpillèrent dans le souterrain, soulevant des tourbillons de poussière. Aveuglé, suffoquant, Dominic se hâta de gravir les marches de crainte que le tunnel entier ne s'effondre sur lui.

La poussière retomba tel un linceul sur le corps d'Edgar, dont l'épée pointait hors des décombres, mais les poutres qui soutenaient encore les murs semblaient solides. En atteignant les dernières marches, Dominic ralentit et se retourna pour adresser un dernier adieu au baron.

— Eh bien, mon ami, nous voilà enfin délivrés. Nous avons partagé trop de confidences pour que je vous abandonne à votre triste sort. Vous méritez au moins une sépulture décente pour vous récompenser d'avoir écouté mes lamentations avec autant de patience. C'est d'ailleurs ce que je vous avais promis.

— C'est là que j'entre en scène !

Un rai de lumière pénétra dans le souterrain par l'ouverture dans le mur. Le visage de Finley apparut. Il sourit, visiblement soulagé de découvrir que son maître était sain et sauf.

— Il semble qu'il y ait un corps à transporter, monsieur ?

Dominic posa sur le garde-chasse un regard empreint de gratitude.

— Finley, vous ne pouviez mieux tomber ! Prenez grand soin du squelette, voulez-vous ? Le pauvre diable a souffert assez longtemps. Quant à mon oncle, il ne fera plus de mal à personne.

26

Chloé venait tout juste de quitter la bibliothèque en compagnie de Finley lorsqu'un grondement sourd leur parvint de l'intérieur même de la maison. C'était un bruit étrange, qui n'avait rien de naturel. Chloé imagina les portes de l'enfer s'ouvrant pour déverser une cascade de lave en fusion. Les battements de son cœur s'affolèrent, et elle grimpa quatre à quatre les marches qui menaient à la longue galerie. Finley la dépassa, mais Arès continua de trotter à ses côtés.

Ils n'étaient plus seuls.

Les domestiques de Stratfield Hall venaient de rentrer de l'office, et on entendait le cliquetis métallique des attelages qui franchissaient la grille. Dans quelques minutes, ils auraient repris leurs activités coutumières. L'intendante revêtirait son tablier, et viendrait demander à sir Edgar s'il préférait déjeuner dans la salle à manger ou dans son bureau.

À moins que l'imposture n'ait pris fin et qu'il ne soit plus en mesure d'usurper la place de Dominic. Chloé ne s'arrêta même pas pour reprendre haleine en atteignant le palier. Le soleil se déversait dans la galerie par les hautes fenêtres vitrées. Mais un silence oppressant régnait dans la demeure, plus inquiétant encore que le grondement qui l'avait précédé. L'entrée du passage secret était grande ouverte.

Chloé se rua vers le souterrain sombre.

Des pas retentirent derrière elle.

Sentant que quelque chose clochait, les domestiques avaient gravi l'escalier en hâte, en proie à une vive appréhension teintée d'indignation. L'assassin avait-il frappé de nouveau ? Sinon, pourquoi le portail du domaine était-il resté ouvert ? Et pourquoi Finley demeurait-il introuvable ?

Tous craignaient, sans oser l'avouer, de découvrir sir Edgar poignardé dans son lit, comme le précédent maître. Le majordome et les valets avaient pris la tête de la procession, les servantes et les femmes de chambre, armées de plumeaux et de balais, fermant la marche. C'est alors que, dominant les chuchotements effarés des domestiques, s'éleva une voix autoritaire.

Coiffée d'un chapeau orné de plumes et vêtue d'une pelisse brodée, lady Dewhurst se fraya un chemin jusqu'à Chloé. Sa fille, Pamela, la suivait, hors d'haleine, la main dans celle de son soupirant qui semblait quelque peu ahuri.

— Tante Gwendolyn ! s'exclama Chloé.

L'expression de sa tante était si sombre qu'elle se prépara au pire. Elle aurait préféré que celle-ci découvre la vérité dans d'autres circonstances.

— Que faites-vous ici ? hasarda-t-elle.

Gwendolyn jeta un coup d'œil derrière sa nièce.

— Je devrais te poser la même question. Ainsi qu'à mon mari. Où est-il, ce gredin ?

— Quel gredin ?

— Ne joue pas les innocentes, jeune fille. Je ne suis pas complètement idiote. J'ai demandé à Pamela de me dire ce que tout le monde me cachait. Voilà pourquoi je suis ici.

Chloé lança un regard désemparé à sa cousine. Cette dernière esquissa une pantomime incompréhensible dans le dos de sa mère.

— Vous êtes venue parce que… parce que… j'ai prêté mon scandaleux corset à Pamela ?

Gwendolyn pivota sur elle-même, et plissa les yeux pour examiner la silhouette de sa fille.

— Quel corset ?

Pamela secoua la tête.

— Je ne sais pas de quoi vous parlez.

Chloé se rapprocha imperceptiblement de l'entrée du souterrain. Adrien, Finley et son oncle ne seraient pas restés aussi longtemps dans le tunnel si Dominic avait été blessé.

À moins qu'ils ne soient en train de soigner ses blessures. À moins qu'ils n'aient dû maîtriser Edgar et... Une myriade d'images insoutenables tourbillonna dans sa tête. Non ! Dominic allait gagner ! Cette fois, il avait l'avantage sur son oncle. Il avait eu des semaines pour se préparer. Il lui avait promis qu'il reviendrait, et c'était un homme de parole. Un homme déterminé. Son fantôme, son démon, son âme sœur.

Elle se figea tandis qu'un pas lourd résonnait dans le souterrain. Elle sut aussitôt que c'était lui. Tournoyant sur elle-même, elle fixa l'entrée obscure avec une impatience non dissimulée.

L'espace d'une terrible seconde, elle ne le reconnut pas.

Sa bouche s'entrouvrit, mais aucun son ne franchit ses lèvres. Abasourdie, elle contempla la haute silhouette de Dominic. Il était entièrement recouvert d'une épaisse poussière blanche. Cheveux, visage, vêtements... tout avait disparu sous une sorte de suaire.

Mais c'était bien lui, pourtant. Et il était vivant. Indemne. Comme il s'avançait vers elle, elle demeura clouée sur place, stupéfaite.

— Dieu du ciel, ayez pitié de nous ! hurla une fille de cuisine. C'est lui ! C'est le fantôme !

Tante Gwendolyn entoura Pamela de ses bras. Les plumes de son chapeau tremblotaient. Chloé posa doucement le tisonnier sur le sol.

Un profond silence s'abattit dans la galerie. Personne n'osait esquisser un geste ou risquer un commentaire. Un sourire se dessina sur les lèvres de Chloé. Stratfield ressemblait tout à fait à un revenant à peine sorti de la tombe.

C'est alors que le regard narquois de Dominic accrocha celui de Chloé. Une flamme s'alluma dans les prunelles grises, et elle reconnut celle de la passion. Elle n'eut même pas conscience de bouger, de s'avancer vers lui. Il était revenu. Il avait tenu parole. Tout à coup, la terre se remettait à tourner normalement, et l'esprit de Chloé à fonctionner. Une joie immense, venue du plus profond de son être, balaya son angoisse.

Elle n'en avait pas pour autant terminé avec les soucis, bien au contraire.

Si elle allait vers lui, tout le monde saurait. Tout le monde comprendrait qu'ils se connaissaient, qu'ils étaient amoureux l'un de l'autre. On dirait que la jeune femme audacieuse de Londres était impliquée dans un nouveau scandale. Et que cette fois elle allait avoir les pires ennuis de sa vie.

Et ils auraient raison.

Dominic ne lui laissa pas le choix. Il n'attendit pas d'être en tête à tête avec elle pour la prendre dans ses bras. Il se dirigea droit vers elle et l'enlaça. Il avait besoin de sentir la chaleur de son corps, sa tendresse. Besoin de la rassurer. Qu'elle sache que tout ce qu'il lui avait promis se réaliserait. Elle le contempla, émerveillée, et ses beaux yeux bleus s'emplirent de larmes de soulagement.

— C'est fini, murmura-t-il en s'inclinant sur elle pour effleurer ses lèvres d'un baiser. Épouse-moi, Chloé Boscastle. Je veux que tu deviennes ma femme.

Lady Dewhurst et sa fille laissèrent échapper une exclamation de stupeur. Quant au personnel de Stratfield Hall, qui ne parvenait pas à décider si l'apparition était un être humain ou un spectre, il les contemplait en silence, fasciné.

Dominic ne leur prêta pas la moindre attention. Il était trop occupé à embrasser la femme qui lui avait donné la force d'aller jusqu'au bout de sa vengeance. C'était pour elle, et pour elle uniquement, qu'il avait voulu revenir dans le monde des vivants.

— Chloé, souffla-t-il en lui prenant le visage entre ses mains dans un geste tout à la fois tendre et protecteur.

Le récit de Finley, qui lui avait expliqué comment Chloé l'avait découvert et libéré, l'avait empli d'admiration, même s'il avait éprouvé une inquiétude rétrospective à l'idée de ce qui aurait pu lui arriver.

Il aimait en elle la révolte et l'obstination tout autant que la vulnérabilité ; cette façon qu'elle avait de se laisser dépasser par les événements qui lui avaient causé tant d'ennuis. Il regrettait de ne pas l'avoir connue plus tôt, à une époque où il aurait fait meilleure impression sur sa famille. Oui, à n'en pas douter, la prochaine épreuve à surmonter serait de se faire admettre dans le clan très fermé des Boscastle ! Un véritable exploit.

— Dominic, chuchota-t-elle contre ses lèvres, ne me fais plus jamais revivre des instants aussi terribles.

Il rit et répondit d'une voix rauque :

— Je ne pense pas qu'il y ait la moindre chance que ça se reproduise.

Une lueur d'amusement teintée d'embarras traversa le regard bleu de Chloé qui murmura :

— Est-ce que tu te rends compte que nous ne sommes pas seuls ?

Il leva brièvement les yeux, et songea soudain à l'état dans lequel il était.

— Carson, fit-il en se tournant vers les domestiques qui n'étaient pas encore revenus de leur surprise, ne restez pas là à bâiller comme une carpe. Allez me préparer un bain et des vêtements propres.

Le valet battit des paupières.

— Mais... mais... vous... vous êtes...

— Ils te prennent pour un fantôme, expliqua Chloé à mi-voix, en étouffant un rire.

Dominic sourit, et l'attira plus étroitement contre lui.

— Tu crois que je pourrais continuer à le leur faire croire assez longtemps pour pouvoir m'échapper avec toi sans avoir à fournir d'explication ? chuchota-t-il.

Chloé coula un regard en coin à sa tante.

— Cela me paraît très difficile. Mais au fait, où est mon oncle ? ajouta-t-elle en fronçant les sourcils. Et Adrien ?

Dominic lui caressa tendrement le visage en la dévorant des yeux. Il avait tellement rêvé de ce moment, n'avait vécu que pour cela. Pour retrouver au grand jour la femme qu'il aimait. Le soulagement qu'il lisait dans ses yeux le comblait. C'était la plus belle des récompenses, et la preuve que son combat en valait la peine.

Désormais, c'était à son tour de la protéger, de la courtiser en tout bien tout honneur, de lui prouver qu'il pouvait être humain, ô combien !

— Chloé, commença-t-il doucement en la prenant aux épaules, tu n'imagines pas combien j'aimerais renvoyer tous ces gens pour continuer à t'embrasser. Mais, apparemment, le retour à la vie comporte quelques obligations, dont celle de se conduire à nouveau en gentleman.

Elle s'écarta en soupirant.

— Puisqu'il le faut.

Il carra les épaules. Maintenant que son épreuve était achevée, il allait avoir le plus grand mal à se séparer d'elle, ne fût-ce qu'une journée. Il avait vu mourir son ennemi, et peut-être aurait-il dû en éprouver plus de remords. Il espérait de toute son âme ne plus jamais se trouver dans une telle situation. Mais il n'avait pas trouvé d'autre moyen de conserver sa dignité et d'honorer la mémoire de son frère. À présent, il pouvait aller de l'avant. Oublier le passé, se concentrer sur les plaisirs que la vie avait encore à lui offrir… et se consacrer à Chloé.

À regret, il détacha les yeux du visage pâle de la jeune femme. La tante de celle-ci le fixait d'un regard menaçant, eut-il le temps de remarquer avant que son attention ne soit attirée par Adrien et sir Humphrey qui venaient d'émerger du passage secret et secouaient la poussière de leurs vêtements tout en discutant avec animation de… la situation politique en Chine ! Finley les suivait, transportant dans ses bras le squelette enveloppé d'une cape. Ce qui arracha une exclamation de stupeur au petit groupe rassemblé dans la galerie.

Dominic dut lutter pour ne pas éclater de rire. Comment diable allait-il expliquer aux gens du village ce qui s'était passé ? Il n'y avait pas encore réfléchi, mais il imaginait déjà les rumeurs qui ne tarderaient pas à se répandre au sujet du fantôme de Stratfield, de son étrange compagnon, et de la jeune femme de Londres qui était tombée amoureuse de lui.

— Arrête, le tança Chloé à mi-voix en se mordant la lèvre pour ne pas s'esclaffer.

— Que j'arrête quoi ?

— Arrête de... de sourire ainsi.

— Je ne souriais pas.

— Si.

— J'essayais plutôt de ne pas rire.

Apparemment remise de ses émotions, tante Gwendolyn choisit ce moment pour régler ses comptes avec Dominic.

— Eh bien, monsieur, vous vous montrez enfin. Et sous un jour beaucoup plus humain que lors de notre dernière rencontre.

Dominic afficha une expression sincèrement contrite.

— Je peux tout vous expliquer, lady Dewhurst, je vous assure.

— Je vous somme de le faire.

Chloé posa la main sur le bras de sa tante.

— Tante Gwendolyn, je vous en prie, nous n'avons jamais eu l'intention de vous tromper.

— De me tromper ? De quoi parles-tu ?

Chloé jeta un coup d'œil autour d'elle. Le majordome s'était enfin ressaisi et distribuait les tâches aux autres domestiques. Mais quelques-uns s'attardaient dans l'escalier, glissant des regards consternés au squelette que Finley tenait toujours dans ses bras.

— Je fais allusion à ce soir dans le jardin, reprit-elle en baissant la voix, où... où nous vous avons laissé croire que Dom... euh... que lord Stratfield était un fantôme.

— Un fantôme ? s'exclama tante Gwendolyn d'un ton railleur. Je n'y ai pas cru un seul instant.

— Vraiment ? Qu'est-ce qui a bien pu me trahir ? s'enquit Dominic d'un ton chaleureux.

Gwendolyn le regarda avec hauteur.

— Bon, j'admets y avoir cru sur le moment. Mais le lendemain, j'ai repéré des empreintes de pieds autour de mon jardin de simples. Personne dans la maison n'est autorisé à cueillir mes plantes médicinales sous peine de mort ! C'est alors que je me suis rappelé que vous aviez toujours aimé mâcher des feuilles de menthe.

Dominic sourit, bon joueur.

— J'ai décidé de ne pas dévoiler votre secret, poursuivit Gwendolyn. Mais si j'avais su que vous aviez compromis ma nièce, je n'aurais pas été aussi indulgente.

Dominic la gratifia de son sourire le plus enjôleur.

— Dois-je comprendre que je suis pardonné, à présent ?

Tante Gwendolyn ne lui rendit pas son sourire.

— Je ne vous ai encore rien pardonné, milord. En fait, j'ignore la liste des méfaits que vous avez commis. Et en admettant que je décide de vous accorder mon pardon, cela n'engagera en rien la famille de Chloé, qui devra alors décider de la conduite à tenir à votre égard.

Elle marqua une pause, avant de reprendre d'un ton vif :

— À supposer, bien entendu, qu'il y ait quelque chose à pardonner. Mais à en juger par la façon dont vous avez embrassé ma nièce, je suppose que c'est effectivement le cas.

— Bonté divine ! murmura Chloé, comprenant qu'elle n'était pas au bout de ses peines.

Le sourire de Dominic s'évanouit.

— Je ne suis pas certain d'avoir compris ce que vous vouliez dire, madame, mais je suppose que cela ne laisse rien augurer de bon pour moi.

Lady Dewhurst darda sur sa nièce un regard sévère.

— Ce n'est pas le genre de choses dont on peut discuter en public. Tu vas rentrer avec nous, Chloé, afin que ton oncle et moi décidions de ce que nous devons faire de toi.

Dominic se redressa, et son regard s'assombrit.

— Ce qui signifie ?

— Ce qui signifie, reprit Gwendolyn, que l'avenir de Chloé est entre les mains de sa famille.

— Dans ce cas, je réclame le droit de prendre part à toute décision la concernant, rétorqua Dominic.

— Ai-je le droit de donner mon opinion ? intervint Chloé, irritée.

— Pas en public, répliqua sa tante. Je ne pense pas que le monde soit prêt à entendre ton opinion.

Dominic faillit sourire, mais se ravisa de crainte que la tante de Chloé ne voie là une marque d'irrespect.

— Je vous prie de me pardonner, madame, mais mes manières se sont un peu rouillées pendant ma… ma retraite. Je suis bien conscient qu'il faut suivre un certain protocole en ce domaine.

Un protocole dont, à vrai dire, il ignorait tout. Il n'avait jamais été amoureux jusqu'ici. Jamais assez fou d'une femme pour accepter sans broncher de se faire remettre à sa place en public, ou de plaider sa cause à genoux. Jamais non plus imaginé demander un jour la main d'une Boscastle. Et Dieu seul savait à quelles extrémités cela l'entraînerait…

Certes, il s'était douté qu'en devenant son amant il y aurait des conséquences. Des répercussions sérieuses sur sa vie. Et il était prêt à les affronter. Seulement, par commodité, il avait enfoui ces considérations dans un coin de son esprit. Maintenant, le moment était venu de reprendre sa vie d'avant. Il n'était plus question de grimper jusqu'à la chambre de Chloé pour se glisser dans son lit, ou de l'enlever au beau milieu d'un bal pour lui faire l'amour.

E cela promettait d'être plus difficile que prévu.

Pour commencer, il n'était pas prêt à l'abandonner, ne fût-ce qu'une journée.

Et ensuite, il ne voulait pas laisser à sa famille l'occasion d'enquêter sur lui, et de décider qu'il ne ferait pas un mari convenable. Après tout, il se pouvait fort bien que Chloé soit d'ores et déjà enceinte. Il voulait la protéger, la cajoler, l'entourer d'attentions. Commencer sa nouvelle vie avec elle à ses côtés.

Pour dire les choses simplement, il se trouvait confronté à un nouveau défi. Restait à souhaiter qu'il ait autant de succès dans le rôle du soupirant qu'il en avait eu dans celui de fantôme.

Chloé était tellement soulagée d'avoir retrouvé Dominic sain et sauf qu'elle ne souleva pas même d'objections lorsque sa tante la pressa de la suivre. Elle jeta un dernier coup d'œil par-dessus son épaule, et vit son bien-aimé aider Finley à allonger le baron sur le tapis persan. Qui d'autre qu'un homme que le monde avait cru mort aurait pu de lier d'« amitié » avec les restes d'un autre homme qui avait connu une fin aussi horrible ?

Dominic arrangea le squelette avec des gestes respectueux, puis leva brièvement les yeux pour lui adresser un clin d'œil complice. Elle se mit à rire, aussitôt imitée par Pamela, réaction que Gwendolyn attribua à la nervosité que suscitait la vue du squelette encapuchonné.

— Quel affreux spectacle pour un dimanche matin ! s'exclama-t-elle. De mon temps, une jeune fille n'aurait jamais été autorisée à regarder une telle chose.

Elle poussa vers l'escalier les deux jeunes filles qui continuaient de glousser. Chloé aurait pu faire observer à sa tante qu'elle n'avait pas hésité à affronter un fantôme et n'en avait pas fait toute une histoire. Apparemment, le courage et l'obstination étaient des traits de caractère abondamment partagés par tous les membres de la famille, hommes ou femmes, jeunes ou vieux.

— Merci, tante Gwendolyn, dit-elle spontanément, alors qu'elles atteignaient l'attelage qui attendait devant la porte.

Le domaine inondé de soleil offrait un spectacle enchanteur. L'eau des fontaines scintillait dans la lumière matinale. Les charmilles fleuries prodiguaient une ombre bienfaisante dans les allées. À l'extrémité du parc se trouvait un charmant labyrinthe dans lequel des enfants pourraient un jour s'ébattre.

Tante Gwendolyn rajusta son chapeau et demanda d'un ton suspicieux :

— Merci pour quoi ?

— Pour votre merveilleuse hospitalité. En me permettant de séjourner chez vous, vous m'avez offert une chance de me racheter.

Sa tante haussa les épaules.

— Cela suffit, Chloé. Je ne suis pas aussi naïve que vous le croyez, ton oncle et toi. Tu n'es pas plus repentante que ce pauvre diable de Stratfield.

— Vous êtes fâchée contre moi, tante Gwendolyn ? demanda Chloé d'un air candide.

— Je laisse cela à tes frères, rétorqua Gwendolyn, les sourcils froncés. Ils ne m'adresseront sans doute plus jamais la parole quand ils sauront ce qui s'est passé sous mon toit.

Pamela coula à sa cousine un regard compatissant.

— Faut-il vraiment le leur dire ?

— Je ne vois pas comment nous pourrions l'éviter.

Chloé eut beau se creuser la tête pendant le court trajet jusqu'à Dewhurst Manor, elle ne voyait pas plus que sa tante comment cela aurait été possible. Naturellement, le monde entier saurait bientôt que Dominic n'était pas mort. L'histoire se répandrait dans Londres comme une traînée de poudre, et quand on apprendrait le rôle qu'elle avait joué dans cette affaire, un nouveau scandale éclaterait.

Oui. Un jour ou l'autre, il faudrait affronter l'inévitable. Elle ne s'attendait cependant pas que cela se produise si tôt. Car lorsqu'ils arrivèrent à la maison, Heath, son frère aîné, l'y attendait déjà de pied ferme.

Elle aurait dû se douter qu'un de ses frères était là, en voyant une armée de servantes faire mine d'épousseter les meubles du salon où Heath s'était installé avec un journal. D'un point de vue objectif, Chloé comprenait l'attrait qu'il exerçait sur ces jeunes femmes. Il était mince, musclé, élégant, et d'une politesse exquise. Ses traits étaient harmonieux, et ses yeux bleus ourlés de cils sombres faisaient immanquablement chavirer les femmes.

Mais pour Chloé il n'était que… Heath. Le membre de sa famille le plus énigmatique, et probablement celui qui serait son juge dans cette affaire. Assis dans son fauteuil, silencieux, il apparaissait aussi terrifiant, aussi impitoyable et impénétrable que le sphinx de Gizeh.

— Chloé.

Il posa son journal, se leva lentement et la scruta, les mains derrière le dos.

Le cœur de Chloé se mit à battre à grands coups. Savait-il ? Si oui, que savait-il *exactement* ? Était-il en colère ? À quel point ? Son regard clair ne révélait jamais rien de ses sentiments. Un de ses supérieurs dans l'armée avait déclaré un jour qu'on pourrait lui brûler la plante des pieds sans que son expression change d'un iota. Ce qui rappela à Chloé que son frère avait été torturé lors d'un bref passage dans les prisons françaises.

— Quelle surprise, Heath !

— Oui. Il y a des surprises dans l'air depuis quelque temps, semble-t-il, n'est-ce pas ?

Il se tourna, gratifia d'un sourire fugace l'essaim de servantes qui s'affairaient autour de lui.

— J'apprécie votre diligence, mesdemoiselles, mais pourriez-vous revenir un peu plus tard ? J'aimerais avoir une discussion en privé avec lady Chloé.

Les domestiques se retirèrent, penaudes, et Chloé sentit une chape glacée s'abattre sur ses épaules.

— Que veux-tu dire ? répliqua-t-elle, bien décidée à ne pas se laisser intimider.

— Je sais tout, Chloé.

— Tout ?

Il lui fit signe de prendre place sur le canapé. Sa voix était si posée, ses manières si affables, qu'elle aurait aimé l'assommer avec le premier objet qui lui tomberait sous la main.

— Raconte-moi comment cela s'est passé.

— Comment s'est passé *quoi* ?

Heath esquissa un sourire.

— C'est vrai, je ne t'ai pas dit. Je viens de passer un moment agréable – et très révélateur, quoique trop bref –

avec l'un de mes vieux amis. Lord Wolverton. Je crois que vous vous connaissez.

— Et moi, je crois qu'il aime bien Dominic.

Le sourire de Heath s'élargit.

— En effet. Mais nous l'aimons tous, n'est-ce pas ? Ce cher vieux Dominic, ressuscité d'entre les morts. Alors, comment cela s'est-il passé ? répéta-t-il en se laissant tomber dans un fauteuil. Mais assieds-toi donc, Chloé. Tu as vraiment l'air mal à l'aise. Assieds-toi et explique-moi la situation.

S'armant de courage, elle débita d'un ton précipité :

— Je suis venue à la campagne. Je suis tombée amoureuse d'un vicomte, et j'espère bien que nous allons nous marier, à condition que Grayson ne m'envoie pas de nouveau en exil et ne terrorise pas mon bien-aimé au point de le faire fuir. Voilà, il n'y a rien d'autre à raconter.

— Non ? Même pas le fait qu'il soit entré et sorti de la chambre de ma sœur à plusieurs reprises ? J'ai cru aussi comprendre que tu avais disparu au beau milieu d'un bal avec un mystérieux invité masqué.

Heath leva les mains d'un air exaspéré et s'exclama :

— Frayer avec un... un fantôme !

Chloé demeura un instant muette. Elle ne se rappelait pas avoir jamais vu Heath aussi loquace. À vrai dire, cela ne lui était peut-être même jamais arrivé de toute sa vie. Ce qui signifiait qu'elle avait de bonnes raisons de s'inquiéter.

— Eh bien, commença-t-elle prudemment, tout cela paraît bien plus grave que ça ne l'est en réalité...

— Comment diable t'es-tu débrouillée, Chloé ? s'enquit-il en haussant un sourcil. Ta capacité à te fourrer dans les situations les plus compromettantes qu'on puisse imaginer ne cesse de me stupéfier. À croire que tu passes tes nuits à dresser des plans pour t'attirer des ennuis !

— Tu es insultant, Heath.

— Je parle sérieusement.

— Ah ! Parce qu'il t'arrive parfois de plaisanter ?

— Comment diable t'y es-tu prise pour ruiner totalement et irrémédiablement ta réputation en si peu de temps ?

Chloé se laissa tomber sur la chaise la plus proche, résignée.

— Très bien. Je vais tout te dire. Ma première erreur, c'est d'avoir laissé ma fenêtre ouverte pour que Devon puisse entrer.

— Et alors ?

— Alors, c'est Dominic qui a pénétré dans ma chambre.

— Et... ?

— Disons que... j'ai eu pitié de lui.

— Tu as eu pitié de lui... répéta Heath lentement. Et c'est tout ?

— Hmm... pas tout à fait.

— Pas tout à fait ?

Heath s'absorba dans la contemplation d'une des moulures du plafond.

— Seigneur, venez-moi en aide ! Je comprends mieux pourquoi Grayson se lamentait avant son mariage. Cette famille est vouée à la ruine et au scandale. D'abord toi, ensuite Devon, et qui sait ce que Drake nous réserve ? Jusqu'où es-tu allée, Chloé ? À quel point t'es-tu compromise avec Stratfield ?

— Je ne suis pas sûre de comprendre ce que tu veux dire.

— Je suis absolument sûr que tu comprends.

— Je t'assure que non.

— Le voyage jusqu'à Londres te rafraîchira sans doute la mémoire.

— Londres ? Mais pourquoi ? Tante Gwendolyn a besoin de moi ici pour ses œuvres de charité et... et je n'ai plus rien à me mettre, lâcha-t-elle, à bout d'arguments. La saison sera terminée avant que j'aie pu me commander une nouvelle garde-robe.

— La vie telle que tu l'as connue jusqu'à présent risque fort de n'être plus qu'un souvenir, ma chère, déclara Heath sans manifester la moindre compassion.

— Que sous-entends-tu de ce ton sinistre ?

— Ton séjour à Chistlebury était censé te mettre à l'abri de la tentation.

La porte du salon, qui n'était que poussée, s'ouvrit soudain, et Arès regarda Chloé d'un air suppliant en remuant la queue.

— En effet, acquiesça-t-elle d'une voix morne. On m'a pour ainsi dire enterrée à Chistlebury. C'est ce que tous mes amis ont pensé.

— Pour l'amour du ciel, Chloé.

— Ces paroles ne me disent rien qui vaille, Heath.

Ce dernier se pencha pour observer le chien, qui entra dans le salon et vint se coucher aux pieds de Chloé avec un soupir résigné.

— Quand la famille a décidé de t'envoyer ici, je suis resté neutre. Je pensais que tu désirais vraiment te racheter.

— C'était le cas. En toute sincérité, Heath, rien de ce qui est arrivé n'est ma faute.

— C'est celle de Stratfield, alors? Dois-je le provoquer en duel? Il a beau être mon ami, s'il t'a fait du tort il devra payer.

Chloé se laissa glisser à genoux sur le tapis et attira Arès vers elle.

Elle se demanda si Dominic accepterait de l'enlever pour éviter la confrontation avec sa famille. Il n'apprécierait sans doute pas une telle complication, après l'épreuve qu'il venait de traverser. Mais il ignorait ce que c'était que d'être soumis à l'Inquisition Boscastle.

— J'aimerais passer encore au moins une semaine ici, Heath, afin de pouvoir faire mes adieux à mes nouveaux amis.

— Non, fit-il d'un ton sans réplique.

Elle le fixa, incrédule.

— Pourquoi non?

— Parce que en une semaine tu auras le temps d'être impliquée dans un nouveau scandale.

— Je ne vois pas comment.

— Moi non plus. Cela n'a pas l'air possible, mais je sais que tu le feras.

Il marqua une pause, fronça les sourcils et ajouta :

— Ce chien est énorme, Chloé. Il faudrait le mettre au régime et lui faire prendre de l'exercice.

— Je dois aller préparer mes bagages, murmura-t-elle d'une voix éteinte.

— Les femmes de chambre s'en chargent en ce moment même. Une voiture viendra nous chercher demain matin.

Elle se leva, les mains sur les hanches.

— Je ne peux pas partir sans avertir Dominic et lui dire où je vais.

Heath demeura de marbre.

— Dominic est un homme sensé. Il sait qu'il peut te rendre visite, en tout bien tout honneur, quand il le désire. S'il veut te trouver, il le fera. Je l'informerai moi-même de notre décision.

— Adrien t'a-t-il expliqué que Dominic avait risqué sa vie pour abattre l'homme responsable de la mort de Samuel et de Brandon ? Son courage ne compte-t-il donc pas pour toi ?

— Je l'aurais aidé s'il m'en avait parlé. Nous l'aurions tous aidé. Il n'avait pas besoin de jouer les héros seul.

— Si je comprends bien, il ne pourra me voir que s'il obtient ta permission ?

— En effet. S'il refuse de se soumettre aux règles qui régissent la vie en société, du moins devra-t-il agir selon les vœux de notre famille.

Chloé réprima un grognement. Elle imaginait mal Dominic se soumettant à quoi que ce soit.

— Je te signale qu'il m'a déjà demandé ma main, et que j'ai accepté sans réserve.

Heath se renversa dans son fauteuil, l'air parfaitement détendu.

— Tant mieux pour toi, Chloé. À présent, laissons-lui une chance de faire bonne impression sur le reste de la famille. Et nous verrons si *nous* l'acceptons sans réserve, ajouta-t-il dans un sourire.

Chloé passa sa dernière nuit à Chistlebury dans le cabinet de toilette vide, les yeux rivés sur Stratfield Hall. La demeure était brillamment éclairée, pour fêter le retour de Dominic. Toute la journée, les visiteurs avaient défilé sans interruption. Certains étaient venus dans de luxueux attelages, d'autres à cheval. Chloé ne put s'empêcher de se demander si lady Turleigh, son ancienne maîtresse, lui avait rendu visite, et comment Dominic réagirait si elle apparaissait sur le pas de sa porte, l'air contrit, et le suppliait de lui pardonner.

Elle espéra qu'un simple regard au squelette du baron, allongé dans le hall, suffirait à la faire décamper une fois pour toutes !

Une poignée de graviers frappa soudain le carreau.

Chloé tressaillit, et se pencha par la fenêtre en chuchotant :

— Dominic ?

Son visiteur nocturne lâcha l'autre poignée de graviers qu'il s'apprêtait à lancer.

— Non. C'est Justin.

— Justin ?

Elle se pencha davantage, essayant de le discerner entre les branches du chêne.

— Que diable faites-vous là, Justin ? Et comment se fait-il que Heath ne vous ait pas arrêté ?

— Un des domestiques a eu pitié de moi et m'a fait passer par le jardin.

Justin fit un pas de côté, et sa silhouette se détacha au clair de lune.

— Pamela m'a appris que vous partiez demain matin, Chloé. Je voulais que vous sachiez combien je suis désolé.

Chloé soupira. Il était adorable. Agaçant, mais adorable.

— Moi aussi, Justin.

Il hésita un instant, avant d'ajouter, l'air incertain :

— Qu'allez-vous faire à Londres ?

— Être malheureuse et me repentir de mes péchés.

— Je vous aurais bien demandé de m'épouser, mais mes parents m'ont choisi une autre fiancée.

— Oh…

Chloé espéra qu'elle avait l'air vraiment déçue. Inutile de lui avouer qu'elle refuserait sa demande, même s'il la lui présentait sur un plateau d'argent.

— Je pense que nous nous en remettrons… avec le temps.

Justin eut l'air tellement soulagé, qu'elle eut presque envie de rire.

— Probablement, acquiesça-t-il. Dans quelques années, peut-être…

En ce qui concernait Chloé, quelques minutes suffiraient amplement. Il lança un regard en direction du domaine de Stratfield, puis reprit d'un ton plus bas :

— C'est à croire que le Seigneur lui-même vient de ressusciter. Vous avez vu le nombre de visiteurs ?

Il hésita, puis ajouta :

— Je pense qu'il devrait vous épouser.

— Je le pense aussi. Mais mes horribles frères risquent d'intervenir, et de lui mettre des bâtons dans les roues.

À ce moment, un troisième personnage se joignit à la conversation. La voix était profonde, cultivée, amusée.

— Je crains qu'un de tes horribles frères n'intervienne de nouveau, ma chère. Lord Saint-John, je suis le frère de Chloé. Voulez-vous vider les lieux sur-le-champ, je vous prie ?

Le visage de Justin s'empourpra.

— Bien sûr, monsieur. Je voulais juste saluer Chloé avant son départ. Je n'avais nullement l'intention de manquer de respect à votre famille. Je…

— Bonne nuit, lord Saint-John, coupa Heath d'une voix ferme. Quel dommage que nous n'ayons pas fait connaissance dans des circonstances plus… appropriées.

Chloé pianota du bout des doigts sur l'appui de la fenêtre, tandis que Justin s'éloignait précipitamment en continuant à bredouiller des excuses. Ainsi donc, sa vie de prisonnière allait recommencer.

— Juliette ! lança Heath avec un sourire narquois. Je te conseille d'aller dormir, à présent. Un long voyage nous attend.

Chloé s'éveilla en sursaut au milieu de la nuit et regarda autour d'elle. Toutes ses affaires étaient rangées dans les malles, à l'exception de son journal, qu'elle avait gardé avec elle, et de son corset, qu'elle comptait offrir à Pamela.

Elle alluma une bougie et ouvrit le cahier à la page marquée d'un ruban rouge, sur laquelle elle avait recopié la lettre de Brandon. Ces derniers temps, elle avait eu du mal à se concentrer sur ce travail de déchiffrage, bien qu'elle fût près de découvrir la clé du code que son frère avait utilisé.

Et tout à coup, dans le silence paisible de la nuit, elle eut une inspiration. Les mots lui apparurent avec une clarté implacable. Elle attrapa un crayon et écrivit lentement la traduction du message.

... et, pour conclure, j'ai l'espoir que tu feras ce qu'il faut. Prions Dieu que nous n'ayons pas trouvé la mort avant que ce message t'atteigne. Dans ce pays d'une beauté si sauvage, la mort frappe brutalement, sans prévenir. Quoi qu'il en soit, j'ai confiance, je sais que ton astuce te sauvera. Car il veut te tuer, mais j'ignore quand et quel moyen il compte employer. Sers-toi des renseignements que je t'ai communiqués plus haut.

Brandon

Chloé referma le cahier, la gorge nouée. Elle croyait entendre la voix de son frère. Elle sentait sa présence comme s'il était vivant.

— C'était un avertissement, murmura-t-elle. Mon pauvre Brandon, il est arrivé trop tard.

Le lendemain matin, elle se réveilla de bonne heure, s'habilla en hâte et quitta sa chambre, la lettre serrée dans sa main. Heath était déjà dans le salon, plongé dans la lecture d'un livre sur l'art égyptien.

— Voici la copie d'un fragment de lettre retrouvé dans les affaires de Brandon, annonça-t-elle sans préambule. Dominic a gardé l'original en langage chiffré.

Heath parcourut la lettre en fronçant les sourcils.

— C'est toi qui as traduit cela ?

— Oui.

— Dominic connaît-il le contenu du message ?

Chloé secoua la tête en signe de négation.

— Je pense que nous devrions le lui montrer avant de partir, risqua-t-elle.

— Je vais lui faire parvenir cette copie sans attendre. Par un messager, précisa-t-il en levant la tête.

— Tyran ! siffla-t-elle. Qu'en penses-tu ? ajouta-t-elle alors qu'il pliait le papier et le glissait dans sa poche.

— J'aimerais voir la lettre complète avant de me faire une opinion.

27

Dominic s'était levé tôt afin d'écrire de toute urgence à ses avocats et à certaines de ses relations à Londres. Edgar avait déjà pioché dans sa fortune, commandant du mobilier neuf pour Stratfield Hall, qu'il comptait occuper désormais en permanence, ainsi que pour sa plantation sucrière d'Antigua. Il n'avait pas oublié non plus ses propriétés en Inde. Le secrétaire de Dominic allait avoir des affaires très compliquées à gérer ces prochaines semaines.

Mais pour l'heure, la gestion du domaine était le dernier de ses soucis. Dès qu'il aurait pris son petit-déjeuner, il comptait filer à Dewhurst Manor pour rendre visite à Chloé. Et, cette fois, il ne passerait pas par la fenêtre. Il se présenterait de façon très formelle, à la porte d'entrée. Il aurait aimé la voir, la veille, mais il avait dû accueillir ses voisins et amis venus en nombre lui exprimer leur joie de le retrouver sain et sauf.

Il espérait que Chloé n'insisterait pas pour organiser un grand mariage. Il en avait par-dessus la tête d'attendre pour obtenir ce qu'il voulait. Et ce qu'il voulait, c'était qu'elle devienne sa femme. Le plus délicat étant de convaincre sa famille qu'il était un parti acceptable.

Il reposa sa plume en voyant le majordome apparaître à la porte de son bureau.

— J'ai envoyé le message à Dewhurst Manor comme vous me l'avez demandé, monsieur. Mais sir Humphrey vous fait dire que la jeune demoiselle est partie.

Dominic bondit sur ses pieds, incrédule.

— Partie ? Partie où ? Au village ? En promenade ?

— Apparemment, elle est retournée à Londres, monsieur.

— À Londres ? A-t-elle laissé un message à mon intention ?

— Je ne pense pas, monsieur. En revanche, on m'a demandé de vous transmettre ceci, de la part de son frère.

Tout en parlant, il tendit à Dominic une lettre cachetée.

— Dois-je lui apporter votre réponse, monsieur ?

— À Londres ? Non. Vous pouvez disposer, merci.

Il ouvrit la lettre, se préparant au pire.

Dominic,

La dernière fois que je vous ai vu, ou du moins que j'ai cru vous voir, c'était à votre enterrement. Bien que je vous félicite pour votre résurrection, je condamne le fait que vous ayez séduit ma sœur. Je vous propose de nous rencontrer sur mon terrain et selon mes conditions.

Je joins à cette missive le message de Brandon que ma sœur est parvenue à déchiffrer. J'admire l'intense activité que vous avez déployée tous deux dans un petit village sans histoires tel que Chistlebury.

J'ose espérer que l'avenir ne nous réservera plus de nouvelles surprises.

H

Avec un sourire contrit, Dominic déplia la traduction du message codé et la lut. C'était un avertissement, mais il ne saurait jamais s'il était destiné à Samuel, à lui ou à quelqu'un d'autre.

À présent qu'Edgar était mort, cela n'avait sans doute plus d'importance. Quoi qu'il en soit, Dominic avait un problème plus pressant à résoudre… Un voyage imprévu à Londres.

Il fut étonné de la rapidité avec laquelle il se glissa de nouveau dans sa peau de gentleman. Il y avait quelque chose de réconfortant à retrouver les rituels et les traditions de son ancienne vie. En fait, il était plutôt impatient de retrouver la bonne société, avec ses mondanités, sa frivolité. Du moins, temporairement. Car dans le fond de son cœur, il demeurerait un rebelle. Un homme discret qui préférait la compagnie de quelques amis sincères aux réceptions mondaines et aux bains de foule. Il devait s'estimer heureux, décida-t-il, que les cercles les plus huppés et les plus en vue de Londres n'aient pas encore appris qu'il était vivant.

Et puisqu'il se trouvait en ville, c'était le moment de mettre à l'épreuve ses prétentions aristocratiques, et de vérifier que ses manières n'avaient pas trop souffert de son séjour dans les souterrains de Stratfield. C'était bien la première fois de sa vie qu'il était amené à faire ses preuves pour être accepté par une famille entière. Et quelle famille ! L'une des plus intimidantes de tout le gratin londonien. Comment expliquer son bref séjour en enfer sans paraître complètement fou ? Et comment faire admettre l'idée que Chloé l'avait réellement aidé ? Les frères de la jeune fille méritaient de connaître la vérité. Ils l'exigeraient de toute façon, et il n'avait pas l'intention de leur mentir.

Son seul espoir, c'était de parvenir à convaincre les Boscastle de regarder vers l'avenir, plutôt que de s'attarder sur un épisode violent de son passé.

Un majordome guindé l'introduisit dans la demeure de Park Lane et le précéda le long de vastes corridors, avant d'ouvrir la porte de la pièce où Grayson Boscastle trônait derrière un énorme bureau d'acajou. Ce dernier lui avait toujours paru du genre sociable et charismatique. De toute évidence, il s'était considérablement assagi depuis son mariage avec lady Jane Welsham.

Grayson leva la tête lorsque Dominic franchit le seuil. Loin d'être affable, son expression était franchement hostile. Il se leva d'un mouvement souple, tel un fauve sur le point d'attaquer. Son regard était glacial.

— Stratfield.

— Comment allez-vous, Sedgecroft ?

— Bien mieux que vous, semble-t-il.

Dominic esquissa un sourire sans joie, et jeta un coup d'œil à Heath et à sa sœur Emma qui occupaient des fauteuils disposés stratégiquement de part et d'autre du bureau de Grayson. C'était probablement à cela que Chloé faisait allusion quand elle parlait de l'« Inquisition Boscastle ». Il se demanda à quel moment ils comptaient sortir les pinces et les poucettes. Ils avaient une telle façon de vous scruter, ces trois-là, qu'ils vous auraient fait avouer n'importe quoi. Y compris d'avoir séduit le pape en personne !

— Où sont Drake et Devon ? s'enquit-il. En train de préparer la table de torture, ou d'enfiler leur costume de bourreau ?

— Ils montent la garde devant la porte, répliqua Grayson d'une voix crispée en pianotant du bout des doigts sur son bureau.

— Au cas où quelqu'un voudrait entrer dans la chambre des tortures ? Ou bien pour m'empêcher de m'échapper ?

— Les deux.

Il se surprit à être beaucoup plus détendu qu'il ne l'aurait cru. Les épreuves qu'il venait de subir l'avaient considérablement endurci. Désormais, peu de chose était susceptible de le déstabiliser. Et sans doute désirait-il tant Chloé qu'il était prêt à passer l'épreuve du feu pour obtenir sa main. De fait, il avait l'impression de se trouver face à un peloton d'exécution. L'hostilité de ses hôtes était presque palpable. Les regards assassins qu'ils lui lançaient auraient pu mettre le feu à toute la ville de Londres.

— Lady Lyons, je présume, murmura-t-il en s'inclinant devant la blonde Emma. Enchanté de faire enfin votre connaissance.

Il se tourna vers le grand brun à la pose nonchalante assis à sa gauche.

— Heath. Comment vas-tu ?

Grayson continuait de darder sur lui un regard noir, les lèvres pincées, comme s'il se retenait de lui faire une remarque désagréable. Emma s'éclaircit la voix et, avec des gestes délicats, arrangea les pans de son châle sur ses épaules avant de poser sur lui un regard perçant qui le désarçonna complètement. Il y avait dans ses yeux un mélange d'indulgence, de déception et de sévérité. C'était le regard d'une maîtresse d'école dont l'élève préféré aurait commis un acte extrêmement répréhensible, et qui ne savait trop quelle attitude adopter.

Quant à Heath, son ami, ou plutôt son *ex-ami* désormais, il le considérait avec l'impassibilité de celui qui se sait capable de vous percer à jour d'un seul regard.

Si l'accueil que les Boscastle lui avaient réservé n'était pas précisément chaleureux – c'était le moins qu'on puisse dire ! –, il n'était pas non plus haineux. Mais cette attitude de froide impartialité n'en laissait pas moins Dominic perplexe.

Le silence s'éternisa, ce qui faisait sans doute partie du processus destiné à abattre ses défenses.

— Heath, reprit-il d'une voix calme, voilà bien longtemps que nous ne nous étions vus.

Heath haussa les sourcils.

— Trop longtemps, apparemment. Tu as été très occupé depuis notre dernière rencontre sur les quais. Assassiné, puis fantôme dans ta propre maison, avant de ressusciter de manière aussi dramatique qu'inattendue…

— Non sans avoir au passage séduit notre sœur, rappela Grayson, visiblement agacé par le commentaire ironique de son frère.

Sans doute désireuse d'offrir un point de vue différent sur les événements, Emma ajouta :

— Et, ne l'oublions pas, après avoir puni l'homme responsable du meurtre de Brandon et de Samuel. Nos frères ont donné leur vie pour tenter de piéger un traître. Dominic a risqué la sienne pour finir ce qu'ils avaient commencé.

— Merci, Emma, murmura Heath. Tu nous offres là un portrait de Dominic bien différent de celui du débauché qu'on pourrait le soupçonner d'être. Dominic, j'ai rapporté à ma famille ce que je savais de la mort de Brandon. Ce qui a été un peu plus difficile à expliquer, c'est le rôle que Chloé et toi avez joué dans cette affaire.

Un pesant silence tomba dans la pièce. La vieille horloge placée dans l'angle du bureau fit entendre son carillon. Grayson détourna les yeux, comme s'il s'efforçait de contenir ses sentiments. Seul Heath continua de fixer Dominic.

— Vous auriez pu nous mettre au courant, finit-il par marmonner. Nous vous aurions aidés.

— Sans mêler Chloé à votre complot, renchérit Emma d'une voix brisée. Seigneur, imaginez qu'il lui soit arrivé malheur ! Si ce fou s'était trouvé seul avec elle…

Une émotion intense passa dans le regard de Dominic. Ils ne savaient pas à quel point leurs accusations le blessaient. Adrien et lui avaient surveillé Chloé à chaque instant de la journée, la sécurité de la jeune femme était devenue leur obsession. Et s'il avait soupçonné un instant Edgar de vouloir lui faire du mal, il serait intervenu sans hésiter, mettant fin aussitôt à la mascarade. Mais par chance, Chloé avait instinctivement évité de prendre des risques inutiles. Il lui devait tant… et il l'aimait de toute son âme.

— Je n'aurais jamais mis Chloé en danger, déclara-t-il d'une voix rauque. Elle ne faisait absolument pas partie de mes plans. Mais après que je l'ai rencontrée…

Il haussa les épaules d'un air d'impuissance, et crut voir une lueur de sympathie mêlée d'amusement traverser les prunelles bleues de Heath. Comment leur expliquer que, dès le début, il lui avait été impossible de résister à Chloé ? Au cours des premiers jours qui avaient suivi sa mort fictive, il n'avait agi que par instinct, poussé par un irrépressible désir de vengeance. S'il n'avait pas connu Chloé, peut-être n'aurait-il jamais guéri de sa colère ni de sa souffrance. Il était hors de question qu'elle soit punie pour avoir participé à sa rédemption.

— Je ne sais pas comment c'est arrivé, avoua-t-il. Mais je suis prêt à en prendre l'entière responsabilité. Chloé n'a rien fait de mal.

Grayson eut un ricanement narquois.

— Autant essayer de nous faire croire que la neige ne fond pas au soleil. Écoutez, Stratfield, nous avons envoyé Chloé à Chistlebury pour qu'elle apprenne à se conduire convenablement. Mais comparées au scandale dans lequel vous êtes impliqués tous deux, les fautes qu'on lui reprochait jusque-là paraissent bien innocentes.

— Dans ce cas, nous avons peut-être été trop sévères en décidant de l'envoyer en exil à ce moment-là, observa Heath pensivement.

À cet instant, la porte s'ouvrit sur Jane, l'épouse de Grayson, et marquise de Sedgecroft. Ses cheveux couleur de miel étaient attachés en un élégant chignon qui mettait en valeur la pureté de ses traits.

— Est-ce une conspiration privée, ou puis-je me joindre à vous ?

— Entrez, Jane, fit Heath qui se leva en même temps que Grayson pour accueillir la jeune femme.

Celle-ci adressa un sourire chaleureux et compatissant à Dominic.

— Je vous préviens tous, je suis du côté de Chloé, annonça-t-elle d'emblée.

— Sans même connaître les faits ?

— En effet, répliqua-t-elle, nullement troublée par le ton grave de son mari.

Elle lui décocha un regard tendre et moqueur, puis ajouta :

— Je la soutiens pour le principe, mais je m'appuierai aussi pour la défendre sur mon expérience avec l'un des membres de sa famille, qui n'hésita pas à employer les moyens les plus sournois pour atteindre son but.

— Vous serez donc l'avocat du diable, ma chérie, déclara son mari d'un ton admiratif.

— Il faut bien que quelqu'un apprenne à cette famille à être fair-play.

— Je le suis toujours ! protesta Heath en riant.

Emma lui décocha un regard en coin.

— En amour comme à la guerre ?

— Je ne crois pas que Heath ait jamais été amoureux, dit Grayson avec désinvolture. Pas vrai, Heath ?

Ce dernier eut un sourire énigmatique.

— Nous ne sommes pas réunis aujourd'hui pour discuter de mes affaires personnelles. Asseyez-vous, Dominic. Il est inutile de vous faire croire que nous avons l'intention de vous blesser physiquement.

— Pourquoi pas ? grommela Grayson, l'air sombre.

Jane se dirigea vers le bureau de son mari.

— Parce qu'il aime Chloé, qu'elle l'aime, et que leur relation s'est développée sans que vous y puissiez rien, dit-elle avec douceur. Ai-je bien deviné, Dominic ?

Il lui sourit.

— Lady Sedgecroft, vous lisez à livre ouvert dans mon cœur.

Grayson esquissa une mimique agacée.

— Eh bien, vous avez de la chance que je ne l'aie pas encore transpercé d'une dague, votre cœur. Asseyez-vous, Stratfield, et acceptez un verre. Mon secrétaire sera là dans une heure avec le contrat. Heath souhaite discuter avec vous de certains détails concernant sir Edgar, quand vous serez en tête à tête.

Dominic eut l'impression qu'on venait de lui ôter un énorme poids des épaules. Mais il n'avait nulle envie de s'asseoir, bien sûr. Il voulait voir Chloé, et l'emmener chez lui, dans sa maison londonienne, qui était plus petite et moins impressionnante que celle-ci, mais beaucoup plus intime pour ce qu'il avait en tête.

S'il se sentait moins inquiet pour elle, à présent que toute cette affaire était terminée, il n'était pas non plus totalement tranquille. Il aurait préféré l'avoir à portée de vue. Les craintes qu'il avait nourries à son sujet au début de leur relation avaient laissé des traces qui ne s'effaceraient probablement jamais tout à fait.

Il ne pouvait nier que cette expérience l'avait profondément transformé. Restait à espérer que ce serait en mieux. Avoir une épouse telle que Chloé s'annonçait d'ores et déjà comme un immense progrès. Mais où diable était-elle ? L'avaient-ils punie ? Il ne pouvait supporter d'être séparé d'elle. Elle était sûrement cloîtrée quelque part dans cette maison. Il leva involontairement les yeux au plafond, l'imaginant l'oreille collée au parquet pour tenter d'entendre ce qui se passait.

L'idée lui arracha un sourire.

— Où est-elle ? demanda-t-il à Grayson.

— Dans sa chambre.

— Quand pourrai-je la voir ?

Grayson haussa les épaules.

— Dès que le contrat sera signé. De toute façon, je ne pense pas pouvoir vous tenir éloignés l'un de l'autre très longtemps, n'est-ce pas ?

28

Chloé s'était endormie tout habillée sur le grand lit à baldaquin. La veille, à Chistlebury, elle était si nerveuse qu'elle avait été incapable de trouver le sommeil. Jusqu'à la dernière minute, elle avait espéré que Dominic volerait à son secours et empêcherait son frère de la ramener à Londres pour affronter le verdict de sa famille.

Elle s'était réveillée à l'aube, et s'était levée. Recroquevillée sur une chaise, elle avait écouté les bruits de la ville qui s'éveillait. Les charrettes et les fiacres brinquebalant sur les pavés, les vaches qu'on emmenait au marché, les cris des vendeurs de rues qui installaient leurs marchandises, les marchands des quatre-saisons qui s'interpellaient. Le merveilleux désordre, le splendide tintamarre de la ville. Sa ville… Et pourtant… eh bien, qui aurait cru que le petit village endormi de Chistlebury lui manquerait autant ?

Elle s'était habillée, avait bu son thé en parcourant la montagne de lettres que ses vieux amis et ses admirateurs lui avaient envoyées pendant son absence. Puis elle s'était rendormie, épuisée.

Lorsqu'elle rouvrit les yeux, deux ou trois heures plus tard, ce fut pour découvrir Heath, Drake, Devon et Grayson assis autour de son lit.

Elle s'adossa à ses oreillers et regarda tour à tour leurs beaux visages, si semblables et cependant si différents.

Elle poussa un profond soupir.

— Entourée par quatre démons, murmura-t-elle.

Heath se mit à rire.

— Quatre démons qui t'aiment, précisa-t-il.

— Et l'un d'eux est particulièrement déçu que tu ne l'aies pas mis dans la confidence, ajouta doucement Devon.

Elle détourna le visage, et son regard se voila.

— Anges ou démons, quelle importance ? J'aimerais tellement que le cinquième soit encore là.

Brandon. Le frère perdu, l'aventurier disparu qu'ils pouvaient enfin pleurer. Bien que douloureuse à affronter, la vérité avait des vertus apaisantes. Désormais, la famille pouvait louer le courage de Brandon, s'enorgueillir de sa bravoure. Sa mort était injuste, mais au moins ils savaient ce qui s'était vraiment passé, et qui blâmer. La veille, ils avaient discuté ensemble du message codé de Brandon, de son dévouement à son pays. Ses actes n'étaient plus ignorés, sa mémoire demeurerait.

— Je veux repartir, déclara-t-elle à brûle-pourpoint.

Drake secoua la tête en signe de refus.

— Le village de Chistlebury ne sera plus jamais le même. L'histoire est déjà dans tous les journaux.

— Je ne serai plus jamais la même non plus, rétorqua Chloé. Dominic est-il arrivé ?

— Je pense, commença prudemment Grayson, qu'il serait sage que tu ne le voies pas pendant un mois ou…

Il s'interrompit net en voyant l'expression paniquée de sa sœur.

— Je ne me doutais pas que tu tenais autant à lui, reprit-il doucement.

— La passion n'est-elle pas indissociable du caractère des Boscastle ? lança-t-elle d'un ton de défi.

— Je ne peux le nier, concéda Grayson. Mais ne crois-tu pas que tu devrais au moins tenir compte de nos conseils au sujet de tes soupirants ?

— Tu n'as pas toujours fait des choix très judicieux, par le passé, renchérit Drake en s'efforçant, sans y parvenir, d'afficher un regard sévère.

— Vous vous souvenez de son premier grand amour ? fit Devon avec un sourire amusé. Notre vieux majordome. Le pauvre ne pouvait jamais faire l'argenterie tranquillement, elle était toujours pendue à ses basques. Quel âge avais-tu, Chloé ? Six ans ?

— Emma aimerait que tu ailles saluer dans le jardin un de tes plus fervents admirateurs, reprit Grayson. C'est...

— Non, trancha Chloé d'un ton farouche. Il n'en est pas question. Je ne veux même pas en entendre parler.

— C'est un vieil ami de la famille, continua Grayson, imperturbable. Certes, nous savons que tu préfères ton cher fantôme de Stratfield, mais cet homme...

— Il est vieux ! s'exclama Chloé. Vous voulez me faire épouser un barbon. Je parie qu'il a l'âge de Mathusalem.

Drake sourit.

— Il est très âgé, en effet.

— Comme ces vieilles momies égyptiennes, poursuivit Devon avec un sourire en coin. D'ailleurs, il a apporté tous ses organes vitaux dans des jarres.

Chloé les observa d'un air méfiant.

— De quelle couleur sont ses yeux ?

Heath haussa les épaules.

— Difficile à dire. Les verres de ses lunettes sont tellement épais.

— Il semble quand même avoir toutes ses dents, fit observer Grayson.

Drake approuva d'un hochement de tête.

— En effet. Il se plaignait d'ailleurs de ce que son dentier lui ait coûté si cher.

— Chloé est-elle prête ? lança Jane en entrant dans la chambre.

Chloé se leva.

— Tu veux bien m'aider à préparer mes bagages, Jane ? Je m'en vais. Je t'enverrai mon adresse quand je la connaîtrai. Si jamais Dominic tient à me revoir, j'attendrai quelque temps qu'il vienne me chercher.

Jane avança dans la chambre sans se laisser intimider par les sourires goguenards des quatre hommes.

— De quoi parle-t-elle ? J'ai l'impression que quelque chose m'a échappé.

— Nous lui avons touché un mot du vieux soupirant qui l'attend dans le jardin, expliqua Drake, luttant pour conserver son sérieux.

— Quel vieux soupirant ? s'enquit Jane, déroutée.

— Celui que j'ai aidé à s'asseoir sur le banc, précisa Grayson avec un clin d'œil complice. Celui dont la main tremblait tant quand il a signé le contrat de mariage.

— Celui qui... Oh, Grayson ! Quand vas-tu te décider à grandir ?

Elle prit la main de Chloé et demanda doucement :

— Tu te rappelles ce qui s'est passé à Brighton ?

— Quand mon horrible frère t'a fait croire qu'il voulait que tu deviennes sa maîtresse ? Oui, je m'en souviens. Je ne suis même pas près de l'oublier.

— À l'époque je n'ai eu qu'une seule amie pour me soutenir. Une jeune femme qui a eu le courage de risquer les foudres de la famille en me révélant la vérité.

Chloé soupira à ce souvenir.

— Oui, poursuivit Jane, c'était *toi*. Eh bien, maintenant, je veux te rendre la pareille. Il n'y a pas de vieux prétendant dans le jardin, Chloé, rassure-toi. C'est Dominic qui t'attend.

— Dominic ? Dans le jardin ?

Chloé courut à la fenêtre et écarta vivement les tentures damassées.

— Je ne le vois pas ! s'écria-t-elle. Il est toujours vivant ? Ils ne l'ont pas mis en pièces ? Que lui avez-vous fait ? s'écria-t-elle en se tournant vers ses frères.

Heath se leva.

— Disons qu'il ne causera plus d'ennuis à la famille.

— Tu nous as déjà offert plus que notre lot, déclara Grayson sans détour.

Un large sourire éclaira le visage de Chloé. Dominic était là. En bas. Elle avait soudain envie de pleurer et de sauter de joie. Elle regarda brièvement son reflet dans le miroir, puis enfila ses chaussures. Elle était trop heureuse pour se soucier de ce que pensaient ses frères, trop pressée de retrouver Dominic pour leur en vouloir de s'être amusés à ses dépens. Après tout, ils n'auraient pas été ses frères s'ils ne lui avaient pas joué ce genre de tour. Pauvre Dominic. Il avait eu un aperçu des tortures qu'elle avait endurées pendant des années. Et infligées aussi, plus souvent qu'à son tour...

Elle s'arrêta devant sa belle-sœur et la serra impulsivement dans ses bras.

— Hé, attendez un instant ! L'un d'entre vous n'a-t-il pas fait allusion à un contrat de mariage ?

— Je ne sais pas, répondit Heath avec une feinte innocence. Tu crois ?

— Va vite le retrouver, lui conseilla Jane avec un sourire.

— Au moins nous n'avons pas réussi à le faire fuir, lança Devon alors qu'elle se précipitait dans le couloir. C'est bon signe, me semble-t-il.

Riant à gorge déployée, Chloé empoigna sa robe et dévala l'escalier.

Elle croisa Emma qui montait.

— Doux Jésus, Chloé ! Un peu de dignité, je t'en prie. Le bel homme qui patiente dans le jardin n'a pas envie d'être emporté par une tornade.

Chloé rit de plus belle.

— De la dignité ? Je vais vous en donner de la dignité !

29

Lorsqu'elle vit Dominic, l'émotion lui coupa le souffle. Une douce pluie de printemps s'était mise à tomber, et des gouttes scintillaient sur ses cheveux sombres et sa veste anthracite. Il se retourna en entendant ses pas sur le gravier. Leurs regards se croisèrent, et il parut soulagé.

Pendant un court instant, ils demeurèrent immobiles. Chloé était subjuguée par l'élégance de sa mise. Un vrai gentleman ? Pas tout à fait, à vrai dire. Il demeurait en lui quelque chose de sauvage, d'indompté. Et elle n'était pas certaine que tous les démons qui l'habitaient se soient apaisés.

Mais il lui rappelait fort l'homme dont elle était tombée amoureuse, le jour où ils s'étaient rencontrés sous la pluie. Il était bien réel. Et elle avait la conviction qu'il n'existait nulle part au monde un être qui lui ressemble.

Elle s'avança vers lui d'un pas mesuré, s'efforçant de faire montre de cette dignité qui semblait lui manquer selon sa sœur. Mais le problème, *son* problème, c'était qu'elle était incapable d'adopter l'attitude réservée qu'on attendait d'une jeune fille de bonne famille. C'est pourquoi elle finit par se jeter dans ses bras, et rit de bonheur lorsqu'il la souleva sans effort et la fit tournoyer dans les airs.

Il déposa une pluie de baisers sur son visage et son cou, les doigts enfouis dans sa chevelure.

— Chloé, mon amour, souffla-t-il. Pendant quelques minutes, j'ai eu peur que tu ne viennes pas. Que tu aies changé d'avis.

Elle le contempla, dévorant des yeux son beau visage dans lequel brillait ce regard si intense qui la faisait immanquablement chavirer de désir.

— J'attendais que tu apparaisses dans mon cabinet de toilette, plaisanta-t-elle.

Il sourit, et la passion laissa la place à la tendresse moqueuse.

— Ne me dis pas que tu es déçue !

Elle renversa la tête en arrière, offrant son cou à ses baisers. Son souffle chaud sur sa peau la fit fondre.

— Peut-être un peu.

Il s'écarta légèrement.

— Ah, oui ? s'esclaffa-t-il. Mademoiselle ne voit donc pas d'inconvénient à avoir un intrus dans son lit ?

Chloé soupira et balaya une goutte de pluie sur le col de sa veste.

— Je trouvais tout cela terrifiant... et terriblement excitant.

— Excitant ? De trouver un homme à moitié mort au milieu de tes jupons ?

— Pas n'importe quel homme, Dominic. Je n'invite pas tout le monde dans mon cabinet de toilette.

— Je l'espère bien.

Il lui fallut un moment pour se rendre compte qu'il luttait pour se contrôler. Il avait levé le visage vers le ciel, et semblait accueillir la pluie fraîche avec bonheur. Chloé sentit ses yeux s'emplir de larmes. C'était la deuxième fois seulement qu'elle le voyait au grand jour. Il aurait besoin de temps pour oublier son séjour interminable dans l'obscurité, elle le savait.

— Chloé.

Il baissa les yeux sur elle. Il avait recouvré son sang-froid et offrait un visage serein, à présent.

— Crois-tu que tu supporteras d'élever nos enfants dans une maison hantée ?

— Tant que ce n'est pas *ton* fantôme qui la hante, répliqua-t-elle, taquine. Les ragots ont-ils cessé à Chistlebury ?

— Pas vraiment, bien que les autorités aient annoncé que la mort d'Edgar était accidentelle. Il semble qu'il ait été tué par la chute d'un bloc de pierre alors qu'il explorait des passages souterrains à Stratfield Hall.

— Et qu'est devenu le fameux fantôme de Chistlebury ?

— Ah... Ma résurrection est encore au centre de toutes les conversations. Toutefois, après que j'ai promis de faire une importante donation à la paroisse, le pasteur lui-même a consenti à ne pas entrer dans le détail des circonstances de cette mort bizarre, suivie d'une réapparition encore plus étrange.

— Dois-je en déduire que tout danger de scandale est à présent écarté ?

Il eut un rire sardonique.

— Je crains fort que le scandale ne nous colle à la peau. La légende du fantôme de Stratfield n'est pas près de s'éteindre, selon moi.

— Tu veux dire que ses activités coquines se poursuivront ?

— Pas exactement. Mais les gens jureront qu'ils ont vu le fantôme de Stratfield transportant son propre squelette dans la galerie.

Chloé sourit.

— Pour ma part, je peux attester que je l'ai vu à un bal masqué, déguisé en bandit de grand chemin. C'est un fantôme très viril, je dois avouer.

Dominic l'attira contre lui.

— Avec le temps, on oubliera les dates et les détails. Notre histoire sera déformée, exagérée. Mais un fait demeurera incontesté : le vicomte de Stratfield, qu'il soit humain ou fantôme, tomba amoureux d'une merveilleuse jeune femme venue de Londres.

Dominic regagna sa résidence londonienne quelques heures plus tard, le cœur beaucoup plus léger que lorsqu'il l'avait quittée. Il avait fort à faire, et la soirée passa sans qu'il s'en rendît compte.

Il fit pivoter son fauteuil en entendant la porte de sa chambre s'ouvrir derrière lui. Il était presque minuit. Il avait posé un pistolet sur son bureau, au milieu d'une montagne de documents de toutes sortes. Des lettres officielles concernant Samuel, une lettre écrite par le directeur du bureau administratif de la Compagnie des Indes, des messages de sympathie qui lui étaient parvenus lorsque la nouvelle que son frère était mort s'était répandue en ville. À présent, les manigances d'Edgar étaient connues de tous. Apprenant que le pot aux roses avait été découvert, ses anciens contacts avaient fui le pays sans attendre.

Les bruits de la maison londonienne étaient plus difficiles à identifier que ceux de Stratfield Hall, mais quelque chose dans les pas légers et prudents qui avaient précédé l'ouverture de la porte l'avait alerté.

Il ressentit un frisson d'anticipation.

Le parfum fleuri et épicé de Chloé se répandit dans la pièce, éveillant instantanément sa sensualité. Il aurait reconnu cette fragrance entre mille, son corps aussi du reste... Il perçut le froissement d'une cape de soie qui tombait à terre. Un éclair de désir pur le traversa. Quelle délicieuse surprise !

Un flot d'images érotiques tourbillonna dans son esprit tandis qu'il se renversait contre le dossier de son fauteuil.

— J'ose espérer que tu n'es pas venue seule au beau milieu de la nuit, Chloé.

— Jane m'a emmenée dans son attelage.

Dominic se leva pour aller jeter un coup d'œil par la fenêtre. Jane lui fit un petit signe guilleret derrière la vitre, puis la voiture aux armes des Boscastle s'ébranla et s'éloigna.

Dominic pivota sur lui-même avec un rire incrédule.

— Comment comptes-tu rentrer ?

— Je ne rentrerai pas.

— Et... tu as l'intention de passer la nuit ici ?

Elle s'approcha de lui. Une lueur espiègle brillait dans ses yeux bleus.

— Quel est le problème, Stratfield ? Tu crois donc être le seul à pouvoir t'inviter pour la nuit ?

Le cœur de Dominic se mit à tambouriner dans sa poitrine. Il dévisagea Chloé avec attention, et décida que refuser de passer la soirée seul avec elle serait stupide… Et tant pis s'il devrait s'en expliquer le lendemain avec ses frères. Il était incapable de lui résister, ne pourrait plus jamais lui refuser quoi que ce soit désormais.

— Que diront tes frères ? demanda-t-il pour la forme. Tu ne crains pas qu'ils soient hors d'eux s'ils découvrent ton absence.

— Hum… murmura-t-elle en déboutonnant d'une main habile sa chemise de lin blanc. Jane m'a promis de s'occuper d'eux. Je lui fais confiance pour trouver une explication plausible.

Le parfum de la jeune femme l'enivrait, ses caresses l'envoûtaient, et il sentit son sang bouillonner dans ses veines.

— Elle a du cran, cette Jane.

Chloé sourit et chuchota d'une voix rauque d'émotion :

— Il en faut pour épouser un membre du clan Boscastle.

— Ça, je l'avais deviné.

— Tant mieux, parce qu'il est trop tard pour te dérober. Je t'aime, Dominic, ajouta-t-elle dans un souffle.

Il lui prit la taille à deux mains et l'attira contre lui. En effet, il était trop tard. Son cœur appartenait à Chloé depuis ce jour où il l'avait trouvée pataugeant dans la boue sur un chemin de campagne. Il l'avait désirée au premier regard, et avait su qu'il la poursuivrait de ses ardeurs où qu'elle aille. Il avait rêvé d'elle, mais jamais il n'aurait imaginé tomber si profondément amoureux. Oui, la vie qui pouvait se révéler si cruelle l'avait comblé au-delà de ses espérances…

— Je vois la face sombre de Dominic resurgir, murmura-t-elle en enroulant les bras autour de son cou. Ne t'enfuis plus jamais.

Il laissa ses mains glisser le long de son dos, s'attarder au creux de ses reins, puis sur les globes de ses fesses. Il la plaqua contre lui ; elle était si souple, son corps se fondait si parfaitement contre le sien qu'il ne put retenir un gémissement.

— Cela ne risque pas, Chloé...

Il frissonna lorsqu'elle s'écarta pour finir de déboutonner sa chemise.

— Ne t'inquiète pas, murmura-t-elle. Jane est très maligne.

— Heath l'est aussi.

— Et que veux-tu qu'il fasse ? Qu'il nous oblige à nous marier dès demain matin ? Oh, très bien ! Voilà qui me convient. J'échapperai ainsi aux assommantes leçons d'étiquette qu'Emma se sentira obligée de m'infliger à propos de la cérémonie de mariage, de la liste des invités, et des... Hé, je peux savoir ce que *tu* fais ?

— Je suis ton conseil, je cesse de m'inquiéter.

Il avait entrepris de dégrafer son corsage, et le laissa retomber autour de sa taille, telle une corolle. Les mains en coupe sur ses seins ronds seulement couverts d'une chemise de batiste, il la poussa contre le lit et s'empara de ses lèvres avec une telle fougue qu'elle en oublia leur discussion.

Il l'oublia également. Chloé était une redoutable tentatrice, avec ce corps pulpeux qu'elle utilisait avec tant d'audace, et cette curiosité naturelle devant les choses de l'amour.

Il se raidit lorsqu'elle passa tendrement les doigts sur les cicatrices qui barraient sa poitrine. Ses caresses l'avaient toujours troublé, mais à présent sa hardiesse l'embrasait. Il aurait été bien incapable de la repousser. Elle était sa force et sa faiblesse.

Elle déposa une pluie de baisers sur son torse, le mordilla doucement, et il se mit à trembler. Ils avaient à peine commencé à se toucher et, déjà, il était sur le point de perdre la tête. Fou de désir, il reprit le contrôle de la situation et, l'allongeant sur le lit, entreprit à son tour de la dévêtir.

— Chloé, mon amour, tu n'imagines pas à quel point cette visite nocturne me fait plaisir...

En quelques secondes elle fut complètement nue, offerte à ses regards.

Levant les yeux sur lui, elle lui adressa un sourire si sensuel qu'il crut qu'il allait exploser. Visiblement ravie de lui faire un tel effet, elle se carra contre les oreillers et le considéra d'un air de défi.

— Déshabille-toi, Stratfield.

— Tu as quelque chose de particulier en tête ?

— J'ai *beaucoup* de choses en tête.

— Je vois.

Il ôta sa chemise, puis son pantalon, prenant délibérément tout son temps. Chloé ne le quittait pas des yeux, et il sentit son sexe durcir si violemment que c'en était presque douloureux. Quand elle se redressa pour embrasser son ventre plat, une vague de désir paralysante le submergea. Étourdi de plaisir, il ne put que se soumettre à ses baisers.

Comme sa bouche glissait plus bas, il gémit sourdement. Puis les lèvres douces se refermèrent sur son sexe, et il frémit de la tête aux pieds. Agrippant les épaules de Chloé, il se cambra spontanément vers elle. Elle continua ses caresses affolantes, le taquina de la langue, et une sensation inouïe le secoua.

S'il avait espéré la faire pleurer de bonheur, la situation était totalement renversée. Il lui prit le menton.

— Qui t'a appris cela ? voulut-il savoir.

— Audrey Watson, chuchota-t-elle, une étincelle provocante dans le regard.

— Audrey… La célèbre Audrey Watson ?

— Les courtisanes sont connues même à Chistlebury ?

Il acquiesça dans un sourire.

— J'ai entendu parler de cette courtisane-là, en effet. Mais pour l'amour du ciel, pourquoi s'est-elle chargée de ton éducation ? On m'avait dit qu'elle n'acceptait qu'une ou deux élèves par an.

— Je n'ai pas été son élève, avoua Chloé, penaude. J'ai simplement écouté aux portes, à Brighton, quand elle a donné des leçons à ma belle-sœur.

— À ta belle-sœur ? répéta-t-il, incrédule. Jane ? La ravissante marquise de Sedgecroft qui t'a amenée ici ce soir ?

— Elle-même. Jane est mon alliée et mon amie.

Dominic secoua la tête, stupéfait. Chloé était son univers, la flamme qui lui avait redonné espoir lorsqu'il était plongé dans les ténèbres. C'était aussi une femme forte, à la nature passionnée. L'idée de passer le restant de ses jours auprès d'elle le grisait au-delà des mots.

Il la repoussa doucement sur le dos, pressé de la toucher, de lui rendre au centuple le plaisir qu'elle venait de lui procurer. Son corps était un régal pour les yeux, il ne se lassait pas de le contempler.

S'efforçant de maîtriser son impatience, il promena les mains sur ses seins lourds, ses hanches rondes, ses cuisses fuselées, retardant à dessein le moment de lui prodiguer la plus intime des caresses. Il était enivré de bonheur à l'idée de l'avoir dans son lit pour la première fois. Il se sentait puissant, prêt à lui faire l'amour toute la nuit.

Ainsi offerte, elle semblait incroyablement vulnérable, et il aimait cela. Il voulait la caresser de toutes les manières possibles.

Il la sentit se crisper autour de son doigt lorsqu'il l'introduisit entre les pétales humides de sa féminité. Elle se mit à trembler contre lui, se pressa contre sa main avec un abandon inouï.

— Chloé, murmura-t-il d'une voix sourde. Je t'aime tant.

Il s'inclina sur elle pour attraper la pointe d'un sein entre ses dents et la mordiller tendrement. Le suc tiède de son désir se répandit sur les doigts, et ses reins s'embrasèrent.

Il devait lutter pour ne pas entrer en elle sur-le-champ.

L'amour d'une femme telle que Chloé se méritait. Il voulait la choyer, la cajoler, la séduire corps et âme.

— Dominic... balbutia-t-elle, je crois que... que je vais...

Il aimait la voir perdre le contrôle d'elle-même. Il aimait la façon dont son corps ondoyait sous lui, les soupirs délicats qui s'échappaient de ses lèvres gonflées par les baisers.

Lorsqu'elle frémit sous l'assaut du plaisir, il se hissa au-dessus d'elle, lui agrippa les mains et les ramena au-dessus de sa tête, les yeux rivés aux siens.

— Que fais-tu ? murmura-t-elle, le souffle court.

— Ce qui me plaît. Tu as une objection ?

Elle ferma les paupières, et soupira :

— Aucune.

Alors, il se positionna à l'orée de son sexe, puis, d'une poussée fluide, s'insinua entre les replis humides de sa féminité.

Elle cria son nom tandis qu'il commençait à onduler sur elle, pénétrant chaque fois plus profondément dans son corps offert. Elle noua les jambes autour de ses reins, comme pour l'absorber en elle, et il dut faire appel à toute sa volonté pour retarder l'extase.

— Tu es la femme la plus merveilleuse du monde, Chloé.

— Je suis ta femme, répondit-elle.

Ces paroles chuchotées d'une voix rauque eurent raison de lui. La jouissance déferla avec la puissance d'une avalanche, emportant tout sur son passage. Le corps secoué de spasmes, il répandit sa semence en elle.

Lorsque la tempête s'apaisa, il baissa les yeux sur elle et la contempla.

Dieu qu'elle était belle ! songea-t-il. Il éprouvait pour elle un amour si inconditionnel que c'en était presque effrayant.

Elle lui sourit, et il sut qu'elle partageait ses sentiments. Oui, le destin les avait réunis parce qu'il ne pouvait en être autrement.

— Tu es une excellente élève, Chloé Boscastle, dit-il doucement. Rappelle-moi de remercier Audrey, un de ces jours.

Chloé plongea son regard dans le sien, émue d'y lire tant de passion et d'amour, de désir et d'émotion.

Il avait changé. Ils avaient changé tous les deux. Il avait risqué sa vie, et elle avait mis sa réputation en jeu parce qu'elle croyait en lui. Ce soir, elle avait même perçu une différence dans la façon dont il lui avait fait l'amour. Elle l'avait senti plus fort, plus sûr de lui. Il ne redeviendrait jamais totalement un homme du monde, soumis aux règles qui avaient cours dans la bonne société. Il y avait en lui comme en elle une insoumission fondamentale qui ne les quitterait jamais. Mais Chloé avait trouvé son âme sœur et commençait enfin à entrevoir un apaisement. La tristesse qui l'accablait depuis des mois, voire des années, avait perdu de son acuité. Ils méritaient d'être heureux, et ils allaient y travailler ensemble.

— Tu es pensive, mon ange, souffla-t-il en roulant sur le côté. J'espère que je ne t'ai pas fait mal.

Elle se lova contre lui avec un soupir de bonheur.

— Je suis parfaitement bien, Dominic. Allons-nous dormir ici cette nuit ? s'enquit-elle en laissant courir une main indolente sur sa hanche

— Hélas, non, Chloé, répondit-il en s'efforçant de ne pas se laisser détourner du droit chemin par ses caresses affolantes. Du moins, pas ce soir.

Les doigts de la jeune femme s'immobilisèrent.

— Pourquoi ?

— Parce que, ma chère tentatrice, j'ai promis ce matin à tes frères que je te protégerai. Et je crains d'avoir déjà manqué à ma parole.

Elle fronça les sourcils.

— Tu vas vraiment me mettre à la porte ?

— Je le crains, oui.

— Tout de suite ?

Elle se renversa contre les oreillers dans une pose provocante, les paupières mi-closes, testant délibérément son pouvoir sur lui. Il fallait être un saint pour résister à une telle invitation.

Et il ne l'était pas !

Il se pencha sur elle, lui frôla les seins de ses lèvres, passa à son ventre, puis continua de descendre jusqu'au triangle sombre entre ses cuisses. Elle fit mine de résister, de se dérober, mais il l'immobilisa d'une main, tandis que, de l'autre, il écartait les tendres pétales de sa fleur secrète, soufflant doucement sur son sexe ainsi révélé. Tremblante, elle crispa les doigts dans les courts cheveux noirs de Dominic. Lorsqu'il la titilla intimement de la langue, elle laissa échapper le soupir le plus exquis qu'il ait jamais entendu. Nichant le visage entre ses jambes, il intensifia ses caresses.

— Dominic ! s'exclama-t-elle, stupéfaite, tout en se débattant faiblement.

Sa langue s'insinua plus profondément, et elle renonça à le repousser. À vrai dire, elle se soumit si volontiers à cette délicieuse torture qu'il n'eut aucun mal à la mener jusqu'à la volupté.

Il s'écarta et retomba sur le lit. S'il ne la ramenait pas chez elle sur-le-champ, ses frères n'allaient pas tarder à venir tambouriner à la porte. Elle s'assit, égarée.

— Qu'est-ce que tu m'as fait ?

— Ça ne t'a pas plu ? demanda-t-il en souriant.

— Quelle question !

— Heureusement que j'ai du travail cette nuit, observa-t-il. Je ne risque pas de fermer l'œil après une telle séance.

— Tu comptes vraiment me ramener chez moi ?

— Jusque sur le pas de la porte. Habille-toi vite, Chloé.

— Et si je refuse ?

— Je te hisse sur mon épaule telle que tu es, et je te remets entre les mains de tes frères.

Elle lui lança un oreiller au visage.

— Voilà qui nous aidera à recouvrer notre respectabilité !

Une heure plus tard, cependant, ils descendaient de voiture devant la maison de Park Lane. Manifestement accoutumé à affronter toutes sortes de situations peu ordinaires, le majordome qui leur ouvrit la porte fit montre d'un flegme étonnant.

Heath sortit de la bibliothèque, un livre à la main, et les accueillit avec une désinvolture tout aussi inattendue.

— Ah, Chloé ! Notre brebis égarée est enfin rentrée au bercail. Merci, Dominic.

Ce dernier inclina brièvement la tête.

— J'espère que tu ne t'es pas inquiété.

— Pas le moins du monde. Je savais qu'elle était avec toi, et que tu la ramènerais. Pourrais-tu rester un moment. J'aimerais te parler en tête à tête.

— Comment savais-tu où j'étais ? s'exclama Chloé, outrée. Jane a vendu la mèche ?

— Jane sait tenir sa langue, répondit cette dernière, du haut de l'escalier. Je ne te trahirais pas, même sous la torture, Chloé. Je crains que le cocher, en revanche, ne soit pas aussi héroïque que moi.

Vêtue d'une robe d'intérieur en soie argent et de mules brodées, la marquise de Sedgecroft les rejoignit dans le hall.

— Eh bien, Chloé, ma chérie, comment s'est passée ta visite chez tante Rosemary ?

Chloé sourit en se glissant derrière son frère.

— Je crains de l'avoir épuisée. Elle m'a supplié de partir afin de pouvoir se reposer.

Dominic écarquilla les yeux. Ah, le petit chameau ! Elle se moquait ouvertement de lui !

Une étincelle amusée brilla dans le regard de Jane.

— Monte donc me raconter ta visite en détail. As-tu réussi à faire partir une fusée de Congreve ?

— Oh, oui ! répondit Chloé avec un rire espiègle.

Les deux femmes gravirent les marches en hâte, et disparurent à l'étage. Dominic jeta un coup d'œil stupéfait à Heath.

— Est-ce bien ce que je crains d'avoir compris ?

Heath parvint non sans mal à garder son sérieux.

— Je te conseille de poser la question à Grayson.

— Sans doute, fit Dominic en secouant la tête d'un air perplexe. Au fait, de quoi voulais-tu me parler ?

Le sourire de Heath s'évanouit.

— Suis-moi dans la bibliothèque. Nous y serons tranquilles.

Dominic balaya la pièce d'un coup d'œil circulaire. Des bibliothèques sculptées fermées par des portes ornées d'un grillage de cuivre s'élevaient jusqu'au plafond en voûte où s'ébattaient des angelots potelés et des lions. Un immense miroir surmontait la cheminée. Dans l'âtre, un feu crépitait doucement.

Heath prit place dans un fauteuil de cuir. Tandis qu'il s'asseyait en face de lui, Dominic ne put s'empêcher de penser que la pièce ressemblait plus au flamboyant marquis de Sedgecroft qu'à son frère si discret et réservé.

— Je suppose que tu as des quantités de questions à me poser à propos de Brandon. Je te dirai tout ce que je pourrai, malheureusement, je ne sais pas grand-chose de plus que ce que je t'ai déjà révélé.

Heath ne sembla pas surpris.

— En effet, beaucoup de questions restent encore sans réponses. Mais ce n'est pas toi qui détiens la clé du mystère, Dominic. Cependant, tu as joué ton rôle avec une efficacité redoutable, je dois l'admettre.

Le regard de Dominic se perdit dans les flammes.

— Par moments, j'avais l'impression d'être au bord de la folie. Je ne pouvais penser à rien d'autre qu'à ma vengeance.

« Et à Chloé », ajouta-t-il en lui-même.

— Cela n'a rien d'étonnant, commenta Heath. Il faut souvent un homme animé de motifs qui en valent la peine pour que justice soit faite.

— Et c'est là que tu interviens, devina Dominic.

Heath avait longtemps fait partie des Services secrets britanniques. Il ne lui demanda pas s'il était encore en service, sachant qu'il n'obtiendrait qu'une réponse évasive. Quant à lui, son rôle était-il vraiment terminé ? Il l'espérait, car il envisageait désormais de mener une vie tranquille.

Heath haussa les épaules.

— Je ne sais si je participerai à une enquête officielle. Personnellement, je souhaiterais chercher les réponses à certaines questions. Mais je ne suis pas sûr que les autorités aient besoin de moi. J'avais beau être très proche de Brandon, j'ignorais qu'il était engagé dans des missions aussi dangereuses. Je suppose qu'il voulait faire ses preuves sans s'appuyer sur ses frères.

Dominic glissa la main dans la poche intérieure de sa veste.

— Je te remercie de m'avoir envoyé la traduction de la lettre codée.

— J'aimerais beaucoup voir l'original, dit Heath en se penchant en avant. C'est cela ?

— Oui. J'avoue que je suis meilleur au maniement de l'épée qu'au déchiffrage des codes secrets.

— Et c'est une chance pour nous tous, répliqua Heath en empochant la lettre.

Dominic marqua une courte pause avant de demander :

— Où crois-tu que se trouve l'autre moitié du message ? Plus j'y songe, et plus je pense que cet avertissement pouvait être adressé à n'importe lequel d'entre nous.

— En effet, approuva Heath d'un air sombre.

— Edgar n'a pas pu travailler seul.

— Non. Ses complices sont peut-être toujours en poste. Un de mes supérieurs hiérarchiques pense qu'un soldat, un subalterne, serait susceptible de témoigner qu'il a vu Edgar échanger des renseignements avec un espion français à…

Heath s'interrompit au milieu de sa phrase en voyant la porte s'ouvrir. Grayson entra, vêtu de manière informelle en chemise et pantalon, une bouteille de cognac à la main. Il parut agréablement surpris de découvrir les deux hommes.

— On profite d'un moment de tranquillité ? lança-t-il. C'est une bonne idée. Les femmes de la famille ont une tendance à être un peu envahissantes. Vous commencez seulement à vous en rendre compte, je présume ? ajouta-t-il à l'adresse de Dominic.

— Sers donc un cognac à Dominic, Grayson, suggéra Heath en souriant. Il a besoin d'un petit réconfortant pour se préparer à ce qui l'attend dans les semaines à venir.

— Ce qui m'attend ? fit Dominic. De quoi s'agit-il ? Une initiation secrète dont Chloé aurait omis de me parler ?

Ses compagnons se mirent à rire.

— Je faisais allusion aux préparatifs du mariage, expliqua Grayson en lui tendant un verre avant de s'asseoir.

Heath, qui apparemment ne buvait pas d'alcool, sortit un cigare de sa poche.

— Emma sera comme un poisson dans l'eau, dit-il. Elle va tout planifier dans les moindres détails. Ça ne t'ennuie pas, j'espère ?

— C'est à Chloé qu'il faudrait poser la question, répondit Dominic. En ce qui me concerne, je suis prêt à l'épouser au milieu d'un champ.

Il se tut, un peu embarrassé d'avoir si spontanément révélé à quel point il tenait à la jeune femme. Mais Grayson ne sembla pas s'en étonner. Sans doute était-il lui-même si entiché de Jane qu'il comprenait sa réaction.

L'attitude de Heath, en revanche, était plus difficile à interpréter. Il ne montrait pas aisément ses sentiments.

— Hélas, je crains que Chloé et toi n'ayez plus votre mot à dire, fit-il d'un ton détaché. Dès qu'on prononce le mot mariage, Emma se sent investie d'une mission.

— Devrais-je avoir peur ? s'enquit Dominic en riant.

— À votre place, je prendrais mes jambes à mon cou, déclara Grayson sur le ton de la confidence.

— À propos, reprit Heath en allumant son cigare, où diable Adrien est-il passé ? Je n'ai appris son retour en Angleterre que la semaine dernière, et voilà qu'il s'est de nouveau évanoui dans la nature !

— Il est allé faire la paix avec son père. Cela promet d'être mouvementé, sachant que le vieux duc le traite de bâtard depuis des années ! Mais Adrien m'a promis qu'il serait de retour pour le mariage.

— Que diriez-vous de fuir Londres tous ensemble ? plaisanta Grayson. Je suggère une longue partie de chasse en Écosse. Nous pourrions nous arranger pour rentrer une heure avant la cérémonie.

— Je me demande lequel de vous deux aura un héritier le premier, murmura Heath d'un air songeur.

Le large sourire de satisfaction qu'arbora Grayson le trahit.

— C'est toi ? s'exclama son frère, cessant un instant de tirer sur son cigare.

Grayson secoua vigoureusement la tête.

— Je n'ai pas dit un mot. En tant que chef de famille, je me dois de garder les secrets. D'autre part, le médecin de Jane dit qu'il est encore trop tôt pour avoir une certitude.

Quand Dominic se leva, il constata avec étonnement que deux heures s'étaient écoulées depuis qu'il avait pénétré dans la bibliothèque. Il ressentit un certain plaisir à être accepté dans ce clan très fermé, avec ses joies et ses peines. Cela lui rappelait le temps où il avait encore ses frères. Il était surpris de constater à quel point il avait envie de gagner l'estime de ces deux hommes, de leur montrer que leur confiance était méritée. Pas question de passer toute sa vie pour un vaurien ! Surtout maintenant que Chloé allait devenir sa femme.

— Messieurs, je vous souhaite une bonne nuit, fit-il en se dirigeant vers la porte.

— Nous ne t'avons pas effrayé au point de te faire fuir, j'espère, s'inquiéta Heath.

— Il m'en faudrait davantage, s'esclaffa Dominic. Toutefois… je voulais vous poser une question, Grayson. Je ne devrais peut-être pas, car je redoute de connaître la réponse, mais bon… est-ce que l'expression : « Faire partir une fusée de Congreve » vous évoque quelque chose ?

Épilogue

Chloé disparaissait au milieu d'un océan de robes, châles, corsets et jupons qui recouvraient le sol de sa chambre. Quelque part, dans ce désordre indescriptible, se trouvait son journal intime. Il ne manquerait plus que ce recueil de confessions scandaleuses tombe entre des mains malveillantes, à la veille du mariage qui devait faire d'elle une femme respectable !

La couturière venait de partir après avoir effectué une retouche de dernière minute à sa robe de mariée. Tout cela parce que Emma avait remarqué que la dentelle qui bordait son corsage était légèrement de travers.

— Franchement, qui s'en serait aperçu ? marmonna Chloé.

Et dans la pagaille causée par la venue de la couturière et de ses aides, elle avait perdu le journal qui contenait ses secrets les plus inavouables.

Jane passa la tête dans l'embrasure.

— Dominic est arrivé, Chloé. Vous allez vous promener dans le parc ?

— Dans le parc ? Pourquoi aller dans le parc ? grommela Chloé. Ma chambre est une vraie jungle. Nous pourrions y passer des jours sans qu'on nous retrouve. Nous…

Elle se retourna, étonnée de ne pas recevoir de réponse. Mais Jane avait déjà disparu, probablement pour aller régler les derniers détails avant le grand jour.

Elle s'agenouilla devant la porte de la penderie et passa la tête entre les robes pour examiner le sol où s'entassaient les chaussures.

— Où es-tu, maudit journal ? siffla-t-elle. Enterré quelque part où personne ne te trouvera... à part moi, j'espère.

— Quelle ravissante chute de reins ! fit une voix masculine.

Chloé se redressa d'un bond, et se retourna, pour découvrir Dominic nonchalamment appuyé au chambranle.

— Si Emma te trouve ici, elle te tuera !

— C'est elle qui m'a fait monter.

— Emma ? Impossible. Tu dois te tromper.

— Pas du tout, fit-il avec une lueur espiègle dans les yeux. Je suis entré par la porte de service avec le tailleur de Grayson et ses assistants. Je pense qu'elle ne m'a pas reconnu.

Chloé contempla son élégante silhouette sanglée dans un costume à la coupe impeccable. Ses courts cheveux noirs rejetés en arrière mettaient son beau visage viril en valeur. Elle constata, sans surprise, que ses yeux gris où brillait une étincelle diabolique avaient sur elle un effet toujours aussi dévastateur.

— Comment est-ce possible ? s'étonna-t-elle.

— Je portais une pile de boîtes qui cachait en partie mon visage, expliqua-t-il avec un haussement d'épaules. Que cherchais-tu dans ce placard ? Un homme à moitié mort ?

— Je cherche mon journal, si tu veux tout savoir.

— Pourquoi ?

— *Pourquoi ?*

Il entra dans la chambre et referma la porte derrière lui.

— Tu n'as qu'à le récrire. Je t'aiderai à rassembler tes souvenirs.

Chloé pâlit, affolée.

— Que veux-tu dire ? Oh, non ! Je crains de comprendre. C'est toi qui as pris mon journal, Dominic ?

— Bien sûr que non, ma chérie. Mais j'ai retenu par cœur les passages les plus intéressants. Si cela peut t'aider...

— Oh ! Faux jeton ! Chapardeur ! Tu l'as *lu* ?

— Laisse-moi réfléchir… Ah, oui ! « Mon plus gros défaut, c'est mon incapacité à respecter la bienséance. Aucun homme convenable ne voudra jamais de moi… »

Chloé étouffa une exclamation.

— Tu l'as vraiment lu !

— J'ai trouvé cela tout à fait charmant.

Charmant. Grâce au ciel, il n'avait pas eu le temps d'atteindre les passages dans lesquels elle décrivait l'attirance qu'elle éprouvait pour lui.

— Tu aurais vraiment aimé que je t'enlève, le jour où je t'ai rencontrée sous la pluie ? enchaîna-t-il en s'approchant pour l'enlacer.

Elle résista. Il resserra son étreinte, lui enveloppa la nuque de sa main. Elle éprouva un délicieux frisson d'anticipation, et les battements de son cœur s'accélérèrent. Encore quelques secondes, et elle risquait de ne plus se souvenir pour quelle raison elle était fâchée contre lui.

Il lui mordilla tendrement le lobe de l'oreille.

— Quelle chance que je ne sois pas un homme convenable, murmura-t-il.

— Au fait, pourquoi es-tu monté dans ma chambre ?

— Parce que je voulais te donner quelque chose.

— Quoi ? demanda-t-elle, curieuse malgré elle.

Il s'empara de sa bouche en guise de réponse, et la gratifia d'un baiser si ardent qu'elle en oublia son journal disparu. Plus rien ne comptait, sinon que, le lendemain, elle deviendrait sa femme.

Posant la tête sur son épaule, elle écouta les bruits de voix qui leur parvenaient du hall. De sa vie elle ne s'était sentie aussi heureuse, aussi en paix avec elle-même.

— La cérémonie devrait s'écouler sans anicroche, déclara Emma d'un ton plein d'espoir.

Jane se mit à rire

— Dans cette famille ? À ta place, je n'y compterais pas trop.

— Je serais tellement mortifiée si ce n'était pas le cas. Tous nos vieux amis sont revenus en ville pour l'occasion.

Chloé est belle comme un ange, dans sa robe de mariée, Dominic est superbe, et ils s'aiment. Le repas promet d'être divin, le gâteau est une vraie merveille.

Elle avait débité sa tirade d'une voix un peu haletante. Après une brève pause sans doute destinée à reprendre son souffle, elle conclut :

— Je ne vois pas ce qui pourrait aller de travers !

Plongeant les yeux dans ceux de Chloé, Dominic sourit.

— En ce qui me concerne, dit-il, tu pourrais porter un sac en toile de jute, et le repas pourrait être servi dans des assiettes en carton que ça ne changerait rien. À partir de maintenant, tout ira bien.

Il était si différent. Habité par une énergie nouvelle, toute idée de vengeance désormais oubliée. Chloé lui adressa un sourire lumineux et mêla ses doigts aux siens.

— Tout a commencé à aller bien pour moi le jour où je t'ai rencontré, avoua-t-elle dans un souffle.

Le 18 octobre :

Tentations Mary Reed McCall (n° 8151)

Lorsque Richard rentre en Angleterre, c'est pour apprendre que sa femme est devenue folle. Et c'est la douce Meg qui s'occupe d'elle et gère le domaine. Quand la femme de Richard meurt, Meg doit partir. Pas question! Comment Richard pourrait-il vivre sans sa gentillesse et sa tendresse ?

Les sœurs Meridew – 2 Première valse Anne Gracie (n° 8160)

Sebastian Reyne cherche une épouse, mais plus qu'une femme, c'est une mère pour ses sœurs qu'il veut. Lady Elinore sera donc parfaite : certes, elle est un peu austère, mais elle s'occupe d'orphelins. C'est alors que la pétillante Hope fait irruption dans sa vie et bouscule toutes ses idées...

Nouveau ! 2 rendez-vous mensuels
aux alentours du 1er et du 15 de chaque mois.

Si vous aimez Aventures & Passions,
laissez-vous tenter par :

Passion intense

Quand l'amour vous plonge dans un monde de sensualité

Le 15 septembre :

Fantaisies du mardi soir Lisa Beth Kovetz (n° 8126)

Quatre femmes : Margot, passionnée par le sexe, Aimée, la future mère, Brooke, qui attend de fonder une famille, et Lux, l'aguicheuse. Elles n'ont pas le même âge, pas le même statut, pourtant elles se réunissent une fois par semaine pour lire les nouvelles érotiques dont elles sont les auteurs. Et la poésie se met alors au service de la sensualité...

Nouveau ! 1 rendez-vous mensuel
aux alentours du 15 de chaque mois.

Romance d'aujourd'hui

Le 15 septembre :

Pour l'amour de Kathleen ∞ Dinah MacCall (n° 8125)

Depuis dix-sept ans, Morgan refuse d'aimer et vit en solitaire. Jusqu'au jour où Kathleen, la femme qu'il aimait et qu'il croyait morte dans un incendie, réapparaisse dans sa vie, avec leur fille… Tallchief est bouleversé : pourquoi a-t-elle disparu ? Et surtout, pourquoi est-elle revenue ?

Retrouvailles en famille ∞ Susan Wiggs (n° 8124)

Célibataire effrayée par l'engagement, Lily se retrouve tutrice de trois enfants après la mort de ses meilleurs amis. Elle partage cette épreuve avec le séduisant Sean, oncle paternel des enfants. Tous les cinq vont devoir apprendre à se connaître, à surmonter leur douleur… Et à s'aimer.

Nouveau ! 2 titres tous les deux mois aux alentours du 15.

Retrouvez également nos autres collections :

SUSPENSE

Le 1er septembre :

Méfiez-vous des inconnus ∞ Meryl Sawyer (n° 3780)

Janna part sur l'île de Malte pour se remettre d'une douloureuse trahison. Là, elle rencontre Nick, un bel Américain qui l'attire irrésistiblement… Et qui manque d'être assassiné ! Qui veut sa mort ? En menant leur propre enquête, Nick et Janna découvrent des secrets qui leur montrent que toujours, tout peut recommencer…

Rancune tenace ∞ Suzanne Brockmann (n° 8122)

L'ex-mari d'Alessandra, Giffin, est assassiné par Tozzi, un patron de la pègre, à qui il avait dérobé de l'argent. À présent, c'est elle qui est en danger. Alessandra doit retrouver l'argent si elle veut rester en vie, et elle entend bien y arriver seule. C'est sans compter sur le séduisant agent du FBI, Harry O'Dell, qui poursuit Tozzi depuis longtemps.

Nouveau ! 2 rendez-vous mensuels aux alentours du 1er de chaque mois.

MONDES MYSTÉRIEUX

Le 1er septembre :

Les gardiens du destin ☙ Mary Jo Putney (n° 8123)

Par son père, Kathleen est de la race des Gardiens, des êtres supérieurs qui surveillent l'humanité. Lorsqu'elle rencontre Duncan, maître des éléments, elle sait que son destin va basculer : les astres ont annoncé qu'ils seraient un couple puissant. Mais aussi que Kathleen serait amenée à le trahir...

Nouveau ! 1 rendez-vous mensuel aux alentours du 1er de chaque mois.

Et toujours la reine du roman sentimental :

Barbara Cartland

Le 1er septembre :

Renaître à l'amour (n° 1373) *Collect'or*

La richesse de l'amour (n° 8129)

Le 15 septembre :

Un mensonge en or (n° 4167)

Nouveau ! 2 rendez-vous mensuels aux alentours du 1er et du 15 de chaque mois.

8119

Composition Chesteroc Ltd
Achevé d'imprimer en France (La Flèche)
par Brodard et Taupin
le 2 août 2006. 36975
Dépôt légal août 2006. ISBN 2-290-35156-3

Éditions J'ai lu
87, quai Panhard-et-Levassor, 75013 Paris
Diffusion France et étranger : Flammarion